Les Irlandais *de* Grosse-Île

Catalogage avant publication de Bibliothèque et Archives nationales du Québec et Bibliothèque et Archives Canada

Titre : Les Irlandais de Grosse-Île / Christiane Duquette
Nom : Duquette, Christiane, 1952- , auteure
Duquette, Christiane, 1952- | Deuils et espoirs
Description : Sommaire incomplet : tome 1. Deuils et espoirs
Identifiants : Canadiana 20189412917 | ISBN 9782895858638 (vol. 1)
Classification : LCC PS8613 U694 I74 2019 | CDD C843/.6–dc23

Illustration de la couverture : Luc Normandin

Les Éditeurs réunis bénéficient du soutien financier de la SODEC et du Programme de crédit d'impôt du gouvernement du Québec.

Financé par le gouvernement du Canada | Canada

Édition
LES ÉDITEURS RÉUNIS
lesediteursreunis.com

Distribution nationale
PROLOGUE
prologue.ca

Imprimé au Canada

Dépôt légal : 2019
Bibliothèque et Archives nationales du Québec
Bibliothèque nationale du Canada

CHRISTIANE DUQUETTE

Les Irlandais de Grosse-Île

★ Deuils et espoirs

LES ÉDITEURS RÉUNIS

De la même auteure
chez Les Éditeurs réunis

L'amante de Molière, 2017

La fille de la Joconde

1. *À l'ombre des rois*, 2013
2. *Les princes rebelles*, 2014

À mes sœurs, Carole, Martine et Luce. À mon frère, Jacques.
Mes remerciements à mon conseiller littéraire, mon fils, Mathieu David.

Ces montagnes et ces plaines sont un berceau et un tremplin.
Chaque fois que vous passez près du champ de vos ancêtres,
regardez-le bien, et vous vous verrez avec vos
enfants dansant la main dans la main.

KHALIL GIBRAN, *Le Prophète*

Prologue

Waterford, Irlande, fin mai 1847

Les McDoughan étaient une noble famille irlandaise. Lors de l'invasion de l'Irlande par les Anglais au XVIIe siècle, les Britanniques avaient conquis leur pays et bon nombre de châteaux avaient été pillés, et parfois même incendiés. Ces assauts avaient été commandés par les nobles anglais, à qui la reine Élizabeth Ire avait « généreusement » concédé ces domaines débarrassés de leurs occupants. On nommait ces nobles les « landlords ».

Pour démontrer un semblant de bonne volonté, la cour d'Angleterre avait épargné certaines familles de la noblesse irlandaise en échange d'un tribut en or et de l'abandon de leur titre. C'est ainsi que, depuis cette époque lointaine, les McDoughan, de génération en génération, avaient pu conserver leurs châteaux et leurs terres.

Au fil du temps, le protestantisme s'était infiltré peu à peu à travers l'Irlande catholique, créant des tensions violentes qui avaient ressurgi sporadiquement au cours des siècles subséquents.

Devant les extorsions des Anglais, nombre d'Irlandais avaient décidé de fuir et s'étaient exilés sur un autre continent, la plupart en Amérique. La majorité de leurs compatriotes, refusant d'abdiquer, avaient continué de se battre ; les uns par la révolte armée et les autres, comme les McDoughan, croyant encore au pouvoir de la politique, par la force de la parole devant le Parlement.

Il y avait maintenant quelques années que le châtelain William McDoughan avait été élu à la Chambre britannique. Il y avait rejoint son camarade de longue date, le parlementaire Daniel O'Connell, premier maire catholique de Dublin. On surnommait ce dernier le « libérateur », car il avait permis l'émancipation du clergé. C'était donc grâce à lui que les catholiques pouvaient siéger au Parlement. Fiers Irlandais et pacifistes, les deux hommes étaient de ceux qui avaient foi en la démocratie et œuvraient pour la mise en œuvre d'une entente durable.

William était conscient que ses convictions irritaient les propriétaires anglais, et tout particulièrement son voisin, le landlord du comté de Waterford, sir Édouard Wesley, qui n'attendait qu'un prétexte pour s'emparer de ses terres.

Un soir de mai 1847, la noirceur venait à peine de tomber lorsqu'un messager se présenta à la porte de l'ancestrale demeure des McDoughan, interrompant le repas du soir. La missive d'importance était destinée au délégué.

— Je viens de la part de M. O'Connell, expliqua-t-il au destinataire en lui tendant une enveloppe.

Intrigué, William saisit la lettre et demanda aussitôt au coursier de le suivre dans son cabinet de travail. Son regard intense appelait le respect et, malgré le fait qu'il s'appuyait sur une canne, sa démarche restait imposante. Le jeune homme, impressionné, suivit le patriarche d'un pas mal assuré.

— Ainsi, il est déjà de retour de son pèlerinage en Italie ! s'exclama McDoughan en se laissant choir dans le fauteuil de cuir, derrière son bureau.

— Non, monsieur. Je viens de la part de son frère, James.

William haussa un sourcil et eut un grognement d'appréhension qui figea le jeune homme sur place. Trempé par la pluie froide, le chapeau de ce dernier dégoulinait sur le carrelage de bois, privé de ses somptueux tapis.

Le vieil homme déchira l'enveloppe et s'empressa de lire la dépêche qu'elle contenait. James O'Connell lui annonçait le décès subit de son aîné, Daniel, à Gênes. Un lourd silence s'abattit sur la pièce, troublé par l'unique bruit des gouttelettes tombant du couvre-chef de feutre au parquet.

Le messager, de plus en plus embarrassé, ne songeait qu'à prendre congé de son vis-à-vis. Il se racla la gorge pour rappeler sa présence à McDoughan, espérant le sortir de sa torpeur.

— Oui, oui, tu peux partir, lui lança ce dernier d'un geste vague de la main. Mais avant, passe avertir mon domestique d'aller immédiatement me chercher mes fils !

Resté seul, William céda à la tristesse et à l'inquiétude. Il venait de perdre un ami et un précieux allié.

Daniel avait réussi à se faire respecter des membres de la Chambre des lords et son influence nous manquera grandement. Je crains fort que cette funeste nouvelle ne soit le prélude à bien des ennuis ! se dit-il dans un tressaillement.

1

Waterford, Irlande, fin juin 1847

Le peuple irlandais, qui dépendait en grande partie de la récolte des pommes de terre pour se nourrir, voyait depuis les trois derniers automnes sa moisson contaminée par un champignon mortel porté par les vents dominants d'Europe. Une terrible famine sévissait dans toute l'Irlande. Les morts se comptaient par milliers et le bilan des victimes s'alourdissait de jour en jour.

À la mi-juin de cette désastreuse année 1847, une quinzaine de familles, affamées et en loques, s'étaient présentées au château des McDoughan. Comme elles ne pouvaient plus payer leur loyer, sir Wesley les avait fait chasser de leur taudis par la milice. Tant bien que mal, les misérables avaient essayé de résister aux policiers, mais que pouvaient faire des chaudières d'eau bouillante et des cailloux contre des fusils ?

Les McDoughan se montrèrent accueillants. En plus de les nourrir, ils prirent la décision d'héberger les paysans qui louaient déjà un lot sur leur propriété. Sean, médecin au dispensaire de Waterford, et son frère cadet, Matthew, professeur d'histoire à l'école du village, connaissaient la plupart d'entre eux. L'écurie fut mise à la disposition de la centaine d'infortunés, qui purent s'y entasser.

Dans la nuit du 21 juin, incapable de dormir, le vieux William entendit la porte de sa chambre s'entrouvrir. Puis, il vit une silhouette s'introduire dans la pièce, une torche allumée à la main.

— Qui va là ? demanda le châtelain, inquiet.

L'homme cagoulé d'une poche en jute poussa un grognement, furieux d'avoir été découvert. De toutes ses forces, il lança le flambeau dans la pièce adjacente, le bureau privé de William, éclairant ainsi une partie de la chambre.

Interloqué et rouge de colère, William se leva d'un bond.

— Vous êtes fou ! hurla-t-il, espérant alerter ses fils du même coup. Découvrez-vous, mécréant ! Qui est le lâche qui vous envoie ? Ah ! C'est Wesley n'est-ce…

Il ne put terminer sa phrase : son attaquant pointa le canon d'un fusil vers lui et tira. La balle atteignit le vieil homme au côté droit et il s'affala au pied de son lit.

À ce moment précis, une âcre odeur de brûlé et une épaisse fumée provenant du bureau commencèrent à incommoder les deux hommes. Le tireur, certain de laisser derrière lui un mourant, s'enfuit par où il était venu.

La chaleur dans la pièce devint de plus en plus intense. Suffoquant, William essaya de se relever, mais en vain. Sa blessure au ventre le faisait atrocement souffrir. Ses pensées se mirent à se bousculer dans son esprit. Il n'avait pas pensé que Wesley profiterait aussi rapidement de l'absence d'O'Connell.

Par tous les diables! Comment ai-je pu ignorer les avertissements de ce rapace? Car il n'y a aucun doute, c'est lui qui est derrière cette ignoble agression.

Deux semaines auparavant, à la sortie d'une assemblée de propriétaires terriens fort mouvementée, durant laquelle William l'avait humilié, sir Édouard Wesley l'avait violemment interpellé:

— Vous avez eu tort, McDoughan! Cette fois, vous êtes allé trop loin. Comment avez-vous pu oser me reprendre sur un terme de loi? Je suis votre landlord et vous avez tendance à l'oublier un peu trop souvent. De plus, vous n'aviez pas à recueillir des expulsés de ma juridiction. Les consignes viennent d'Angleterre et je n'ai fait que faire valoir mes droits. Donner asile à ces indigents pourrait être vu par le Parlement comme un acte d'entrave à la justice.

Indigné par le déferlement de ces paroles abjectes, le délégué avait rétorqué:

— La plupart des membres de la Chambre appuient ma politique de cohabitation. Je crois plutôt que lorsqu'ils seront mis au courant de la situation, ils désapprouveront vos agissements inhumains…

— Vous êtes naïf si vous croyez que votre soutien à la Chambre vous octroie le privilège de critiquer mes faits et gestes. D'ailleurs, nous, les landlords, en avons plus qu'assez de ces rebelles sur qui vous n'avez aucun contrôle!

En orchestrant ce crime, Wesley venait d'anéantir les derniers espoirs d'indépendance que William entretenait pour l'Irlande. Maintenant, la priorité de ce dernier était de sauver la seule richesse de sa famille.

Je dois coûte que coûte trouver la force de me rendre jusqu'à mon bureau.

Malgré la chaleur du brasier, l'honorable patriarche se mit à ramper à plat ventre. Sur sa bouche se dessina un rictus amer.

À la mort d'O'Connell, je ne me suis pas suffisamment méfié de la convoitise de Wesley! se reprocha-t-il une seconde fois en poursuivant sa pénible avancée.

Il ne ressentait plus la douleur: la rage qui noircissait son cœur le rendait insensible et amplifiait sa détermination. Il réussit à se hisser à la hauteur du portrait suspendu au mur près de la porte. D'une main tremblotante, il fit basculer la toile qui représentait feu son épouse et qui dissimulait une niche.

Il dut s'appuyer sur la cloison tapissée, puis réussit à ouvrir le coffre métallique encastré dans la cavité. Il se saisit du sachet de velours qui contenait le dernier des bijoux familiaux qu'il n'avait pas encore été obligé de vendre afin de pouvoir conserver le domaine. Avant de s'écrouler, il eut une dernière pensée pour sa chère Ida, qui était décédée quelques années plus tôt et qu'il allait bientôt rejoindre.

***

Le manoir brûlait. Soudain, il y eut une explosion et les vitres des fenêtres de l'aile gauche éclatèrent les unes après les autres sous l'étouffante chaleur. Dans un insupportable rugissement, les flammes commencèrent à lécher le toit de l'écurie, située à proximité.

À l'autre extrémité du manoir, Sean s'éveilla en sursaut et, aussitôt, une quinte de toux l'assaillit. Un rideau de fumée noire flottait dans la chambre. Une terrible certitude s'empara de lui : le feu faisait rage !

Il secoua sa femme pour la réveiller et enfila son pantalon. Rebecca ouvrit les yeux.

— Chérie, vite, réveille-toi…

Comprenant à son tour l'imminence du danger, elle poussa un cri étouffé :

— Sean, les filles !

D'un même élan, ils se précipitèrent dans la chambre de leurs trois enfants. Les enveloppant dans une couverture, Sean réussit à prendre les jumelles dans ses bras, tandis que Rebecca se chargea de l'aînée. Ils se dirigèrent vers la sortie la plus proche, une porte française qui donnait sur la cour arrière.

Les fillettes effrayées pleuraient, toussaient et frottaient leurs yeux irrités. Rebecca et Sean s'agenouillèrent près d'elles pour vérifier qu'elles n'avaient rien.

— Rachel, Sarah, Molly, mes chéries, vous êtes sauves. Dieu soit loué ! s'exclama leur mère.

Rassuré, Sean retournait vers le brasier lorsqu'il aperçut son frère Matthew se précipiter à son tour à l'extérieur de cet enfer. Rob Corrigan, l'unique domestique encore à leur service, le suivait de près. Le toit du grand salon s'effondra derrière eux, entraînant dans sa chute des fragments de la façade de pierres. Ils entendaient les cris et les lamentations des gens qui évacuaient l'écurie plus loin.

— Père ? ne put que murmurer Matthew d'une voix étouffée. Sa gorge était rugueuse et ses jambes ployèrent sous lui. Il s'affala près de sa belle-sœur.

Sean fit signe à Rob de le suivre et les deux hommes pénétrèrent à nouveau dans le château en feu. Péniblement, à travers un brouillard de plus en plus dense, ils atteignirent la chambre de William. Déjà, les flammes léchaient les murs et le lit. À genoux sur le parquet, ils avançaient à tâtons lorsque Sean entendit la respiration sifflante de son père. Les râles provenaient du bureau paternel. Ils s'y engouffrèrent pour découvrir le vieillard étendu par terre, gisant au pied du coffre-fort. Aidé du domestique, Sean réussit après maints efforts à traîner son père à l'extérieur.

Au-dehors, les sinistrés de l'écurie improvisaient déjà une chaîne pour transporter les seaux d'eau. De son côté, Matthew était allé sonner la cloche pour alerter les paysans des alentours afin qu'ils viennent leur prêter main-forte.

William fut déposé dans une charrette privée de sa monture. Il y avait longtemps que le dernier cheval avait été abattu pour nourrir les gens du domaine.

En les frottant sur son front perlé de sueur, Sean s'aperçut que ses mains étaient souillées de suie noire et de sang. Il les essuya rapidement sur son pantalon et s'empressa d'examiner son père.

— Sean, comment va-t-il? demanda son frère, troublé.

— Il a subi plusieurs brûlures aux bras et au visage et je vois une plaie béante vis-à-vis du foie. Je n'arrive pas à y croire, mais on dirait une blessure par balle! Je crains que son état soit très grave. Vite, Rob, ordonna-t-il au domestique, doté d'une force herculéenne, aide-moi à tirer le chariot. Il faut au plus vite conduire mon père à la cabane des O'Neill. C'est la plus proche. Là, je pourrai le soigner.

Pendant ce temps, des fermiers étaient arrivés sur les lieux. Formant une deuxième chaîne humaine à l'autre bout du manoir, ils s'empressaient de se passer les chaudières d'eau.

Sean tourna un visage soucieux vers son cadet.

— Je vais emmener Rebecca et les filles avec moi. Matthew, je compte sur toi pour superviser les travaux ici...

Il n'eut pas le temps d'achever sa phrase qu'un homme au visage noirci vint les interrompre:

— Monsieur, le réservoir d'eau est presque vide. Que pouvons-nous faire?

Au début du printemps, la nourriture s'était faite de plus en plus rare et la mare aux poissons s'était rapidement vidée de sa faune et même de sa flore. On avait asséché le trou, conservant l'eau dans des barils pour permettre à quelques cultivateurs d'ensemencer cette partie supplémentaire de la terre. Malheureusement, la contamination perdurant, ils n'avaient récolté que des légumes putréfiés.

Les deux frères se regardèrent un instant, frappés par l'évidence : ils allaient tout perdre !

— Du sable ! Remplissez les seaux de sable, peut-être que cela suffira à étouffer les flammes, s'obstina Matthew en les rejoignant.

***

Sur le pas de sa porte, Bridget O'Neill, entourée de ses plus jeunes enfants, observait, troublée, les longs filaments de lueurs jaunes qui éclairaient le ciel derrière la butte comme un soleil en plein jour. C'est là qu'elle aperçut les gens du manoir se diriger vers sa chaumière.

— Oh ! Docteur… quel affreux malheur ! Entrez, vite, s'empressa-t-elle de dire en venant à sa rencontre.

Apercevant le vieux William étendu dans la carriole, la fermière s'écria :

— Seigneur ! Ne me dites pas que monsieur le châtelain est blessé ?

Sans attendre la réponse, elle les dirigea vers la paillasse de l'unique pièce.

— Ma bonne Bridget, sortez-moi vite un chaudron, lui demanda Rebecca aussitôt entrée. Mon mari aura besoin d'eau bouillie et de linges propres pour laver les plaies.

Dehors, Rob entreprit de déclouer quelques planches de la charrette afin d'allumer un feu dans l'âtre. Même le bois, embarqué en énorme quantité vers l'Angleterre afin de servir à la construction de bateaux, était devenu un luxe. Éclairé par la chandelle que tenait sa fille Molly, Sean commença à dévêtir le blessé. Celui-ci reprenait peu à peu ses esprits.

— Père, qu'est-ce qui s'est passé ? s'enquit Sean. Avez-vous vu qui vous a attaqué et qui a mis le feu ?

— Un scélérat… aux ordres de Wesley ! souffla William. Il avait une cagoule…

S'étouffant, il ne put terminer sa phrase. Sean serra les poings. Il sentit le goût âpre de l'amertume monter dans sa bouche.

— Depuis le temps que je vous disais de vous méfier du landlord. Je vais le tuer, ce tyran ! se récria-t-il.

Devant la blancheur de son père, il se ressaisit. Son patient avait davantage besoin de calme. Il adoucit la voix et, sans trop y croire, il le rassura :

— Ne vous faites pas de souci. Matthew essaie de sauver la structure du château et, s'il y arrive, nous pourrons le reconstruire.

Pendant qu'il parlait, Sean retira la balle de l'abdomen de son père, puis il nettoya le sang qui s'échappait de la profonde entaille à l'aide d'une serviette imbibée d'eau. William inspira péniblement, cherchant son air, puis il s'épancha :

— Mon cher fils, cesse de t'acharner sur ma blessure. Il est trop tard pour moi, je le crains. Approche, j'ai quelque chose à te confier.

Le mourant ouvrit une main et un sachet de velours tomba sur le sol. Sean le ramassa et, intrigué, défit la boucle du ruban qui en retenait l'ouverture. En le faisant basculer dans sa paume, il recueillit un splendide bijou.

— C'est une bague de Claddagh…, souffla le vieil homme. Elle appartenait à ma chère Ida.

Près d'eux, Molly, avec la curiosité de ses douze ans, atténua sa respiration pour se faire oublier. Son père sembla aussi stupéfait qu'elle d'apprendre que leur famille détenait l'une de ces bagues. Comme tout un chacun en Irlande, elle connaissait l'histoire de cet anneau.

Au XVIIe siècle, un certain Richard Joyce, un pêcheur irlandais de retour d'Alger, où il avait été fait prisonnier par des pirates, avait offert la bague à sa bien-aimée. L'alliance d'or était composée de deux mains enserrant un cœur couronné. Depuis, la bague était devenue un symbole d'amour et de loyauté envers l'Irlande. Bientôt, des copies de l'original s'étaient mises à apparaître à l'annulaire des futures mariées, qui, avant de mourir, léguaient le plus souvent leur bijou à leur fille aînée.

— Ida l'a reçue de ta grand-mère maternelle…, expliqua William, entre deux quintes de toux.

Il remarqua le regard surpris de son fils. Après un court silence, il s'efforça de poursuivre :

— Au fil des ans, pour protéger notre argent, j'ai peu à peu commencé à échanger des livres sterling contre des pierres précieuses et j'ai eu l'idée de les faire incruster dans la bague…

— Ce cœur en émeraude, fixé sur celui en or, est magnifique, père, s'émerveilla Sean. Mais pourquoi nous avoir caché son existence ?

— J'ai cru plus prudent d'en garder le secret et de la conserver dans un coffre, loin de toute convoitise. Sean, cette bague constitue votre unique héritage !

Ce dernier remit délicatement l'alliance dans le petit sac. À travers le tissu de velours, il effleura l'émeraude en forme de cœur.

— Père, la revente des pierres nous permettra de nous installer confortablement. Ce legs est un lien avec notre mère et je vous promets de conserver au moins l'anneau en or, afin de poursuivre la tradition. Mais… possédons-nous d'autres ressources financières ?

William sentit une vive douleur traverser son ventre. Ses yeux se plissèrent et ses mâchoires se contractèrent. Fier, il parvint à réprimer un cri.

— Nous sommes ruinés, mon fils… L'an dernier, comme tu le sais, j'ai dû hypothéquer les terres… Il nous restait le manoir…

Le vieil homme s'accrocha à la chemise de son aîné pour le mettre en garde :

— Ne mettez pas vos vies en danger, ton frère et toi ! La vengeance ne vous redonnera pas le château. En mettant le feu, Wesley s'est assuré de tout détruire… Il est du côté du pouvoir et vous ne pourrez rien contre lui… Les Anglais sont devenus de plus en plus impitoyables… Sean, convaincs Matthew qu'il vous faut fuir… Fuyez le domaine, quittez l'Irlande !

Sean étendit doucement son père après s'être dégagé de ses mains. En se relevant, il ne put contenir sa colère :

— Ah, Wesley ! Des fenêtres de son château, ce sordide personnage doit jubiler et se féliciter d'être parvenu à ses fins.

Défait, il vit les traits sur le visage de son père se détendre et, dans un souffle, ce dernier murmura :

— Ne soyez pas tristes, mes enfants. Bientôt, je serai auprès de ma douce Ida et, enfin, je serai libéré de ces diables d'Anglais !

***

Lorsque Matthew revint à l'aurore, accompagné de Tom O'Neill, William avait déjà rendu l'âme. Accablé, il se rendit au chevet du défunt. Il prit le temps de baiser le front de son père avant de ramasser la balle meurtrière, que Sean avait jetée sur les linges imbibés de sang, et de l'enfouir dans sa poche. En se relevant, il annonça à sa famille que le château et les dépendances étaient une perte totale. Seule avait été épargnée une remise contenant une maigre réserve d'orge et de blé.

— Rien d'autre n'a pu être sauvé. Les deux murs de pierres qui ne se sont pas effondrés sont gravement ébréchés et, à l'intérieur du manoir, tout n'est que cendres.

Sean le mit au courant que son père avait été victime d'un assassinat qui, avec l'incendie du château, avait probablement été commandé par Wesley. Matthew s'indigna à son tour et cria si fort le mot *vengeance* que ses nièces, apeurées, se mirent à sangloter.

— Qu'allons-nous devenir ? demanda Rebecca en serrant ses filles, qui s'étaient désespérément accrochées à sa chemise de nuit.

Un long silence suivit cette troublante interrogation. Les adultes se regardèrent tous, cherchant dans les yeux de l'autre une réponse réconfortante. Sean, la mâchoire crispée, parla le premier :

— Père a raison ; plus rien ne nous retient ici. Nous allons émigrer en Amérique…

— Moi, je ne pars pas, affirma Matthew d'une voix décidée. Sean, l'honneur de notre famille est la seule chose qu'il nous reste.

— Je suis d'accord avec toi, convint son frère en serrant les poings, mais…

Son regard s'attarda sur Rebecca et ses filles.

— Je n'ai ni femme ni enfant, intervint Matthew. Il me revient le devoir d'aller rejoindre les rebelles.

— Matthew, je t'en supplie, réfléchis. Notre père n'a pas tort ; la justice anglaise ne condamnera jamais l'un de ses landlords sur la base de simples présomptions. Que comptes-tu faire ?

Matthew, les traits tirés par une nuit blanche à combattre le feu, s'avança vers son frère aîné. L'expression de son visage, bien que triste, était déterminée.

— Comme des milliers d'Irlandais avant nous, nous venons d'être dépossédés de tous nos biens. Nous sommes des victimes de l'impérialisme anglais, comme tant d'autres compatriotes. Il faut que cela cesse ! La décision de m'engager dans le mouvement révolutionnaire de la Jeune Irlande, je l'avais déjà prise au début du printemps, mais j'ai tardé à m'enrôler. J'avais encore l'espoir d'une bonne récolte et vous auriez eu besoin de mon aide…

Sentant la peur de perdre son cadet sur un champ de bataille, Sean ne put que rétorquer :

— Par tous les diables ! Toi, un révolutionnaire ? Tu es un professeur d'histoire… Tu n'as aucune expérience du combat, si ce n'est ce que tu as appris dans tes bouquins.

— Mais Sean, nous ne pouvons pas laisser impuni le meurtrier de notre…

Il laissa sa phrase en suspens, trop ému pour continuer.

Déchiré, Sean se mit à marcher de long en large dans la sombre pièce. Il approuvait son cadet de tout son cœur, mais le laisser derrière lui, en Irlande, lui était d'un désespoir insupportable.

— Tu as raison, finit-il par concéder, troublé. L'Angleterre nous regarde tous mourir de faim, sans intervenir. Il faut des braves pour y mettre fin.

Après une profonde respiration, il demanda :

— Alors, dis-moi, qu'espères-tu ? Tu ne pourras jamais convaincre les membres du mouvement de venir exécuter Wesley…

Croisant les bras sur sa poitrine pour reprendre son assurance, Matthew le coupa :

— Je le sais, Sean, et je comprends que je ne pourrai m'attaquer directement à lui, en tout cas, pas pour le moment. Il doit se méfier et s'attendre à une riposte de notre part. Mais entre-temps, je suis prêt à me battre pour obtenir des lois plus équitables pour nous tous et pour défendre ce en quoi notre père a cru toute sa vie !

— Je suis d'accord avec toi ; cependant, lui, il a combattu en prônant la non-violence…

Sean s'arrêta devant la moue dubitative de Matthew.

— Certes, je te l'accorde, nous venons d'apprendre d'atroce manière que cette façon de faire n'est guère plus qu'une chimère !

Il soupira à nouveau et, les yeux emplis de tristesse, il planta son regard dans celui de son frère.

— Je me rends bien compte que rien ne pourra te dissuader de rester. Si je n'avais pas ma famille, je t'accompagnerais.

Matthew acquiesça ; il comprenait.

— Matthew, mon espérance est que vous réussissiez, affirma Sean. Mais promets-moi d'être prudent. L'idée qu'il t'arrive malheur me torture. Tu pourrais te retrouver en prison, ou pire, devant un peloton d'exécution !

— Je suivrai ton conseil. Cela prendra peut-être quelque temps, mais le jour où nous vaincrons, je serai heureux de te voir revenir au pays.

— Que Dieu t'entende ! reprit Sean, désirant le croire.

En détournant la tête, il vit sa famille. Émues, Rebecca et les trois fillettes observaient les deux frères. Molly avait douze ans et les jumelles fêteraient leur dixième anniversaire en août. Elles étaient d'une pâleur extrême, décoiffées et simplement vêtues d'une jaquette. Son cœur se serra de désespoir. Elles étaient bien jeunes pour vivre de tels événements. Jusqu'ici, Sean avait toujours pu les protéger et veiller sur leur bonheur, faisant tout son possible pour les préserver des horreurs dont souffrait l'Irlande. Et voilà qu'il était impuissant à leur épargner cette humiliante épreuve de l'exil. Il allait leur faire vivre un périlleux voyage en mer vers un continent inconnu. Sean fit un effort surhumain pour ne pas pleurer et ouvrit les bras pour leur faire signe de venir se réfugier contre lui.

— Tout ira bien, mes chéries, leur dit-il en tentant de se convaincre lui-même. Je trouverai rapidement un travail en Amérique. Allons, un peu de courage, des malades qui ont besoin d'un médecin, il y en a partout !

Dans l'embrasure de la porte ouverte, il remarqua les hommes, les femmes et les enfants qu'ils avaient recueillis et qui affichaient, eux aussi, un air inquiet. Comprenant que leurs protecteurs ne pourraient plus les aider, ils commençaient à se disperser en silence, résignés à reprendre la route. Seuls restaient, dans la chaumière, les O'Neill, la famille McDoughan et leur domestique, Rob Corrigan.

— Rob, tu peux partir aussi, l'avisa Sean. Je suis désolé, mais nous ne pourrons pas te payer tes gages de la semaine.

S'il avait été prudent, Rob en aurait profité pour quitter les McDoughan à ce moment. C'était lui qui avait aidé le mercenaire à pénétrer dans le château et c'était aussi lui qui lui avait indiqué la chambre du maître. Depuis quelques années, il était à la solde de Wesley, et l'appât du gain l'avait rendu téméraire. Il avait entraperçu la bague sertie d'une émeraude et rêvait déjà de richesses et d'une nouvelle vie au Canada.

— Je sers votre famille depuis plusieurs années, répondit-il de but en blanc en s'avançant vers les deux frères. Si vous me le permettez, j'aimerais vous accompagner jusqu'au port de Waterford. J'ai économisé quelques livres et je désire également quitter l'Irlande.

— C'est aimable de ta part, Rob, le remercia Rebecca, qui ignorait les intentions malhonnêtes du serviteur. Les routes de ce comté sont devenues hasardeuses et un compagnon de plus ne peut être que bienvenu…

Sean se contenta de hausser les épaules.

— Alors, Rob, prends les sacs de céréales dans la remise et va nous attendre au bout de la montée. Nous t'y rejoindrons bientôt.

Une fois le domestique parti, Sean s'approcha de son frère pour s'entretenir avec lui :

— Le château ne vaut plus rien. Le banquier voudra assurément récupérer son argent de l'hypothèque et, comme nous ne pouvons pas le rembourser, il enverra la milice. Plus vite nous quitterons nos terres, mieux ce sera.

— Mais sans argent, comment vas-tu te débrouiller ? lui demanda son cadet, soucieux.

Sortant d'une poche de son pantalon les livres sterling qui s'y trouvaient, Sean lui expliqua :

— Il y a un peu plus de vingt livres… c'est l'argent de l'hypothèque que je devais aller payer à la banque ce matin. C'est peu, mais une bonne partie nous permettra de manger, de nous vêtir convenablement et de payer la traversée.

En parlant, il tendit quelques billets à Matthew :

— Prends-les, tu en auras besoin…

Mais son cadet secoua la tête avant de répliquer :

— Non, garde-les, je peux m'arranger…

— Je n'en ai aucun doute Matthew, mais prends au moins de quoi te nourrir et t'abriter pour quelques jours.

Matthew hésita, puis accepta :

— Une livre et quelques shillings suffiront, concéda-t-il, embarrassé. Rebecca a raison ; les routes peuvent être dangereuses. Je resterai également avec vous jusqu'à votre embarquement. À Waterford, je suis certain que notre grand ami, le notaire O'Brien, et sa fille, Jane, m'offriront l'hospitalité.

Sean lui prit le bras pour l'entraîner à l'écart.

— Avant tout, il faut transporter la dépouille de père au cimetière du domaine, tandis qu'il est encore le nôtre, et lui creuser une sépulture près de notre mère. Il faut aussi que je te parle d'autre chose.

Devant l'air interrogateur de son frère, l'aîné sortit la bague de sa poche.

— Nous n'avons pas tout perdu, Matthew. Nous avons encore ces pierres précieuses.

— Mais d'où provient cet anneau ?

— Allez, suis-moi, je vais te raconter.

Vers midi, les McDoughan prirent la route sous un soleil de plomb, vêtus pauvrement dans des habits usés que la généreuse Bridget O'Neill avait tenu à leur donner avant de les quitter avec sa famille. Soulevant des nuages de poussière, seul le souffle du vent maudit semblait ironiquement être venu leur dire adieu.

Lorsqu'ils passèrent devant le portail de fer forgé du domaine des Wesley, qui, telle une forteresse, était entouré de hauts murs de pierres, Sean serra les poings et regarda son frère qui marchait, silencieux, à ses côtés.

— Matthew, une question m'obsède : comment l'assassin a-t-il pu entrer dans notre manoir et se rendre directement dans les appartements de père ? Crois-moi, si je tenais cet homme et son complice, je les écorcherais vifs de mes propres mains !

Derrière eux, Rob Corrigan sentit un désagréable frisson remonter le long de son échine.

***

En cette fin de journée d'été, après trois jours de marche et autant de nuits passées dans des étables délabrées, les McDoughan, fatigués, avaient réussi à se rendre jusqu'à la ville portuaire. Sur la route, ils avaient croisé des camps de fortune où des centaines d'expropriés, affamés et maigres, faisaient halte pour recouvrer, comme eux, un peu de force avant de reprendre la route. À plusieurs reprises, ils avaient été témoins de la mise en terre de la dépouille de l'un des leurs, qui n'avait pu survivre au long déplacement.

Comment une nation peut-elle être assez ignoble pour contraindre tout un peuple à se mettre en marche soit vers la mort, soit vers un destin incertain ? songea Matthew, indigné.

À proximité du port, en entendant le tumulte des curieux attroupés sur les quais, ils pouvaient déjà deviner la fébrilité des lieux. Ils furent assaillis par la clameur des voix rauques des marins, des pleurs d'enfants accrochés aux habits de leurs parents et des lamentations des mendiants. Ces derniers quêtaient une aumône, alors que d'autres miséreux tentaient de vendre le dernier objet de valeur qu'ils possédaient. Tous espéraient pouvoir amasser les trois livres qui leur permettraient de payer la traversée.

Ici et là, des poissonniers et quelques marchandes de soupe à l'odeur douteuse criaient à tue-tête pour attirer des clients vers leurs étals. La tension sur les docks était palpable et témoignait de la tragique situation dans laquelle se trouvait une grande partie du peuple irlandais. « Quelle misère ! » ne put réprimer Rebecca, sentant un sentiment d'angoisse la submerger.

Leur petit groupe restait en retrait, figé sur place, comme peint sur une toile de maître. Malgré sa robe usée, ses longs cheveux roux coiffés à la hâte, ses beaux yeux verts cernés d'ombre et sa fragile silhouette, Rebecca dégageait encore la prestance d'une dame de qualité. Les lèvres pincées et le teint blême, elle saisissait toute l'ampleur de leur déplorable déchéance.

Sa fille aînée, Molly, affichait un beau visage parsemé de taches de rousseur. Ses yeux d'un bleu angélique reflétaient sa personnalité : derrière une façade espiègle se cachait une timidité qu'elle tentait de dissimuler. Elle ressemblait à toutes les adolescentes et, bien que son corps la fasse déjà ressembler à une jeune femme, son esprit, lui, refusait de grandir. Devant tant de dénuement, qu'elle avait rencontré sur les routes et, ici, sur les quais, une partie de sa naïveté juvénile s'était volatilisée ou laissé emporter par le vent salin qui fouettait ses joues.

Les inséparables jumelles, Sarah et Rachel, se tenaient par la main et dévisageaient la scène qui se déroulait devant elles. Habituées à une vie insouciante, bien que le château ait été délesté de plusieurs objets de valeur depuis la famine, jamais elles n'auraient pu concevoir une si dure réalité. Instinctivement, elles levèrent les yeux vers les hautes voiles d'une embarcation qui prenait le large.

Mesurant quelques centimètres de plus que son frère, Sean était un homme fort, intelligent et très apprécié. Les mains tendrement posées sur les épaules de sa femme, il observait de son regard noir la foule agitée. Plusieurs de ces indigents lui paraissaient déjà fort souffrants. Toutefois, tout près d'eux, un panneau attira son attention. Il était placardé d'affiches de toutes sortes. Parmi ce désordre, il remarqua plusieurs offres pour un poste de médecin de bord. Celle d'un trois-mâts le décida : elle précisait qu'une cabine était attribuée à la famille du praticien.

Un travail rémunéré, c'est ce qu'il me faut. En plus, la cabine nous évitera de nous entasser dans les soutes du bateau ! songea-t-il.

Quant à Matthew, plus menu, mais de tempérament plus vif, il venait d'apercevoir, un peu à l'écart, deux bateaux affichant le pavillon britannique. En partance pour l'Angleterre, ils croulaient de billots de bois, de bétail et de céréales.

Les Britanniques se servent, sans aucun remords et sans la moindre pitié, dans les maigres ressources de l'Irlande. Aucun de ces abjects oppresseurs ne mourra de faim !

Cette dernière infamie consolida sa volonté de s'engager dans une lutte contre ces despotes d'Anglais.

Le dernier personnage de ce tableau improvisé, Rob Corrigan, était un solide gaillard aux cheveux en broussaille. Il se tenait derrière eux, l'air contrarié. Il se reprochait de ne pas avoir réussi à subtiliser la précieuse bague. Il avait remarqué que Sean ne se défaisait jamais de la pochette de velours, qu'il avait épinglée sous sa chemise. Entêté dans sa quête de fortune, il comprit qu'il devrait à tout prix embarquer sur le même navire que les McDoughan.

Loin d'être impressionné par l'ampleur de la misère qui s'étalait devant lui, la connaissant fort bien, Rob fut le premier à s'avancer vers la cohue. En se retournant vers ses anciens maîtres, il tendit une main à Sean.

— Il est temps pour moi de vous quitter et de vous faire mes adieux. Je vais tenter de me trouver une place à bord d'un de ces navires.

En lui serrant fermement la main, Sean le remercia :

— Nous vous sommes reconnaissants de nous avoir tenu compagnie…

Il observa l'horizon et ajouta :

— … et je vous souhaite bonne chance, mon brave.

— Merci, monsieur, nous en aurons tous bien besoin. Pour ma part, j'ai de la parenté au Bas-Canada, et c'est là que je compte aller m'établir.

Tandis que Rob se dirigeait vers le baraquement où l'on vendait les billets d'embarquement, Sean, jouant du coude afin de guider sa famille à travers la foule, avançait vers le quai 37, plus précisément vers un navire, le *Ann Kenny*.

— Que comptes-tu faire ? le questionna Matthew, intrigué. Tu as l'air bien sûr de toi.

Il vit le regard de son frère briller, comme jamais il ne l'avait vu depuis la mort tragique de leur père.

— Ils ont besoin d'un médecin de bord, annonça Sean. Je vais de ce pas monter sur ce trois-mâts pour offrir mes services au capitaine. Attendez-moi ici; je compte bien m'y faire engager!

Aussitôt qu'il fut à bord, Sean déclina nom, prénom et profession au maître d'équipage, qui s'empressa de le conduire à bâbord, dans le quartier des officiers.

— C'est Dieu qui vous envoie, docteur McDoughan! lui affirma le capitaine Baldwin en le recevant dans sa cabine. Nous sommes à quai depuis deux jours, sans pouvoir appareiller faute d'un médecin. Alors, vous comprendrez que votre offre arrive à point.

— N'aviez-vous pas déjà un médecin pour vos précédents voyages? s'informa Sean.

Le capitaine hésita quelques secondes, avant de lui confier:

— En fait, je suis un négociant de bois et, pour le transport de cette marchandise, aucune loi maritime ne l'obligeait.

Il haussa ses épais sourcils, avant d'expliquer:

— Comme bien d'autres commerçants, devant la demande accrue d'émigrants, j'ai décidé de transformer les cales de ce trois-mâts pour y aménager des couchettes superposées, une longue table et des bancs afin d'y installer un bon nombre de passagers. Une fois les voyageurs arrivés à destination, je pourrai faire démonter les structures et rapporter un chargement de billots. Évidemment, à partir du moment où les soutes servent au transport humain, je suis obligé d'avoir un médecin à bord.

Même s'il détectait un certain penchant mercantile chez le capitaine, Sean, dans sa situation, ne put réprouver ouvertement ce douteux, mais pratique arrangement.

Les Irlandais sont devenus l'une des marchandises les plus lucratives! songea-t-il, réprimant une moue contrariée.

Il toussa pour s'éclaircir la voix, puis se contenta de répondre:

— Je comprends!

Après un bref silence, il ajouta:

— Si j'ai bien lu votre affiche, le médecin de bord et sa famille ont droit à une cabine. J'ai trois fillettes…

— En effet, le coupa Baldwin, impatient de clore l'entente. Elle n'est pas très grande, mais elle contient une armoire fixée à la cloison et un large lit. Il sera aussi possible d'y ajouter une paillasse pour vos enfants. Votre salaire sera de deux livres par semaine, et votre famille et vous aurez droit aux repas de notre cuisinier. Alors, mon cher McDoughan, qu'en dites-vous?

— Marché conclu, acquiesça Sean, sans hésiter.

Les deux hommes échangèrent une ferme poignée de main.

— Je veux donc que vous embarquiez dans la soirée, ordonna le capitaine. Nous appareillerons à l'aube. Vous comprendrez qu'il me tarde de prendre le large vers l'Amérique!

Lorsque son mari lui annonça la bonne nouvelle, Rebecca fut soulagée, mais ne put retenir ses larmes, prenant conscience du départ imminent. De plus, les événements des derniers jours et la peur de ce que leur réservait l'avenir remplissaient son esprit de sombres visions et ébranlaient le peu de courage qu'il lui restait.

Sean lui caressa tendrement la joue et lui offrit son plus rassurant sourire.

— Allons, ma chérie, nous sommes tous bouleversés, mais fais-moi confiance. Regarde tout autour ; il n'y a que misère. Une vie meilleure nous attend de l'autre côté de cet immense océan.

Rebecca approuva de la tête et, se saisissant du mouchoir qu'il lui tendit, elle reprit peu à peu son calme. Elle se pencha vers ses filles qui lui enserraient la taille pour les rassurer :

— Mes chéries, soyez courageuses. Votre père a raison… comme toujours ! Notre famille est notre richesse, mes enfants, et tant que nous serons tous réunis, nous ne pourrons qu'être heureux.

Sean et Rebecca profitèrent des quelques heures qu'il leur restait avant l'embarquement pour se procurer de quoi habiller la famille dans l'une des rares boutiques de vêtements et d'accessoires encore en service près du port.

Pendant ce temps, Matthew, profondément triste à l'idée de devoir se séparer d'elles, voulut distraire ses nièces. Il se mit à leur raconter la légende celtique d'Eithne, une femme humaine qui fut accueillie au pays des fées. Les filles adoraient leur oncle et, tout comme lui, ce départ les chagrinait autant qu'il les effrayait. Le conte fut donc accueilli par le jeune auditoire avec un enchantement mitigé.

À l'heure dite, avant de suivre sa famille sur l'appontement, Sean se tourna vers son cadet, et les deux frères se jetèrent dans les bras l'un de l'autre.

— Matthew, je prierai pour que vous réussissiez à libérer ce pays. Plus que jamais, je me rends compte que les Britanniques profitent de la grande famine pour dissimuler un crime encore plus odieux. Que ce soit en l'obligeant à s'exiler ou en le laissant mourir de faim, leur but est de se débarrasser, une fois pour toutes, du peuple irlandais !

Le cadet n'avait jamais vu son aîné aussi exaspéré. Il savait qu'à l'intérieur de Sean grondait la même colère. Matthew avait la certitude que, n'eussent été ses responsabilités envers sa femme et ses enfants, son frère l'aurait suivi, sans hésitation, jusque sur le champ de bataille.

— Voilà deux diamants de la bague, comme tu le souhaitais. Je conserverai le reste de ta part en sécurité.

— Crois-moi, Sean, c'est suffisant. Et puis, j'ai déjà la livre sterling que tu m'as donnée. Il vaut mieux que je n'en possède pas davantage. On ne sait jamais ce qui pourrait m'arriver…

Avant que son aîné ne puisse répliquer, il s'empressa de dire :

— J'obtiendrais amplement d'argent avec les pierres, si je choisissais de quitter l'Irlande à mon tour et d'aller vous rejoindre au Canada.

— Compte sur moi, je vais garder ta part et, si tu as besoin de finances, n'hésite pas à m'écrire. Dès que possible, je t'enverrai notre nouvelle adresse, lui promit Sean. Je ferai parvenir les lettres au notaire O'Brien, que tu salueras pour moi, ainsi que Jane. Matthew, j'ai bon espoir qu'un jour, nous serons à nouveau ensemble !

Il leva la main en signe d'au revoir, se retourna prestement afin de cacher la peine qui l'affligeait, puis enjamba la passerelle une seconde fois.

C'est ainsi qu'à cette époque, plus d'un million de familles irlandaises furent déchirées, la majorité de leurs membres s'exilant vers un pays inconnu…

2

Océan Atlantique, juillet 1847

Accoudé à la rambarde du pont avant, Sean, exténué par les heures passées à soigner les malades dans les cales, respirait des bouffées d'air pur. Il y avait toujours ces mêmes images qui le hantaient : le manoir en feu, son père sur son lit de mort et le triste visage de Matthew seul au bout du quai. S'il fallait qu'il arrive malheur à son frère, il se sentirait à jamais coupable de ne pas avoir assez insisté pour qu'il les accompagne. La colère lui écrasait le cœur et il abattit fermement son poing sur le rebord de bois, s'écorchant le revers de la main. Instinctivement, il lâcha un juron. Pour se calmer, il releva la tête vers le ciel et contempla les voiles gonflées par le vent qui les poussait vers l'Amérique.

Père, je ne peux vous venger, admit-il en lui-même, *mais je vous promets de faire de mon mieux pour honorer votre mémoire et protéger les miens !*

Le *Ann Kenny* comprenait six cabines : deux pour des familles plus nanties, une pour le capitaine, deux pour les officiers supérieurs et une, en effet, pour le médecin de bord. L'entrepont servait de quartier pour les marins, tandis que les cent quatre-vingts passagers s'entassaient dans les larges soutes. Au centre, comme l'avait précisé le capitaine à Sean, une longue table et des bancs de bois servaient de réfectoire et, de chaque côté, un étage des couchettes superposées était alloué par famille.

Le prix de la traversée comprenait quelques victuailles. Au début de chaque semaine en mer, on remettait aux familles de l'eau potable, des biscuits à la farine d'avoine, du riz, de la mélasse et du thé. Ces maigres provisions représentaient pour la plupart de ces gens, affaiblis par la famine, de rares repas consistants. Faisant fi des consignes de survie, dès le départ, plusieurs en engouffraient une bonne partie.

Une fois par jour, le capitaine permettait aux bien-portants de faire une promenade sur le pont à tour de rôle. Toutefois, lors des tempêtes, la porte de l'escalier menant vers la sortie était fermée et l'odeur qui emplissait la cale devenait rapidement pestilentielle. Pendant ces bourrasques, aucune lampe ne pouvait être allumée. Dans un noir opaque, les passagers, blottis les uns contre les autres, enduraient l'insupportable tangage du navire et l'effrayant bruit du craquement des poutres.

Dès les premiers jours en mer, en faisant sa tournée des passagers, Sean avait constaté avec découragement que certains avaient sans doute embarqué sur le navire alors qu'ils étaient atteints du typhus. Les autres, dont l'état était lamentable, n'avaient aucune résistance et couraient le risque d'être contaminés. Il avait donc décidé d'isoler les contagieux dans un coin de la cale.

— Combien de ces malheureux mourront pendant la traversée, leur rêve d'une meilleure vie sombrant, en même temps qu'eux, dans les flots de l'Atlantique? murmura Rebecca, étendue près de lui dans leur lit. Et tu me dis que le pauvre Rob est sur notre bateau et vit en bas, dans la cale!

Plus tôt dans la journée avaient eu lieu les obsèques d'un jeune homme que la terrible infection avait emporté pendant la nuit. Le rituel funèbre avait consisté en un bref mot du capitaine, en la bénédiction du pasteur, puis en la glissade du mort par-dessus bord. Ce premier décès avait troublé la plupart des passagers.

Réprimant un sentiment d'accablement, Sean se retourna vers sa femme et l'entoura de ses bras. Il déposa un baiser sur son épaule.

— Ma pauvre chérie, cesse de te faire du mouron pour Rob. Il est costaud et, crois-moi, il sait très bien se défendre. Rebecca, il n'est plus à notre service et tu n'as pas à te soucier de lui.

Après un court silence, Rebecca se ravisa:

— Tu as raison. Je suis idiote de m'en faire pour…

— Et moi, la coupa Sean, j'ai un excellent remède pour te changer les idées.

Tout en lui parlant, il lui caressa sa longue chevelure rousse, puis, tendrement, il glissa sa femme sous lui. Aussitôt, elle sentit à travers le mince tissu de sa chemise de nuit le membre de son mari frôler son bas-ventre et se durcir de désir.

— Sean, les filles…, lui rappela-t-elle.

Molly et les jumelles dormaient à poings fermés sur la paillasse installée près de leur lit.

Amoureusement, Sean l'embrassa sur la bouche, l'empêchant ainsi de terminer sa phrase. Il insinua une main chaude entre ses cuisses, puis après avoir relevé sa jaquette, il la pénétra avec impatience. Répondant avec ardeur à chacun des coups de reins de son mari, Rebecca sentit monter en elle une si vive excitation qu'elle dut se mordiller les lèvres pour ne pas gémir. Volontairement, elle ralentit la cadence de son bassin, contrôlant leur rythme et prolongeant ainsi leur plaisir. Elle voulait éterniser cet instant sublime qui les délivrait de cette tourmente qu'était devenu leur quotidien. Sa jouissance fut complète et, en entendant le souffle retenu de Sean, elle sut que le plaisir était partagé.

Effleurant le visage de son mari, effondré à ses côtés, elle crut déceler une larme, une seule, ruisseler le long de sa joue. Éprise de lui comme au premier jour, elle ne pouvait supporter qu'il soit triste, et il le savait. C'est pourquoi, la plupart du temps, Sean feignait une humeur enjouée, à tout le moins rassurante. Mais cette nuit-là, la douceur de leurs corps enlacés avait eu raison de sa courageuse façade.

***

Un après-midi, alors que Sean était occupé à transmettre un bilan de la situation au capitaine Baldwin, Rebecca décida de descendre dans la cale malgré l'interdiction de son mari.

N'ayant pas aperçu Rob sur le pont depuis deux jours, et bien que Sean lui ait assuré qu'il n'était pas infecté, elle s'inquiétait de la santé de leur ancien domestique.

Tout de même, se dit-elle pour se déculpabiliser, *il nous a fidèlement servis plusieurs années. C'est la moindre des choses que j'aille m'enquérir, au moins une fois, de son état!*

Laissant Rachel et Sarah aux soins de Molly, elle se dirigea discrètement vers l'étroit escalier de bois. Alors qu'elle descendait dans le ventre du bateau, une odeur la fit hésiter. Mais davantage que les effluves fétides qui se dégageaient de la cale, c'est la peur de voir la misère qu'elle y trouverait qui lui donna la nausée et la figea.

Une douce musique de violon la surprit et l'encouragea à poursuivre sa descente. Le front couvert de sueur, elle se dirigea lentement vers les couchettes les plus proches. Le spectacle de ces braves gens, qui gisaient à demi accotés sur leur paquetage et dont la plupart n'avaient même plus la force de sortir de ce sombre endroit, la bouleversa. Le temps semblait s'être arrêté. Tous écoutaient, silencieux, comme réunis en un seul clan. Le violoniste avait choisi une mélodie irlandaise dont la légèreté des notes gonflait les cœurs d'espoir. Rebecca attendit que la musique cesse avant de demander:

— Rob? Je cherche Rob Corrigan.

Tous les regards se tournèrent vers elle et un fanal s'alluma sur sa gauche.

— Madame! Mais que faites-vous ici? s'étonna l'homme en se redressant sur un coude.

Rebecca, louvoyant entre les rangées de couchettes, s'approcha et, dans le halo lumineux de la lanterne, elle l'aperçut.

— Mon pauvre ami, vous êtes alité. J'avais bien raison de penser que vous étiez malade…

— Madame McDoughan, vous ne devriez pas être ici. Je vous en conjure, remontez.

Sans l'écouter, elle posa une main sur le front du valet, mais il n'était pas fiévreux. Elle saisit le fanal et éclaira davantage le visage du domestique. Elle ne put retenir une exclamation irritée en remarquant l'œil tuméfié, le nez enflé et le bandage enroulé autour de son torse :

— Oh ! Rob Corrigan, vous n'avez donc pas perdu cette fâcheuse manie de vous bagarrer pour un rien. Je comprends maintenant pourquoi mon mari ne m'a rien dit ; il doit être furieux contre vous. Les batailles sont interdites à bord. N'avez-vous pas lu les règlements ? Sans parler que votre inconduite pourrait vous nuire pour entrer au Canada…

— Le docteur m'a déjà fait la morale, l'interrompit-il, plus énervé que piteux. Croyez-moi, j'avais mes raisons.

Puis, il pointa un doigt vers le vieillard qui geignait dans la couchette d'à côté et ordonna à l'épouse du docteur :

— Maintenant, remontez !

Au ton insistant de l'incorrigible bagarreur, Rebecca comprit son imprudence. Elle rageait contre le domestique, mais pas autant que contre elle-même. Se mordillant les lèvres, elle se mit à gravir les marches.

Un regard noir l'accueillit sur le pont supérieur. D'un geste brusque, Sean lui tendit une main et l'aida à prendre pied.

— Mais qu'est-ce qui t'a passé par la tête ? la disputa-t-il, contrôlant difficilement sa colère.

Des larmes se mirent à couler sur le visage blême de Rebecca.

— Je suis désolée, hoqueta-t-elle, je croyais bien faire. Et puis, arrête de crier, sinon tu vas affoler les filles.

— Parce que tu te figures qu'elles ne vont pas paniquer si tu tombes malade ! s'emporta-t-il, malgré lui.

Devant les yeux terrifiés de sa femme, il se ressaisit et la prit dans ses bras.

— Pardonne-moi, mon amour, mais tu aurais dû me faire confiance. Et puis, s'il fallait… Rebecca, je ne peux imaginer ma vie sans toi, tu comprends ? Allons ! Rien d'aussi terrible n'arrivera ; j'y veillerai. Mais d'abord, va enlever ces vêtements que je puisse les jeter à la mer.

Hélas ! Ce que Sean redoutait se produisit. Dans la semaine qui suivit, Rebecca commença à se sentir faible et dut s'aliter. Bien vite, son visage rougit sous l'effet de la fièvre et sa langue prit une étrange couleur noirâtre. Le docteur dut se rendre à l'évidence : épuisée par les jours de marche et les dures conditions de vie sur le bateau, sa femme avait contracté le typhus. Il se mit à craindre également pour leurs filles et leur interdit de jouer avec les autres enfants qui venaient sur le pont. Afin de lui venir en aide, une jeune femme offrit de s'occuper des fillettes. Pour leur éviter toute proximité avec la contagieuse, Sean obtint du capitaine la permission d'installer leur paillasse sous une toile, sur le gaillard avant, qui leur servirait d'abri.

Rebecca devint sa principale patiente. Dès qu'il le pouvait, il veillait à son chevet, ne la laissant que pour se consacrer aux soins des autres malades. Un matin, le voyant amaigri et les yeux cernés d'une teinte bleuâtre, sa femme le supplia d'une voix tremblotante de fièvre :

— Tu n'es pas raisonnable, Sean, tu dois te reposer. Bientôt, tu ne seras plus utile à personne !

Mais il ne l'écouta pas. Son acharnement à la guérir le rendait sourd à ce genre de propos et insensible aux signes de fatigue que lui lançait son corps. Le plus cruel, pour lui, était de ne pas pouvoir la soulager ni l'embrasser. Les jours qui suivirent, la santé de Rebecca se dégrada davantage.

— Tu vas guérir, tu m'entends, lui souffla-t-il, même si le teint blême de sa femme ressemblait de plus en plus à celui d'une moribonde.

— Sean ! Je t'en prie, pardonne-moi, lui murmura-t-elle, mais je n'ai plus la force de me battre… cette souffrance est intolérable… Mon amour, jure-moi de garder courage et de t'occuper de ta santé… pour nos enfants…

Sean devint très pâle et lui saisit tendrement la main. Envahi de tristesse, il lui fit une promesse :

— Je t'aimerai toute ma vie, Rebecca. Je garderai ton bien-aimé souvenir dans mon cœur et veillerai à ce qu'il vive toujours dans celui de nos filles.

À l'aube du cinquième jour, elle s'éteignit dans les bras de son cher époux. Derrière le couple, Molly, Rachel et Sarah pleuraient à chaudes larmes dans l'embrasure de la porte de la cabine.

Dans la matinée, elle fut la quatrième victime dont on fit basculer le corps dans les flots agités de l'océan Atlantique.

***

La nouvelle de la mort de Rebecca accabla Rob Corrigan. Dès le premier jour où il avait été embauché chez les McDoughan, il était tombé amoureux de cette grande dame. Il admirait sa beauté et sa grâce et, bien qu'elle soit la maîtresse du manoir, elle se montrait toujours reconnaissante envers les domestiques. Elle n'avait même pas hésité à prendre des risques pour venir s'enquérir de sa santé, alors qu'il n'était même plus à son service.

Rob se souvint qu'au temps de leur bonne fortune, et contrairement à Rebecca, le père et les fils McDoughan étaient plutôt hautains et exigeants envers leurs employés. Même davantage envers lui, depuis qu'il s'était converti au protestantisme. Il n'avait donc ressenti que peu de remords lorsqu'à cette époque, il avait accepté de devenir un espion de Wesley.

Il devait avouer qu'avec la famine, les McDoughan s'étaient révélés généreux et avaient essayé de sauver plusieurs compatriotes d'un terrible sort. Il grimaça en pensant à sa dernière trahison. Il avait révélé à sir Wesley que le père McDoughan avait dû hypothéquer le domaine et qu'il continuait de recueillir des familles expulsées. Le landlord, qui le payait grassement, lui avait alors commandé de faciliter discrètement l'accès au manoir à un de ses hommes de main qui se présenterait à la grille du domaine. Jamais il n'aurait imaginé que l'ordre de l'intrus serait d'assassiner le vieux McDoughan, puis de détruire le château ! Rob grogna. Il n'aimait pas les questions sans réponses, et encore moins les remords. Il les chassa d'un geste de la main.

Malgré les soins que le docteur lui avait prodigués après la bataille, il lui en voulait de l'avoir humilié en le grondant comme un enfant. Décidément, Sean et lui ne s'étaient jamais appréciés. Rob avait besoin d'un coupable pour la perte de Rebecca et, sans hésiter, il blâma le médecin pour son manque de précaution. Il ne savait peut-être ni lire ni écrire et avait été élevé à coups de pied et de pelle, mais lui, il n'aurait jamais mis la vie des siens en danger pour des pestiférés !

***

Une semaine s'était écoulée depuis le décès de Rebecca et les trois fillettes avaient pu réintégrer la cabine. Abandonnant à Molly la garde des cadettes, Sean avait repris ses tournées dans les cales. Évitant de trop méditer sur ses malheurs, il se consacrait sans relâche à soigner les indigents. Il ne s'arrêtait qu'épuisé, s'évadant dans le néant d'un sommeil sans rêves.

Assise près de ses sœurs endormies, Molly ferma les yeux et revit le visage agonisant de sa mère. Une partie d'elle était morte ce jour-là et, malgré ses douze ans, elle se sentait vieille. Les derniers échos de son enfance avaient sombré au fond de l'océan, accrochés à la dépouille maternelle.

Une tempête de larmes et de colère la secoua. Rebecca lui manquait et son père était devenu un vrai fantôme, n'apparaissant que pour venir s'écrouler sur son lit. Molly baissa son regard sur les jumelles. Ses jeunes sœurs n'avaient pas encore pris conscience que leur vie d'antan au manoir familial, cette vie insouciante et légère, était révolue à jamais. Elle leur enviait leur candeur.

En remontant la couverture sur leurs épaules, Molly secoua la tête pour retrouver la raison : elle était l'aînée et son père comptait sur elle.

***

Il s'écoula près d'un mois avant que de hautes falaises n'apparaissent à l'horizon et que le bateau ne s'engage dans l'embouchure du fleuve Saint-Laurent.

À la proue du navire, Sean observa ses filles agrippées à lui, un sourire crispé sur les lèvres. Las et accablé par son difficile travail en mer, il réussit tout de même à prendre un ton qui se voulait confiant :

— La terre promise est devant nos yeux, mes chéries. Vous verrez, une magnifique vie nous y attend !

Puis, silencieux et empreint de nostalgie, il fixa l'horizon. La vision de ce bout d'Amérique, cette terre d'accueil dont il espérait tant, se mêlait avec le souvenir des paysages semblables qu'ils avaient laissés en Irlande.

Une nouvelle vie allait commencer pour sa famille et, à ce moment précis, l'absence de Rebecca lui fut intolérable. Quelques larmes jaillirent à la commissure de ses yeux, bien vite asséchées par une forte brise à l'odeur saline. L'air serein et confiant qu'il s'était jusque-là efforcé d'afficher s'était éteint. Ses yeux cernés témoignaient des nuits d'insomnie à pleurer sa femme, à consoler ses enfants et à s'acharner à soigner des gens atteints d'une maladie qu'il se sentait impuissant à combattre.

— Papa ! Regardez, les oiseaux, s'écria Molly, le sortant de sa réflexion. On dirait qu'ils viennent à notre rencontre.

— Ils sont fabuleux, n'est-ce pas ? Pour nous, ce sont des gannets, mais le capitaine m'a précisé que le nom français de ces oiseaux marins est fous de Bassan. J'en ai déjà observé en Irlande et en Écosse.

— Leur plumage est tout blanc ! s'émerveilla Rachel. On dirait qu'ils planent comme des cerfs-volants. Mais pourquoi les traite-t-on de fous ?

— C'est parce qu'ils crient trop fort, avança Sarah, qui n'en savait rien.

Sean ébouriffa tendrement la chevelure bouclée des jumelles, heureux qu'elles aient conservé un peu de leur innocence. Cela leur permettait de s'émerveiller et d'oublier ainsi leur chagrin. Reprenant courage, il leur sourit et fit non de la tête. Il pointa un doigt vers l'un des oiseaux qui, piquant du bec, plongea comme une flèche dans la mer.

— Je crois plutôt que c'est la vitesse vertigineuse avec laquelle ils s'immergent dans l'eau qui leur a valu ce nom…

— Oh ! Papa, observez celui-là, le coupa Molly. Il est immense et tout noir.

— Un cormoran, il me semble, s'enthousiasma Sean en se rapprochant d'elle. Et là, vous voyez, c'est un goéland !

Devant ce ballet de vols d'oiseaux qui les accueillait, les membres de la famille McDoughan semblaient reprendre vie. Leur entrain attira d'autres passagers près d'eux, dont le musicien, qui s'empressa de sortir son violon. Le temps d'un air joyeux, les émigrés oublièrent leur misère et sentirent renaître en eux la confiance en un destin meilleur.

Tant d'autres artistes exilés d'Irlande transportent dans leurs bagages notre musique et nos chants, songea Sean. *Je suis heureux que Rebecca et moi ayons insisté pour que Sarah apprenne à jouer du piano et que Rachel ait découvert d'anciennes ballades à interpréter de sa belle voix.*

Le lendemain, une longue file d'une trentaine de bateaux les précédait devant une île qui, selon le capitaine Baldwin, était un arrêt obligatoire pour les immigrants. Aucun voyageur ne pouvait quitter le navire et celui-ci ne pouvait poursuivre sa route jusqu'au port de Québec avant l'inspection du médecin visiteur. L'attente pour le débarquement s'annonçait longue.

Le trois-mâts jeta l'ancre et Molly eut passablement le temps d'admirer la petite île en face. D'où le bateau patientait, elle pouvait admirer les vagues se casser, inlassablement, sur la grève. Au passage, leur souffle effleurait les fines tiges de blé de mer qui longeaient les côtes. Plus haut, derrière de longues silhouettes fantomatiques de toile blanche, le vert d'une abondante forêt était entrecoupé, ici et là, par le gris des rochers et la teinte dorée des clairières couvertes de broussailles.

Toute cette végétation me fait penser à une immense toile aux couleurs vives! se dit-elle, émerveillée.

En se retournant, elle vit les jumelles qui se chamaillaient pour un bout de bois. Rachel, essayant d'empêcher sa sœur de jeter l'objet convoité par-dessus bord, tirait les cheveux de Sarah, qui hurlait à tue-tête. En soupirant intérieurement, Molly se dirigea vers elles pour les calmer:

Seigneur! Il est grand temps que nous quittions tous ce bateau de malheur!

De retour dans sa cabine, Sean en profita pour mettre à jour son rapport médical. Il le conclut en notant que la traversée avait duré trente-huit jours, qu'à bord se trouvaient vingt-six malades et que quatre personnes avaient trouvé la mort durant le voyage. Il inscrivit la date: le lundi 2 août 1847.

***

Le surlendemain, les voyageurs virent enfin le médecin de l'île, un prêtre et deux militaires amarrer leur chaloupe au navire, puis escalader l'échelle qui menait à bord. Les cales étant devenues insalubres, le capitaine avait permis que se rassemblent sur le pont principal les indigents qui ne montraient aucun signe de maladie. En voyant enfin la délégation de l'île, certains d'entre eux ne cachèrent pas leur hâte de mettre le pied sur la terre ferme et se pressèrent autour des quatre hommes.

Secondant le capitaine, Sean s'empressa de disperser les gêneurs, puis Baldwin invita les responsables à venir s'asseoir dans sa cabine. Sean ne put que remarquer l'aspect épuisé, mais surtout sévère des quatre hommes. Il comprit que la situation sur l'île devait être grave. Après que le commandant eut serré la main du praticien, il en fit autant, puis lui tendit son carnet de notes médicales.

— Je suis le docteur McDoughan, se présenta-t-il, et voici le bilan de la situation sur le *Ann Kenny*.

— Enchanté de vous rencontrer, cher confrère. Docteur Parent pour vous servir, prononça ce dernier en anglais, avec un accent français, en se saisissant du calepin. Bienvenue au Canada !

L'homme, dont la petite taille et la moustache fournie attiraient le regard, poussa un soupir accablé, hésitant visiblement à feuilleter ledit carnet. Il craignait d'y découvrir un nombre catastrophique de contagieux.

— Hum ! Vingt-six malades, constata-t-il. C'est terrible, bien sûr, mais on a connu pire…

Devant l'air inquiet du capitaine et de Sean, il s'empressa d'expliquer :

— Comprenez-moi bien, la situation sur l'île est très critique. Depuis le début de l'été, tous les navires, surtout ceux en provenance d'Irlande et d'Écosse, nous arrivent avec un lot de malades. Nous faisons face à une terrible épidémie de typhus et nous peinons à en contenir la propagation. Nous sommes débordés !

Il se racla la gorge tout en désignant le prêtre :

— Voici l'abbé Horan, l'un de nos aumôniers.

Puis, il pointa du doigt les deux autres hommes.

— Le sergent Cole et le soldat Gerry représentent le commandant Reid, le responsable de Grosse-Île. Ils sont également infirmiers. Leur tâche est de superviser l'embarquement dans les chaloupes de ceux que je considère comme bien-portants. Je suis désolé de vous presser, mais nous n'avons pas de temps à perdre : trois autres navires attendent notre visite avant la nuit. Allons, docteur McDoughan, suivez-moi ! Nous commencerons par examiner les voyageurs qui s'entassent sur le pont, puis ils pourront se rendre immédiatement sur l'île. Par la suite, vous m'accompagnerez dans les cales.

Le Dr Parent prit congé du capitaine et baissa volontairement le ton pour se confier à Sean :

— Cela vous paraîtra probablement ingrat, mais le gouvernement nous oblige à refuser asile aux personnes alcooliques, sourdes ou affligées de tout autre handicap. Il considère que le pays a déjà assez d'infirmes qui ne peuvent subvenir à leurs besoins et qui sont une charge supplémentaire pour leur famille.

Sean le fixa, consterné.

— Mais qu'adviendra-t-il de ces miséreux ?

— Je suis sincèrement désolé, mais nous n'avons pas le choix. Un bateau est nolisé pour eux. Il les prendra à son bord et ils seront expédiés vers leur pays.

McDoughan ne put réprimer son indignation :

— Autant dire qu'ils sont condamnés à mort. Car si, par miracle, ils survivent à une autre traversée, il est presque certain qu'à leur arrivée, personne ne sera là pour leur venir en aide !

***

Rob Corrigan fut installé à l'arrière d'une des premières embarcations qui se dirigeaient vers l'île de la quarantaine. Son regard était dur et son cœur, empli d'amertume : si le domestique s'était férocement battu dans les cales, c'était pour récupérer ses trois livres sterling. Ce pécule constituait les seules économies qu'il avait pu amasser pendant qu'il était à la solde de Wesley.

Une nuit, il avait surpris les frères Cotter en train de lui dérober ses bottes, où il avait caché son argent emballé dans un mouchoir. En tentant de le récupérer, il avait réussi à blesser l'un d'eux, mais à trois contre un, il n'avait eu aucune chance. En découvrant les billets soigneusement roulés, les Cotter avaient bien ricané et lui avaient lancé ses bottes, se gardant bien de lui rendre son magot.

Maintenant qu'il était seul et ruiné, son avenir s'annonçait des plus sombres. Depuis la bagarre, le médecin et lui étaient en froid. Bien sûr, il n'avait pu lui en révéler la raison ni lui expliquer qu'il ne l'avait pas provoquée. De plus, ses blessures l'empêchaient de monter sur le pont et il n'avait eu aucune chance de voler la précieuse bague.

Rob se dit que, lorsqu'il serait sur l'île, il devrait absolument trouver un moyen de récupérer son argent et de subtiliser le bijou. Sa nouvelle vie en dépendait !

3

Grosse-Île, le même jour

Juste avant que le crépuscule ne tombe sur le fleuve, Sean, Molly et les jumelles prirent place dans la dernière chaloupe à quitter le navire. Durant l'avancée, le médecin put compter une trentaine de tentes blanches érigées sur les berges. Derrière ces abris de fortune, il remarqua un long bâtiment et, tout près, un autre dont on commençait la construction.

En aidant ses trois filles à monter sur le quai, un frisson parcourut ses épaules tant l'ambiance lui semblait lugubre. À travers le va-et-vient des voyageurs décharnés, des charrettes transportaient des malades qui gémissaient de douleur ou des morts que des parents, affligés, suivaient en pleurs. Sean aperçut une femme tentant de consoler ses quatre enfants qui voyaient leur père se faire transporter sur une civière vers l'une des tentes. Il remarqua un peu plus loin une femme et deux hommes, le regard accablé et les yeux cernés, s'apprêter à quitter l'île.

Le Dr Parent lui expliqua dans un soupir désespéré :

— Ces trois personnes sont des aides-soignantes ; elles s'en retournent chez eux, à Québec ou à Montréal. Pour notre plus grand malheur, elles ne sont pas les premières à nous abandonner. Remarquez, je peux les comprendre… les tâches ici sont de plus en plus pénibles et les conditions, déplorables… sans parler du risque de contamination.

— Mais c'est terrible ! Prévoyez-vous des renforts ?

Parent hocha la tête négativement, puis, en dirigeant la famille vers l'un des baraquements, il ajouta :

— Ceux qui sont déjà partis ont dû raconter le cauchemar qu'est la vie sur l'île, car il est devenu quasi impossible de recruter des préposés. Heureusement, plusieurs prêtres et quelques religieuses nous restent encore fidèles, bien qu'épuisés.

En l'écoutant, Sean comprit toute l'ampleur de la tragédie. Il devinait aisément le travail éreintant qu'exigeait la prise en charge de tant de malades contagieux. À ce moment précis, il pensa à sortir ses filles de ce lieu.

Hélas ! Dès le lendemain, Sarah se réveilla fiévreuse. Elle fut contrainte de rejoindre les malades installés dans les abris de toile, dans la partie ouest de l'île.

Que dois-je faire, Rebecca ? l'implora-t-il intérieurement. *Je ne peux me résigner à laisser Sarah seule parmi tous ces moribonds ! Mais qui s'occupera de Molly et de Rachel, si je me joins à l'équipe médicale ?*

Il devait trouver une solution pour éloigner ses deux autres filles de cet endroit infect. Son cœur résistait à cette séparation, mais il sentait bien qu'au fond de lui, sa décision était déjà prise. Le cœur lourd, il se rendit au bureau administratif afin d'y rencontrer le Dr Douglas, le directeur médical.

— Vos compétences seront très appréciées, docteur McDoughan, et vous avez toute ma gratitude. Surtout, ne vous faites pas de souci pour vos jeunes demoiselles, lui assura le médecin. Dès demain, elles pourront quitter l'île et seront logées à l'orphelinat catholique de Québec, où elles attendront votre retour.

— Un orphelinat ? s'inquiéta Sean.

— Je ferai parvenir une note aux religieuses pour qu'elles mettent vos enfants sous la protection de Mme Rousseau, une de mes amies bénévoles. Cette dame est également l'une des généreuses cofondatrices de cet établissement. Je vous assure, elles ne manqueront de rien.

Remarquant le désespoir du père, Douglas ajouta :

— Vous les retrouverez bientôt. Les hôpitaux de Québec, dont l'hôpital de la Marine, se mobilisent pour recevoir tous les patients de Grosse-Île avant les grands froids de l'hiver. À cette période de l'année, les risques de gel du fleuve sont fréquents et les rares convois maritimes qui s'y risquent accostent directement au port de Québec.

***

Ce soir-là, après les avoir amenées à l'écart des autres passagers bien-portants du baraquement, Sean tenta d'expliquer calmement sa décision à Molly et à Rachel :

— Bien que j'aie le plus grand mal à vous quitter, mes chéries, il le faut, pour votre santé.

— Non ! Je veux que nous restions tous ensemble, s'opposa aussitôt la cadette, en pleurs. Et je veux voir Sarah !

Dès son arrivée sur l'île, séparée de sa jumelle, Rachel avait senti son univers s'écrouler. Elle s'était retrouvée dans un monde cauchemardesque où tout était sombre et inquiétant. Tout comme Molly, elle entendait clairement le craquement des arbres qui tombaient, le bruit des marteaux et des scies qui servaient à construire les cercueils et les gémissements des patients provenant des tentes. Et maintenant, elle devait se précipiter vers l'inconnu, sans son père.

Sean avait craint cette réaction de la part de Rachel. Il l'assit sur ses genoux, essuyant d'une main maladroite les larmes qui ruisselaient sur le triste visage de sa fille.

— Pour moi aussi, affirma Molly en baissant les yeux, l'idée de nous retrouver toutes les deux loin de toi et de Sarah… me fait peur.

Il l'attira près de lui et la serra par la taille en se disant que, décidément, ils formaient tous les trois un tableau bien désolant. Il eut un bref moment de lassitude, puis se reprit :

— Allons ! Soyez raisonnables, les filles. Comme je vous l'ai dit, l'abbé Beaulieu vous accompagnera, ainsi qu'une quinzaine d'enfants irlandais qui se rendront aussi à l'orphelinat. C'est pour votre bien, répéta-t-il en prenant un ton plus convaincant, et je n'ai pas le choix. Ce n'est pas facile, je sais, et cela exigera beaucoup de courage, mais vous allez prendre le bateau pour Québec demain matin. Est-ce bien compris ?

Il sentit ses filles se raidir légèrement en entendant ses paroles définitives. Molly se pressa contre le torse de son père et fit un triste sourire complice à sa sœur.

— Tout ira bien, papa, nous serons fortes, n'est-ce pas, Rachel ?

La cadette acquiesça légèrement de la tête, puis, plus calme, elle redemanda :

— Papa, je vous en supplie, au moins laissez-nous voir Sarah avant notre départ.

Les épaules de Sean s'affaissèrent. Il ferma les yeux un instant, luttant pour contenir son émoi.

Mais comment leur expliquer que je ne peux même pas leur accorder cela !

Sean se dégagea de ses filles et leur fit signe de reprendre leur place au pied de leur lit. S'assoyant entre les deux, de ses larges mains, il leur caressa le dos.

— Mes chéries, Sarah est trop malade. Elle pourrait vous contaminer.

En pensée, le médecin revoyait les visages ravagés des malades infectés. Il entendait encore leurs supplications et sentait l'odeur de la mort qui s'était imprégnée dans ses narines.

— Non, c'est impossible ! se surprit-il à crier, faisant sursauter les fillettes.

Se ressaisissant, il reprit une voix douce :

— Pitié ! Rachel, ne pleure pas… Et maintenant, il faut dormir. Cette nuit, je n'irai pas travailler et je resterai à vos côtés.

Rachel s'endormit presque aussitôt, épuisée de chagrin, les joues mouillées de larmes. Sean fit signe à Molly de le suivre à l'extérieur du bâtiment ; il avait quelque chose d'important à lui confier. Intriguée, elle le suivit sous un arbre dont les feuilles, poussées par une douce brise d'été, venaient frôler le toit du portique de toile.

Une fois bien installé près d'elle, Sean sortit de la poche de sa veste un sachet en velours.

— Molly, tu es l'aînée de la famille et je sais que je peux te faire confiance.

Il fit alors glisser dans la main de sa fille un anneau suspendu à une chaîne.

— Je veux que tu portes ce bijou sur toi et que tu le gardes caché sous ta robe jusqu'à ce que je revienne avec ta sœur…

— C'est la bague de grand-mère ! l'arrêta-t-elle.

— Chut ! Pas si fort, Molly. Il ne faut pas qu'on nous entende. Tu connais son existence ?

Baissant le ton, la jeune fille lui rappela qu'elle était également au chevet de son grand-père lorsque ce dernier la lui avait remise.

Sean dut faire un effort pour fouiller dans sa mémoire. Il eut un pincement au cœur ; ce funeste jour avait été si intense en émotions et si douloureux que des fragments de ses souvenirs s'étaient estompés.

— Oui, je m'en souviens, maintenant ! Mets-la vite à ton cou. L'émeraude et les autres pierres nous fourniront assez d'argent pour refaire notre vie. Elles nous permettront d'acheter une belle maison à Montréal. Le Dr Parent, qui y a étudié, m'a appris que c'était une ville très prospère.

Il fit une pause, puis ajouta :

— Et puis, l'alliance de votre grand-mère vous protégera, Rachel et toi.

— Alors, gardez-la avec vous, je préférerais…

Sean regarda intensément sa fille, espérant lui insuffler assez de courage pour entendre ce qu'il allait lui dire :

— Ma chérie, nous nous retrouverons à Québec dans deux mois, toutefois… si jamais je ne revenais pas…

— Oh non ! Papa, ne dites pas cela, s'exclama Molly, les larmes aux yeux.

— Si jamais je ne revenais pas, répéta Sean en lui prenant les mains, cet héritage vous sera d'un grand secours et ainsi je serai moins inquiet de votre sort. Sois prudente, Molly ! Surtout, n'en parle à personne, pas même à ta sœur.

Elle posa la bague sur son cœur.

— Je vous le promets, papa. J'en prendrai grand soin… et aussi de Rachel.

Sean lui baisa tendrement le front et, ne pouvant cacher son émoi, il lui reconfirma :

— Tu verras, tout ira bien et nous serons bientôt réunis.

La gorge serrée, ils se mirent à contempler les étoiles, se laissant bercer par le coassement des grenouilles et le chant des cigales. Après un bon moment, Molly interrompit ce concert nocturne en demandant :

— Papa, à Québec, les gens parlent français, comme le Dr Parent, n'est-ce pas ?

— Oui, c'est vrai, mais ne t'inquiète pas, à votre âge, on apprend vite. Et puis, le Dr Douglas m'a certifié que Mme Rousseau, la dame qui vous attendra au port, comprend l'anglais et le parle un peu.

Cette nuit-là, après que son père l'eut bordée, Molly se réveilla à quelques reprises. Chaque fois, elle pouvait apercevoir la silhouette rassurante de Sean veillant sur sa sœur et elle, assis sur un petit banc entre les deux lits de camp.

Elle se dit que jamais elle n'oublierait cette réconfortante image !

* * *

L'appareillage du *Saint-Georges* était annoncé pour neuf heures trente. Une demi-heure à l'avance, Sean et ses filles arrivèrent sur le quai, près du navire. Déjà, des passagers s'alignaient sur la passerelle pour monter à bord. Avant de s'y engager à leur tour, Molly et Rachel tinrent fermement les mains de leur père, retardant le temps de la séparation.

L'abbé Beaulieu, chargé d'accompagner les enfants et de les mener à l'orphelinat de Québec, les attendait sur le pont. La veille, Sean avait rencontré le prêtre. Ils avaient travaillé ensemble ces dernières semaines: l'abbé administrait l'extrême-onction aux mourants tandis que Sean s'acharnait à guérir les autres patients. Sean savait qu'il pouvait faire confiance à cet homme pieux.

— Je vous confie mes deux filles, mon ami.

— Ne vous faites pas de souci, l'avait rassuré le religieux. Je veillerai sur vos demoiselles pendant ce court voyage.

— J'ai aussi ces quelques sous, que j'ai gagnés sur le *Ann Kenny* pendant la traversée. Auriez-vous l'obligeance de les remettre à la dame de l'orphelinat? Pour mes filles... pour qu'elles ne manquent de rien...

— Que Dieu vous bénisse, docteur McDoughan, pour votre dévouement! l'avait remercié l'abbé avant de prendre congé.

Sean n'avait pas dormi de la nuit et, pour s'apaiser, il s'était convaincu qu'il faisait pour le mieux. Mais là, sur le quai, devant le regard désespéré de ses filles, une colère sourde contre sir Édouard Wesley, l'instigateur de tous leurs malheurs, lui serra la gorge.

— Papa, vous reviendrez nous chercher dans deux mois, n'est-ce pas ? demanda l'aînée pour la énième fois, le sortant de ses sombres pensées.

— Je le jure sur la tête de votre mère, ma Molly. Aie confiance et occupe-toi bien de ta sœur. Je guérirai Sarah et nous serons à nouveau tous ensemble.

Il les serra dans ses bras et couvrit leur front de baisers, puis il les encouragea à monter à bord.

Lorsque le *Saint-Georges* leva l'ancre, Sean sentit sa gorge se nouer et se retint de se jeter à genoux de désespoir sur le sol poussiéreux de l'embarcadère.

Dans l'air humide de la matinée, il attendit au bout du quai, jusqu'à ce que le navire disparaisse de sa vue. Il dut faire un effort infini pour décrocher son regard de l'horizon et se détourner. Deux autres bateaux battant pavillon et prêts pour l'inspection accostaient au port. Il aperçut le Dr Parent et son équipe se diriger vaillamment vers les chaloupes pour aller examiner l'état de santé de leurs passagers.

D'un pas vif, Sean reprit le chemin de terre battue qui le séparait des abris blancs. Il devait, à l'instar de ces braves bénévoles, se concentrer sur le pénible travail qu'il s'était résolu à accomplir.

***

En s'éloignant de l'île, Molly, appuyée au bastingage du bateau, observait le paysage de verdure qu'elle avait admiré à son arrivée. De loin, rien ne laissait deviner les drames qui s'y déroulaient. Lorsque son père ne devint qu'un minuscule point au loin, une terrifiante sensation de vide la saisit. Elle serra davantage sa sœur dans ses bras. La présence de Rachel la calmait un peu, sans pour autant empêcher son cœur de battre contre sa poitrine.

Une pluie fine se mit à tomber. Cherchant un abri, Molly jeta un œil sur le pont surchargé de passagers. La vue de tous ces inconnus l'intimida. L'abbé Beaulieu, réfugié sous un auvent de toile du gaillard avant, faisait de grands signes aux enfants afin qu'ils viennent le rejoindre.

Molly lui fit un sourire entendu, puis l'aida à assembler les jeunes orphelins, dont plusieurs ne parlaient que le gaélique, et à calmer certains qui étaient en pleurs. Elle leur parla doucement, leur expliquant que tout allait bien se passer. Une fois bien assise, Rachel reposa sa tête sur l'épaule de sa grande sœur pour assoupir son chagrin.

Quelques heures plus tard, le bateau à voiles naviguait entre les barques, les chaloupes et les autres embarcations, faisant une entrée remarquée dans le port de Québec. De loin, les voyageurs pouvaient distinguer les impressionnantes falaises qui surplombaient la ville et le long desquelles étaient érigées d'épaisses fortifications. À mesure que le navire avançait vers le quai, ils parvenaient à distinguer plus clairement un petit village, des maisons en rangée dans la Basse-Ville, des chantiers maritimes et, ici et là, des corderies et des moulins à scie.

Les cris du capitaine donnant ses ordres aux matelots firent sursauter la cadette. La plupart des grandes personnes autour d'eux avaient un regard voilé et le teint livide, rien de rassurant. Elle leva des yeux emplis de larmes vers Molly, qui lui sourit doucement. Pour lui donner un peu de courage, cette dernière resserra davantage son étreinte autour des épaules de sa cadette.

4

Grosse-Île, automne 1847

L'île de la quarantaine était une sorte de mouroir isolé du monde, pour tous ceux à qui l'on avait confié la mission d'enrayer la terrible contagion. Telle une malédiction qui planait au-dessus de lui, Sean craignait, comme tous les insulaires, de contracter le typhus.

Il s'inquiétait pour ses filles et souffrait de leur absence, ce qui le rongeait jusqu'à l'âme. De plus, au mois d'août, le nombre de malades avait augmenté considérablement. Devant ce débordement de patients, la chapelle avait également été convertie en hôpital.

Lorsque la brise qui venait du fleuve se levait, les odeurs pestilentielles provenant des tentes s'estompaient et leur proximité semblait moins pénible. C'était l'un des rares apaisements que Sean pouvait ressentir sur ce bout de terre abandonné de Dieu. Mais bien vite, ces effluves fétides devinrent le moindre de ses soucis. En plus de combattre le typhus, le personnel médical devait aussi se préoccuper d'une infestation de poux, et surtout, de la propagation d'une autre maladie contagieuse, la variole.

Sean avait toujours été un homme vigoureux et fier de sa personne. Non seulement ce premier mois sur l'île l'avait rendu méconnaissable, mais il l'avait vieilli de dix ans. Son teint était devenu bilieux et, ce qui ne lui ressemblait guère, il affichait une barbe de plusieurs jours.

Au début de septembre, les nuits étant devenues trop fraîches pour dormir dans les tentes, les malades avaient été transférés dans des baraquements récemment construits par des militaires et des ouvriers du village de Berthier-sur-Mer venus leur prêter main-forte. À la fin septembre, le Dr Douglas observa, soulagé, une diminution de l'afflux d'immigrants. Pendant cette période d'accalmie, Sean se surprit à contempler l'une des infirmières qui œuvraient dans le baraquement numéro deux. Ils travaillaient ensemble depuis une bonne semaine et il fut frappé par le fait qu'il ne connaissait rien d'elle, sinon son nom : garde Turcotte.

Ses blonds cheveux tressés dans son dos, elle s'activait d'un patient à l'autre, prodiguant avec patience des soins à chacun. Il émanait de sa personne une force tranquille qui, sans qu'il sache pourquoi, le charmait. Au même instant, il tressaillit. Un lourd remords monta en lui : comment pouvait-il désirer une autre femme si peu de temps après la mort de Rebecca ? Il détourna la tête et, croyant que l'infirmière ne l'avait pas vu, il se dirigea vers la couchette où Sarah était alitée.

Dès son arrivée, Thérèse Turcotte avait aussitôt remarqué ce beau docteur au regard noir qui dégageait une telle tristesse. Cela l'avait bouleversée. Elle avait rapidement compris qu'il ne fallait pas le contrarier et que ses fréquentes sautes d'humeur étaient en partie dues au chagrin causé par la perte de sa femme et à ses inquiétudes au sujet de ses filles. Mais contrairement à ce que supposait Sean, Thérèse s'était bel et bien aperçue ce jour-là que le médecin l'observait.

Enfin ! Il était temps qu'il se rende compte que j'existe.

Ravie, elle sourit intérieurement.

Le lendemain à l'aube, ne pouvant plus dormir, Thérèse décida d'aller plus tôt au travail. En entrant, elle remarqua Sean endormi au chevet de Sarah. Aucun membre du personnel de nuit ne semblait s'en être aperçu. La colère lui serra la gorge : il n'avait pas le droit de mettre ainsi sa vie en danger. Elle le réveilla doucement pour le disputer :

— Docteur McDoughan, ce n'est pas très prudent de votre part de passer la nuit si près des malades. Déjà que je me fais du souci pour votre santé. Vous n'êtes pas sans savoir que nous avons besoin de tous les médecins…

— Je n'ai pas de leçon à recevoir de vous ! la coupa-t-il sur un ton bourru.

Puis, voyant une réelle inquiétude dans les yeux de la jeune femme, il se radoucit :

— Je suis désolé, garde Turcotte, vous avez raison. Je me suis endormi malgré moi. La fatigue accumulée, sans doute.

Thérèse inspecta la salle autour d'eux. Une religieuse et un préposé formaient l'unique personnel médical de nuit et ils étaient débordés par les tâches à accomplir. Elle posa une main sur l'épaule de Sean et acquiesça :

— Je comprends, nous sommes tous épuisés. Et comment va Sarah ?

En entendant son nom, la fillette ouvrit les yeux.

— Papa, vous êtes là ? dit-elle d'une voix faible. J'ai soif…

À ses côtés, l'infirmière réagit aussitôt et se dirigea vers le poêle à bois, au centre du hangar. Lorsqu'elle revint avec une tasse de thé et un bout de pain, Sean la remercia du regard. Après deux gorgées de la chaude tisane, Sarah mordit à belles dents dans le quignon. C'était bon signe, Sarah retrouvait peu à peu l'appétit et Sean en était ému.

— Ma foi, docteur, c'est bien la première fois que je vous vois sourire, osa garde Turcotte. Maintenant, vous devriez aller dormir. Je vais veiller sur la petite.

— Encore une fois, vous avez raison ! J'ai besoin d'un peu de sommeil, admit Sean.

Il se pencha vers Sarah pour lui souffler à l'oreille :

— Je serai de retour dans quelques heures, ma chérie.

Puis, il revint à Thérèse et lui offrit un autre sourire.

— Je vous suis reconnaissant, garde. Veuillez me pardonner ma mauvaise humeur…, ajouta-t-il, mal à l'aise.

L'infirmière lui rendit son sourire et risqua une réplique :

— À la condition que vous acceptiez de venir vous promener avec moi lorsque nous aurons quelques minutes. J'ai passé mon enfance à Berthier-sur-Mer, le village juste en face, et aussi loin que je me souvienne, l'été venu, je venais sur cette île avec mon père. Je la connais bien.

Devant son hésitation, d'un geste large qui englobait le lazaret, elle lui expliqua :

— Docteur McDoughan, si vous désirez survivre à cette tragédie, il vous faudra ouvrir votre regard et votre esprit aux merveilles de la nature que cette île a à offrir.

Bien que sceptique, Sean approuva de la tête, puis se dirigea vers la porte.

***

Dès octobre, des logements, des cuisines, des lavoirs et des postes de police furent installés dans la partie sud de l'île, la partie nord n'étant pas habitable parce que trop rocheuse. Le Dr Parent et Sean s'étaient liés d'amitié et partageaient un petit logis dans l'une des résidences situées près des abris-hôpitaux. Sean avait pu aménager un bureau dans une minuscule pièce adjacente à sa chambre.

Ce matin-là, il était de garde et responsable de l'inspection des nouveaux arrivants. Comme aucun navire n'était en vue, il décida de s'acquitter de la rédaction des dossiers qui s'empilaient. Son pupitre faisait face à une petite fenêtre qui donnait sur le fleuve, ce qui l'amenait à se perdre facilement dans ses réflexions.

Il s'était réconcilié avec lui-même et avait cessé de combattre l'affection qu'il éprouvait pour Thérèse. Rebecca conserverait une place sacrée dans son cœur, mais à présent, il se permettait d'y accueillir une autre femme. Malgré la souffrance et la misère qu'il côtoyait chaque jour, il n'avait jamais été aussi serein depuis qu'il vivait sur cette île.

Il repensa à Thérèse, à leurs promenades sur les berges et dans les boisés, qui, lorsque le Dr Parent était de garde, se terminaient discrètement dans sa chambre. Il revoyait le joli visage de son amante, ses longs cheveux qu'elle libérait dès qu'elle sortait du hangar-hôpital, et ses yeux d'un bleu clair et brillant. Il songea à la tendresse et, surtout, à la persévérance de cette femme : *Elle a vraiment réussi à apprivoiser l'homme sombre et distant que j'étais devenu !*

Dès le premier regard qu'elle avait posé sur lui, Thérèse avait avoué à Sean être tombée amoureuse de lui. Cela faisait déjà plusieurs semaines qu'elle avait accepté de faire l'amour avec lui. Il savait que jamais elle n'aurait osé coucher avec un homme avant de se marier, mais sur cette île isolée, où on avait l'impression de vivre hors du temps, on faisait facilement fi des conventions.

À leur premier rendez-vous, elle lui avait confié qu'elle était vierge. Il s'était inquiété de son bien-être, faisant preuve de tendresse envers elle et retardant son besoin évident de jouir. Puis, les rencontres se succédant, elle avait pris de l'assurance et leurs ébats étaient devenus plus passionnés.

Rien qu'à ce souvenir, le cœur de Sean s'affola et son membre se tendit d'excitation.

Pendant leurs promenades, Thérèse lui avait fait découvrir la faune et la flore de l'île, qu'aveuglé par ses tourments, il n'avait jamais vraiment remarquées. Lors de l'une de ces randonnées sur les rives, où des centaines d'oies piaillaient dans les blés de mer, elle avait passé son bras sous le sien et, en posant sa tête sur son épaule, elle lui avait fait remarquer :

— Grosse-Île n'est également qu'un refuge temporaire pour ces oiseaux. Comme eux, tu t'envoleras bientôt et je ne te reverrai plus…

Elle avait volontairement laissé sa phrase en suspens ; c'était davantage une supposition qu'une certitude. Il lui avait semblé qu'elle espérait qu'il la contredise. À ces mots, il s'était arrêté de marcher pour se placer devant elle.

— Et toi, Thérèse ? s'était-il contenté de lui demander. Tiens-tu tant à rester sur ce bout de terre plus longtemps ?

Elle avait levé un regard franc vers lui.

— Je n'ai pas ta chance, Sean. Contrairement à toi, rien ni personne ne m'attend ailleurs. Mes parents sont décédés et je suis la cadette de la famille, la seule à ne pas être mariée. Je n'ai que mon métier d'infirmière, qui, comme tu le sais, me passionne. Et puis, ici, au moins, je suis utile !

Les yeux de Thérèse s'étaient remplis de larmes.

— Désolée, s'était-elle excusée lorsqu'il lui avait tendu un mouchoir, mais je ne peux pas croire que je ne te reverrai plus… tu me manqueras tellement, mon chéri !

Il était content et soulagé qu'elle ait amorcé cette conversation. Il aimait cette femme et envisageait difficilement sa vie sans elle. S'il avait évité le sujet jusqu'à présent, c'est qu'il craignait qu'elle n'accepte pas d'intégrer dans sa vie un veuf et ses trois filles. Mais là, devant l'amour qu'elle lui avait démontré, il n'avait plus hésité à lui ouvrir son cœur :

— Je t'aime, Thérèse ! Mon plus cher désir est de t'épouser, mais te sens-tu vraiment prête à élever trois enfants qui ne sont pas les tiennes ?

— Oh ! Sean, comment peux-tu en douter ? J'adore déjà Sarah et tu me parles régulièrement de Rachel et de Molly. J'ai l'impression de les connaître. Je t'aime tant, Sean.

— Alors, veux-tu m'épouser ?

Elle s'était serrée contre lui et lui avait chuchoté « oui » à l'oreille. Tendrement, ils s'étaient embrassés.

— Il n'est pas question que je te laisse derrière moi, lui dit-il. Aussitôt que Sarah sera guérie, nous quitterons tous les trois cette île. Après avoir récupéré mes filles à Québec, nous irons nous marier et nous établir à Montréal.

Heureux, ils s'étaient remis à marcher, la main dans la main, sur le bord de l'eau. Puis, Sean avait soupiré en observant la nature environnante :

— Bien que tu m'aies fait apprécier ces paysages, la moitié de cette île n'est plus à présent qu'un vaste cimetière !

Thérèse avait dirigé son regard vers les tentes blanches et avait soupiré à son tour :

— C'est vrai, elle a beaucoup perdu de l'attrait que j'y retrouvais étant enfant. Cette effroyable épidémie en aura assombri, à jamais, son histoire.

Elle avait fait une pause, avant de lui demander :

— N'as-tu pas parfois l'impression que les fantômes de tous ces morts circulent parmi nous ? Quand la brise se lève, il m'arrive même d'entendre le murmure de leurs plaintes dans le feuillage des arbres !

* * *

Le lendemain, des coups répétés à la porte de son bureau le firent sursauter.

— On vous attend, docteur McDoughan. Un bateau vient de jeter l'ancre dans la baie. D'après son pavillon, il arrive d'Irlande.

Laissant tomber sa plume, il saisit d'une main sa trousse de médecin et de l'autre, une veste de laine. Depuis quelques jours, le temps était pluvieux et frisquet.

— On se croirait en plein hiver irlandais ! grommela-t-il en suivant l'officier qui était venu le quérir.

— La chaloupe est prête pour l'inspection, docteur, l'informa ce dernier. C'est l'abbé Tanguay et moi-même qui sommes de service pour vous accompagner.

Le capitaine du *Ninian* connaissait bien la procédure ; c'était son deuxième arrêt à Grosse-Île. Il reçut Sean et ses assistants avec amabilité. Il était soulagé de leur confier qu'il n'y avait eu qu'un seul mort pendant la traversée. Lors de son premier périple en mer, au mois de mai, vingt personnes étaient décédées durant le trajet et vingt-quatre étaient infectées à leur arrivée.

Cette fois-ci, parmi les cent neuf passagers, Sean ne diagnostiqua que trois cas de typhus. On transporta les malades dans une chaloupe à part, et McDoughan somma tous les gens à bord de se rendre à terre pour une inspection plus minutieuse et obligatoire.

Dès le lendemain, le *Ninian* put amener à Québec les émigrants bien-portants, désinfectés et purifiés.

***

Mon Dieu, accordez-moi la force de poursuivre ce travail !

Cette prière traversa l'esprit de Sean pendant qu'il se dirigeait vers le baraquement numéro deux.

Il s'arrêta un instant devant la porte et, d'un geste machinal, il se passa une main sur son front en sueur. Il espérait, mais ce qu'il ressentait était davantage que de l'espoir : il avait un besoin vital que Sarah guérisse. Il n'était pas question qu'il enterre l'une de ses filles dans le ventre de cette terre infecte et, encore moins, dans une fosse commune.

Sarah était étendue sur une couchette avec deux autres enfants. Elle s'amusait à observer un faible rayon de soleil qui, teinté de rouge, s'acharnait à pénétrer la surface du verre de la fenêtre au-dessus d'elle. Ce procédé permettait de filtrer la lumière du jour, insupportable pour les malades.

Salut, petite lumière, lui dit-elle en pensée. *Crois-moi, malgré le froid, tu es bien mieux dehors. Dans cette cabane, la mort surgit sans qu'on s'y attende et son ombre ne ferait qu'une bouchée de toi !*

La porte s'ouvrit et tous les yeux se tournèrent vers l'entrée. Malgré la pénombre, les yeux de la fillette s'agrandirent lorsqu'elle aperçut son père se diriger vers elle.

— Docteur McDoughan, l'interpella Thérèse en venant à sa rencontre, j'ai de bonnes nouvelles pour vous. Sarah a passé une bonne nuit et la fièvre est enfin tombée. Elle a même grignoté un biscuit d'avoine.

Même si tout finissait par se savoir sur l'île, Thérèse et lui avaient décidé, d'un commun accord, de ne pas faire étalage de leur relation. À ces mots, il sourit à l'infirmière, puis se précipita au chevet de sa fille. Aussitôt, il caressa le visage de Sarah tout en vérifiant sa température.

— C'est bien vrai, garde Turcotte ! s'exclama-t-il en soulevant la petite dans ses bras et en la serrant contre lui. Quel soulagement !

La jeune femme lui lança un regard entendu.

— Vous êtes si dévoué que je suis certaine que, dans sa grande bonté, le Seigneur n'a pu faire autrement que de vous exaucer. Je suis si heureuse pour vous !

— Grâce au ciel, elle n'est plus contagieuse, confirma-t-il. Il me semble que, peu à peu, nous réussissons à contrôler ce fléau !

Sean eut un moment d'hésitation, puis décida de l'emmener à son logis. Thérèse et lui perdraient ainsi le seul endroit intime où ils pouvaient s'aimer. Toutefois, la guérison de sa fille valait bien quelques sacrifices, et comme il travaillait surtout le soir et la nuit, il pourrait s'occuper de Sarah pendant le jour.

Il regarda Thérèse, guettant une réaction. Elle lui sourit.

— Vous avez raison, il faut l'éloigner d'ici, acquiesça Thérèse. Ce sera plus tranquille dans votre résidence. Elle pourra mieux se reposer et reprendre des forces.

Ne pouvant retenir un mouvement de tendresse, elle caressa les cheveux bouclés de la fillette, qui se cramponnait à son père.

Soulagé, Sean ne put s'empêcher de s'exclamer :

— Ma belle Sarah, nous pourrons bientôt retrouver tes sœurs !

Tout à sa joie, il osa faire un clin d'œil complice à Thérèse. Il était évident pour elle que Sean aimerait toujours sa défunte femme. Malgré cela, elle savait que de solides sentiments d'affection s'étaient tissés entre eux.

Malgré la souffrance que je côtoie chaque jour, pensa-t-elle en l'observant s'éloigner avec la fillette dans les bras, *tous les moments précieux que j'ai passés auprès de lui sont les plus sublimes de mon existence !*

* * *

L'épidémie faisait de moins en moins de victimes, mais la situation restait désespérée. Le bilan que le Dr Douglas fit de cet été 1847 était consternant : le nombre de morts parmi le personnel médical l'affligeait. Trop de religieux, de médecins et d'infirmières qui avaient courageusement accompli leur devoir étaient enterrés dans l'immense cimetière aux côtés des malheureux exilés qui n'avaient pas survécu. Au plus fort de la crise, manquant de personnel, le directeur médical avait dû se résoudre à embaucher des préposés parmi les nouveaux arrivants. Mais depuis, la situation était devenue catastrophique et le contrôle lui échappait. Certains de ces aides se révélaient être des opportunistes, ou pire, des brigands dont le seul souci était de dépouiller les moribonds.

C'est ainsi que Rob Corrigan, après avoir appris le décès d'un des frères Cotter et le transfert des deux autres vers un dispensaire réservé aux personnes infectées, s'était résolu à s'engager comme aide. De plus, ce qui avait achevé de le convaincre était le fait que le Dr McDoughan y travaillait. Il n'avait pas le choix ; son argent et la bague se trouvaient du côté contaminé de l'île, le secteur ouest !

L'occasion qu'il attendait depuis des semaines se présenta enfin lorsqu'on l'affecta à l'un des postes de surveillant de nuit, dans le hangar où le dernier des frères Cotter se mourait.

Juste avant la fin de son service, Rob décida de passer à l'action. Discrètement, il se faufila muni d'un fanal à travers les rangées de couchettes superposées. Il eut de la difficulté à reconnaître Patrick Cotter tant le typhus l'avait rendu méconnaissable. Ce dernier gémissait. Il avait le corps gonflé et couvert de boutons rouges ; les lèvres bleues ; et la langue pendante, épaisse et noire. Son visage semblait supplier le diable de venir le chercher. Trop absorbé par la quête effrénée de son butin, Rob n'entendit pas les pas qui se rapprochaient derrière lui. La voix révoltée du D[r] McDoughan le glaça sur place :

— Eh bien, Corrigan, toujours en train de faire des bêtises ? Votre réputation de bagarreur m'a souvent déçu, mais là, je ne vous savais pas capable de voler de pauvres mourants. Il faut vraiment que vous soyez désespéré pour perdre toute compassion…

— Ce n'est pas ce que vous croyez, docteur, le coupa Rob en se retournant, le dos rond.

Si cette arrivée surprise l'avait figé, la mauvaise humeur de Sean lui fit l'effet d'un coup de fouet. Rob comprenait que s'il ne voulait pas finir en prison, il devait fournir de bonnes explications à son ancien maître :

— Je vous en supplie, docteur McDoughan, vous me connaissez. Je ne veux que récupérer ce qui m'appartient. Laissez-moi vous expliquer.

Devant le visage piteux de cet homme, qui, somme toute, les avait servis plusieurs années, Sean eut pitié :

— Je veux bien vous donner une chance, mon vieux, avant d'avertir les militaires, mais vos éclaircissements devront être crédibles. Croyez-moi, je m'en apercevrai si vous me mentez !

Sean jeta un coup d'œil près d'eux, où quelques patients s'agitaient. D'un geste brusque, il le somma :

— Suivez-moi dans mon bureau.

Pendant le court trajet menant à la résidence, les deux hommes gardèrent le silence. Le Dr Parent étant parti à Québec avec un contingent de malades, la maison sembla vide à Rob. Une fois entré dans le bureau, il s'assit docilement devant Sean. Il baissa la tête, l'air coupable, et se mit à fixer ses mains.

— J'attends vos explications, dit Sean, impassible, en tapotant de ses doigts le coin de son secrétaire.

Corrigan releva la tête et se mit à parler en s'efforçant de rassembler ses idées :

— Sur le bateau, pendant la traversée, les frères Cotter m'ont volé mon argent. Ce sont eux qui ont provoqué la bagarre, et ce n'est que justice si…

— Votre argent ? Mais de quel argent parlez-vous ? N'étiez-vous pas aussi pauvre que les autres exilés de ce navire ?

Mis au pied du mur, l'ancien domestique se mit à se tordre les mains.

— Je…, bafouilla-t-il, j'ai reçu cet argent pour services rendus, avant notre départ.

Sean le fixa, le regard sceptique.

— Vraiment ? Et auriez-vous l'obligeance de me dire à qui étaient destinées ces faveurs et en quoi elles consistaient ?

Épuisé par les longues semaines de travail, Rob n'avait plus la force d'inventer une histoire. Le docteur se méfiait trop et il devait en finir avec lui.

— De lord Wesley, lança-t-il, d'un air de défi.

Sean eut l'impression qu'une balle venait de lui transpercer le cœur. Un lourd silence s'abattit sur la pièce.

— Vous ? L'espion de ce chacal de Wesley ? finit-il par prononcer. C'est vous qui avez fait entrer l'assassin de mon père !

Le visage obscurci de colère, il se leva d'un bond et vint empoigner le félon par le collet de sa veste.

— Traître ! C'est votre faute s'il est mort, lui cracha-t-il au visage. Ah ! Je me ferai un plaisir de vous mettre moi-même les fers aux pieds.

Devant la fureur de Sean, Rob comprit qu'il ne lui servait à rien de tenter de se justifier. Se sentant pris au piège, il ne put contrôler son instinct de batailleur et, étant de robuste taille, il se dégagea aisément de la prise du médecin. D'un coup de poing bien placé, il fit vaciller, puis basculer McDoughan. Celui-ci se cogna la tempe sur l'un des coins du secrétaire et tout son corps s'affala sur les lattes de bois du plancher.

Paniqué, Rob se prit la tête à deux mains. Cette fois-ci, c'est lui qui venait de tuer un McDoughan.

Il toisa ses poings encore fermés, puis fixa le cadavre à ses pieds.

— Désolé docteur, mais je n'avais pas le choix ! Maintenant, il faut que je trouve vite un moyen de camoufler ce crime, car je suis certain que jamais personne ne croira à un accident.

Machinalement, il jeta un coup d'œil autour de lui. Il fallait absolument qu'il se sorte de ce pétrin. N'ayant pas saigné, la blessure formait de petites taches rougeâtres sur le haut du visage du docteur. Le regard de Rob s'arrêta sur le bureau et une idée diabolique surgit dans son esprit. Il se saisit de l'encrier et se mit à noircir la langue de Sean, espérant faire croire que le docteur avait été victime du typhus. Il avait entendu parler de cas de patients qui, en seulement vingt-quatre heures, avaient été foudroyés par la maladie. Bien sûr, si un médecin s'attardait à faire un examen minutieux, sa supercherie serait découverte. Mais il ne s'en inquiétait pas trop : il ne restait plus que deux docteurs sur l'île, et ils étaient débordés. Et puis, pour avoir côtoyé plusieurs militaires, il connaissait la frayeur de la contagion. Des morts, ils en ramassaient tous les jours à la Grosse-Île.

J'espère juste avoir le temps de trouver un moyen de m'enfuir! se dit-il, soucieux.

Rob effaça toutes les traces de la bagarre. Il souleva le cadavre du médecin par le dessous des bras et réussit à l'asseoir sur son fauteuil. Ensuite, il lui plaça la tête de façon à faire croire qu'affaibli par la maladie, il s'était effondré sur le bureau.

Il passa une main sous la chemise du mort afin de lui dérober la bague, mais elle n'y était pas. Il fouilla dans les tiroirs du bureau, mais ne mit la main que sur quelques pièces d'argent canadien, soit trois shillings. Une rage s'empara de lui. Il se frappa le front ; il devait réfléchir. À qui le docteur avait-il pu confier le bijou ?

McDoughan n'a pas dû parler à personne de l'existence de l'alliance. Il n'y avait que Molly, l'aînée qui était au courant, car si je me souviens bien, elle était présente au chevet du vieux quand il agonisait. Oui, c'est probablement elle qui garde précieusement la bague à Québec, jusqu'au retour de son père. Je peux me tromper, mais ça vaut la peine d'aller vérifier. Si c'est le cas, la petite sera facile à duper !

Il était loin de se douter que, derrière la porte entrebâillée de la chambre, une petite fille traumatisée avait assisté à toute la scène. Au moment où Sarah avait compris que son père était mort, elle s'était évanouie.

À la faveur du brouillard dense de cette aurore automnale, Rob n'eut aucun mal à se rendre à proximité du quai sans se faire remarquer. Tous savaient que les chaloupes qui servaient à l'inspection des bateaux étaient rangées de l'autre côté de l'appontement, derrière le hangar à bagages. Toutefois, le défi était de ne pas se faire prendre par le garde armé qui faisait le guet devant le poste de police et qui surveillait l'accès à l'embarcadère.

La solution la plus rapide était de contourner le quai à la nage. Sans trop hésiter, Rob s'engouffra dans l'eau glaciale du fleuve. Il se mit à nager, sans bruit, se démenant pour empêcher le froid d'engourdir son corps. Assez rapidement, il réussit à contourner le quai. Grelottant de tous ses membres, il tordit sa veste et son pantalon, puis lança au fond d'une barque ses chaussures et le reste de ses vêtements trempés.

Il dut faire d'énormes efforts pour s'éloigner de la côte, le courant du fleuve s'entêtant à le ramener sur la grève. Bataillant contre les violentes vagues, il parvint tout de même à gagner la rive gauche grâce à d'habiles manœuvres et beaucoup de force. Il mit finalement le pied sur le rivage et, bien qu'écrasé de fatigue, il sentit un sentiment de liberté le ragaillardir. La route pour Québec serait longue, mais Molly s'y trouvait, et avec elle l'alliance aux pierres précieuses. Et puis, il se rapprochait de Saint-Sylvestre, où il retrouverait des parents.

***

Lorsqu'elle reprit connaissance, Sarah ne se souvenait plus de rien. Elle ne comprenait pas pourquoi elle était ainsi étendue sur le plancher et sa tête lui faisait mal. Avec peine, elle réussit à se relever et essuya les larmes qui coulaient malgré elle sur ses joues. Tout était silencieux et un sentiment d'effroi l'habitait, mais elle ne savait pas pourquoi.

Pendant ce temps, dans l'un des abris-hôpitaux, Thérèse s'inquiétait du retard de Sean. Ne pouvant quitter son poste, elle demanda à un bénévole d'aller à la recherche du Dr McDoughan.

Sarah sursauta aux coups frappés à la porte entrouverte du bureau de son père et, terrifiée, se glissa sous le lit. Inquiet de n'entendre aucun bruit, Ernest Larose se précipita dans la pièce et aperçut aussitôt le docteur effondré sur le secrétaire. Il comprit qu'un drame venait de s'y dérouler. En se rapprochant, le bénévole remarqua des rougeurs s'étendant de la tempe à la joue de Sean et, par la bouche ouverte, il distingua une langue noircie. Il reconnut aussitôt les signes du typhus. Par réflexe, il recula et fit demi-tour au plus vite. Mais en se dirigeant vers la porte, il entendit des sanglots d'enfant provenant de la chambre adjacente, et il se ravisa. Il se rappela alors qu'une des fillettes McDoughan vivait depuis peu avec son père. Il s'avança vers les pleurs et s'accroupit près du lit. Il prit une voix rassurante pour s'adresser à l'enfant :

— Allons, petite, sors de là ! Il n'y a pas de danger.

— Je ne peux pas, murmura-t-elle, j'ai trop peur…

Ernest soupira, impatient d'aller informer le commandant Reid de sa terrible découverte. Il fallait enterrer au plus tôt la dépouille infectée du médecin.

— Viens, il faut partir d'ici. Je vais t'emmener voir l'infirmière Turcotte. Elle s'occupera de toi.

À l'évocation de Thérèse, qui avait pris soin d'elle pendant des semaines, Sarah sortit la tête. Le visage d'une pâleur extrême, elle accepta enfin la main tendue de l'homme.

— Tu es une brave petite ! l'encouragea-t-il en la prenant dans ses bras.

Sans mot dire, Sarah laissa sa tête reposer contre l'épaule du bénévole et se laissa emporter.

En les voyant entrer dans le hangar-hôpital, Thérèse ne put réprimer un mauvais pressentiment :

— Que se passe-t-il, Ernest ? Le D^r^ McDoughan est-il malade ?

— Je suis désolé, garde Turcotte, il est mort, lui annonça sans préambule le bénévole. C'est le typhus ! La petite me semble sous le choc. Avant de venir vous la confier, je me suis arrêté au poste de commandement pour les avertir…

Thérèse sentit ses jambes faiblir et se retint à deux mains sur le coin de la table d'examen. Un étau lui comprimait la gorge et son esprit refusait de croire à un tel malheur.

— Oh non ! Pitié, Seigneur, pas lui ! Ce n'est pas possible. Ernest, vous êtes certain que c'est le typhus ?

Depuis quelques jours, elle avait été à même de constater le piètre état de santé de son amant. Il maigrissait à vue d'œil et son teint était cireux ; toutefois, ces symptômes lui faisaient plutôt craindre une hépatite. Chaque fois qu'elle en parlait à Sean, il se renfrognait, puis changeait de sujet.

— Aucun doute, garde, affirma Larose, tout en déposant Sarah au sol. Depuis le temps que j'en vois, je sais reconnaître une langue noire !

— Il a la langue noire ! répéta Thérèse, la mine effarée. Je veux le voir…

— Les militaires doivent déjà l'avoir transporté au cime…

Thérèse ne l'écoutait déjà plus. Le laissant avec Sarah, elle se précipita hors du bâtiment et prit la direction du cimetière.

La scène de désolation qu'elle y vit resterait à jamais gravée dans sa mémoire : trois corps enveloppés dans un drap de toile noire, dont celui de son bien-aimé, qu'elle reconnut par sa silhouette, reposaient dans une fosse commune. Déjà les soldats avaient commencé à la combler de terre.

Elle arrivait trop tard !

Elle s'écroula à genoux, en larmes, assaillie par un intolérable chagrin.

— Sean ! Oh, Sean ! furent les seuls mots qu'elle put prononcer devant le regard interdit des deux militaires.

5

Québec, octobre 1847

Des semaines sans fin devinrent des mois. Pour Molly, le temps s'étiolait avec une lenteur insupportable. Comme tous les matins, elle s'attarda à la fenêtre d'un des deux salons transformés en dortoirs pour l'occasion. Au loin, le clocher d'une église pointait vers le ciel et, une fois de plus, elle pria pour le retour de son père et la guérison de sa sœur Sarah.

Il y avait plus de deux mois que le *Saint-Georges* les avait transportées, sa sœur et elle, jusqu'à Québec. Une foule bruyante s'était entassée sur le quai. Certaines personnes étaient là pour accueillir des membres de leur famille et d'autres, assis sur leurs bagages, pour attendre un bateau en partance pour Montréal. Parmi ces gens se trouvaient des curieux venus voir les misérables étrangers qui débarquaient dans leur ville.

Dès que les orphelins, accompagnés de l'abbé Beaulieu, avaient franchi la passerelle, des religieuses et une dame s'étaient avancées vers eux. Pendant que les sœurs avaient rassemblé les enfants, la dame s'était dirigée vers le prêtre :

— Je suis madame Rousseau, s'était-elle présentée à l'abbé en jetant un doux regard sur les petits. Je suis envoyée par la Société des dames charitables pour venir accueillir les deux fillettes du Dr McDoughan. Je dois les conduire dans l'un des abris temporaires que le curé McMahon a fait ériger sur les terrains de l'église Saint-Patrick.

Se dirigeant vers Molly et Rachel, l'abbé s'était étonné :

— Sous une tente, dites-vous ? Les enfants ne seront pas hébergés à l'orphelinat ?

— Nous sommes désolées, mais avec la grande affluence d'orphelins, voilà maintenant deux bonnes semaines que l'établissement est surchargé et ne peut en recueillir davantage !

Même si les adultes discutaient en français, Molly et Rachel avaient saisi quelques mots, dont *tente*. Rachel avait alors eu un mouvement de recul et s'était mise à pleurer piteusement, ce qui avait dissuadé son aînée d'en faire autant. Depuis Grosse-Île, pour elles, les abris de toile représentaient un lieu de souffrance et de mort.

Remarquant leur détresse, Mme Rousseau s'était penchée vers les fillettes et s'était empressée de les serrer dans ses bras.

— Ne vous inquiétez pas, mes petites chéries, leur dit-elle dans un anglais que, malgré un fort accent, elles avaient réussi à comprendre, on prendra bien soin de vous. Et je viendrai vous voir tous les jours.

Cette dame avait l'air vraiment gentille. Molly s'était doucement dégagée de ses bras et l'avait remerciée d'un sourire, tandis que Rachel, calmée, s'était accrochée à sa main.

— Je vous les confie, madame Rousseau, avait ajouté le prêtre en regardant les fillettes avec sollicitude. Voici un peu d'argent que le docteur m'a remis pour leurs soins. Je réside au monastère des Frères du Sacré-Cœur, vous seriez aimable de m'avertir si on les déplace d'endroit. Ainsi, leur père pourra plus facilement les retrouver.

— Bien entendu ! avait répondu Cécile Rousseau en s'apercevant que Molly essayait de déchiffrer ce qu'ils se disaient. Comptez sur moi, je vous contacterai au moindre déplacement.

Tout en parlant, elle avait jeté un regard tendre à la jeune fille pour lui assurer que tout se passerait bien.

Molly s'était adaptée plus facilement qu'elle ne l'avait espéré à la vie sous la tente. Cependant, les religieuses et les dames bénévoles avaient beau être dévouées, elles n'étaient pas assez nombreuses pour s'occuper en plus de divertir les enfants.

Trois semaines plus tard, le nombre d'orphelins grandissant, un constructeur de navires avait offert aux religieuses qui s'occupaient d'eux son immense demeure de la rue Saint-Louis. Rachel et Molly faisaient partie des enfants qui y avaient été transférés. La douce Cécile Rousseau, qui demeurait à proximité, venait y travailler trois jours par semaine et, comme convenu, elle avait averti l'abbé Beaulieu de la nouvelle adresse des filles.

Cécile avait été institutrice avant de se marier. C'est donc naturellement que lui était venue l'idée d'instaurer une classe de français dans la résidence, afin de familiariser les petits immigrants avec cette nouvelle langue. Rachel et Molly l'assistaient auprès des élèves. Très vite, Cécile s'était attachée aux deux jeunes filles et cette affection était visiblement réciproque.

Voilà donc deux mois qu'elles résidaient dans cette superbe maison aux murs tapissés de fleurs et ornés de boiseries. Le front appuyé sur la vitre humide et le cœur lourd, Molly soupira. Elle avait l'impression que sa vie était en suspens. En outre, cette pluie froide frappant contre la vitre ne l'aidait guère à rehausser son humeur.

Les averses étaient fréquentes en Irlande. Elle se remémora un proverbe que sa mère répétait souvent pour leur faire apprécier la pluie : *Si ce n'étaient les nuages, on ne jouirait pas autant du soleil !*

À la pensée de sa mère, elle ne put réprimer un second soupir. Heureusement, Rachel, d'abord fragile et pleurnicharde, s'était vite adaptée à la routine établie par les religieuses et, certains soirs, elle acceptait même de chanter quelques ballades irlandaises pour endormir les enfants. La cadette ne s'ennuyait de sa jumelle qu'à l'heure du coucher. Molly et elle s'agenouillaient alors au pied du lit et priaient pour leur sœur. De plus, l'affection de Mme Rousseau semblait lui avoir fait retrouver un peu de sa gaieté.

— Ma petite Molly, venez vite, l'interpella Cécile, vous avez une visite…

Le cœur de Molly se mit à battre la chamade et c'est en anglais qu'elle s'écria :

— Oh ! Madame Rousseau, c'est sûrement papa !

Dans sa hâte, avant même que la dame ne puisse terminer sa phrase, Molly zigzagua à travers les lits de camp et se précipita hors de la pièce. Tout en cherchant Rachel des yeux, elle se mit à courir vers le hall d'entrée.

En apercevant l'homme qui accompagnait Sarah, elle se figea sur place. À son épaisse moustache et à ses longs favoris, elle reconnut le Dr Douglas, le surintendant médical de Grosse-Île. À l'instant où ce dernier retira son chapeau trempé de pluie, elle remarqua la tristesse qui voilait ses yeux. Un mauvais pressentiment l'assaillit. Dans un dernier espoir, Molly tourna son regard vers Sarah. Le visage blême et troublé de sa sœur ne fit que lui confirmer son malaise. Sans qu'un seul mot soit prononcé, elle comprit qu'elle ne reverrait plus jamais son père.

La douleur fut si vive qu'elle se sentit prise d'un vertige. Mme Rousseau, suivi de Rachel, arriva juste à temps pour l'attraper avant qu'elle ne s'écroule sur le dur parquet de bois.

Lorsque Sarah aperçut Rachel, son visage s'illumina pour un bref instant. Mais bien vite, la jeune fille baissa la tête et se recroquevilla sur elle-même. Les larmes se mirent à ruisseler sur ses joues. Réalisant à son tour la redoutable nouvelle, Rachel se jeta dans les bras de sa jumelle.

— Sarah, mais où est papa ? lui demanda-t-elle, également en anglais.

— Il est au ciel avec votre maman, mes chéries, leur expliqua le Dr Douglas, parlant parfaitement leur langue.

Un lourd silence s'abattit, rompu par les sanglots des fillettes. Après une bonne respiration, il s'adressa à Mme Rousseau en français en faisant nerveusement tournoyer son feutre dans ses mains :

— Pour Sarah, la mort de son père a été un événement éprouvant. Elle souffre d'un grave choc émotif qui l'empêche de se souvenir de ce qui s'est passé ce matin-là.

Même si elle ne comprit que quelques mots, Sarah s'agita et entraîna Rachel à aller se blottir contre leur grande sœur.

— Dès qu'on la questionne sur ce qui est arrivé, poursuivit le docteur, elle se referme comme une huître et dit ne se souvenir de rien.

— Mais que pouvons-nous faire pour aider cette pauvre petite ? demanda Cécile, inquiète.

Le médecin eut un soupir d'impuissance :

— Malheureusement, ma bonne amie, nous sommes démunis devant les personnes qui vivent un tel trouble. Selon mes recherches, un autre événement fort en émotions, mais heureux celui-là, pourrait raviver sa mémoire.

Devant son air accablé, il fut soulagé d'ajouter :

— Toutefois, je vous rassure, elle se souvient de tout le reste. Bien sûr, il en résulte une nature plus morose et une tendance à l'isolement, mais lorsqu'elle se sent en sécurité, la petite s'ouvre davantage et s'exprime très bien. Elle est intelligente et a appris plusieurs mots de français pendant sa convalescence.

Cécile Rousseau, sensible à leur sort, avait le cœur en émoi. Ces jeunes filles avaient vécu tant de drames depuis leur départ d'Irlande !

Elles en ont assez enduré ! jugea-t-elle, bouleversée. *Dès que je rentrerai à la maison ce soir, je me promets d'avoir une bonne discussion avec Joseph !*

Avant de les quitter, le Dr Douglas se pencha vers les filles et leur ouvrit les bras.

— Allons ! Venez, les petites, que je vous embrasse avant de partir, les interpella-t-il en anglais afin qu'elles le comprennent bien. Votre père était un homme de cœur, d'un rare dévouement. Il était très courageux. Croyez-moi, avant de mourir, il a réussi à sauver plusieurs vies. Vous pouvez être fières de lui.

Sarah, la tête enfouie dans l'épaule de l'homme, se remit à pleurer. Ému, le médecin les écarta doucement. Il se redressa péniblement et tendit une cassette de métal à Molly.

— Elle contient les effets personnels de votre père. Comme tu es l'aînée, son souhait aurait été qu'ils te reviennent.

Les mains tremblotantes, Molly prit la boîte et la posa sur son cœur. Encore ébranlé, le Dr Douglas remit son chapeau et, avant de se retourner, il lança aux fillettes :

— Vous êtes des McDoughan, ne l'oubliez jamais !

***

Cécile, née Dupré, était la fille unique d'un riche commerçant de fourrures. Les Dupré faisaient partie des quelques familles canadiennes-françaises à avoir réussi en affaires.

Cécile avait perdu sa mère en bas âge et, à la mort de son père, elle avait hérité à vingt-trois ans, de la spacieuse villa familiale, construite sur un petit domaine donnant sur la Grande Allée.

Le devant de la demeure était protégé du chemin par une forêt clairsemée de chênes, d'érables et de pins. Derrière se trouvaient l'écurie, la roseraie, le jardin de légumes, les buissons de fruits sauvages et un petit verger. L'extrémité du terrain offrait un impressionnant coup d'œil sur l'estuaire, qui coulait tout en bas.

À cette époque, elle était déjà mariée à Joseph Rousseau, médecin à l'hôpital Hôtel-Dieu de Québec. Même s'il s'y était fait des amis, le couple avait été soulagé de quitter le quartier Champlain de la Basse-Ville. Dans les dernières années, cet arrondissement avait été envahi par une masse d'immigrants pauvres et désœuvrés. Certains, désespérés au sortir des tavernes qui y proliféraient, pouvaient s'entretuer pour une poignée de shillings. Dix-sept années s'étaient écoulées depuis cet heureux déménagement dans la villa.

Donc, après l'annonce de la triste nouvelle par le Dr Douglas, Cécile s'était décidée à engager, ce soir-là, une discussion avec Joseph. Elle connaissait parfaitement son mari et savait que le moment le plus propice était lorsqu'il dégustait son dessert. Quand Adèle, la vieille domestique, quitta la salle à manger, ils se retrouvèrent enfin seuls.

Cécile respira un bon coup, puis aborda le délicat sujet :

— Joseph, vous souvenez-vous de ces jeunes filles, les trois petites Irlandaises dont je vous ai souvent parlé ? Elles sont logées près d'ici, dans la demeure de M. Nesbitt, le constructeur de bateaux.

L'issue de la conversation était si importante qu'elle entendit sa voix vibrer d'émotion dans la pièce.

— Je m'en souviens, en effet. Cependant, il n'en a jamais été question au dessert, répondit le médecin, loin d'être dupe des méthodes de sa femme.

Il prit volontairement un ton exaspéré pour lui demander :

— Vous me semblez bien compatissante à leur égard. Alors, de quoi s'agit-il ? Un autre malheur leur serait-il arrivé ?

— Oh, Joseph ! Comment pouvez-vous être si insensible ? Il s'agit de leur père, le Dr McDoughan. Il a malheureusement succombé au typhus. Ses pauvres chéries sont maintenant orphelines. Qu'adviendra-t-il d'elles ? Vous connaissez ma peine de ne pouvoir enfanter… Notre maison est immense et…

Après ces quelques hésitations, elle ne put se retenir :

— Ne pourrions-nous pas les adopter ?

Joseph en resta sans voix et faillit s'étouffer en avalant son café. Il y avait longtemps que sa femme ne lui avait pas parlé de son désir d'être mère avec autant d'émotivité. Il ne put retenir un rictus d'appréhension ; il était tout de même question de trois enfants.

— Cécile, c'est une décision qu'il ne faut pas prendre à la légère, finit-il par prononcer. Nous vivons seuls depuis si longtemps… et nous ne sommes plus très jeunes… l'adaptation pourrait être difficile… Elles parlent à peine le français.

— Plus très jeunes ! répéta sa femme, insultée. Vous, peut-être, avec vos quarante-sept ans, mais moi, je n'ai que trente-sept ans et je suis en pleine forme. Joseph, le Dr McDoughan a donné sa vie en soignant, tout comme vous, les pestiférés, insista-t-elle. Il est de notre devoir d'aider ces pauvres orphelines et, pour nous, ne serait-ce pas là une chance inespérée de fonder une famille ?

Joseph lui lança un regard agacé, mais sa voix se fit plus douce :

— Et bien, justement, soyez réaliste, ma colombe. Vous n'êtes pas sans savoir que le typhus et la variole font aussi des morts à Québec. L'hôpital accueille encore tous les jours des gens atteints. Bon ! Il est vrai que le personnel y est mieux équipé pour se protéger de la contagion qu'à Grosse-Île, mais nous ne risquons pas moins notre vie. Si un malheur m'arrivait, seriez-vous alors en mesure de vous occuper seule de ces fillettes ?

À l'évocation de cette possibilité, Cécile blêmit. Il savait qu'il l'avait touchée et il fut pris d'un remords. Bien vite, il la vit courageusement bomber le torse pour lui répliquer :

— Croyez-moi, Joseph chéri, si jamais cela se produisait, leur présence me serait davantage un bienfait qu'un fardeau. Si vous saviez comme je me suis attachée à elles !

Joseph prit une profonde inspiration avant de répondre :

— Je m'en rends bien compte, en effet. Mais les McDoughan n'ont-ils pas de la parenté qui pourrait s'occuper de ces petites ? Ne seraient-elles pas mieux placées dans une famille d'Irlandais de notre connaissance ?

Cécile secoua négativement la tête.

— Molly, l'aînée, m'a bien parlé d'un oncle qui est resté en Irlande, mais elles n'ont aucune famille ici, au Canada. Et puis, nos amis les O'Toole ont déjà cinq enfants en bas âge...

— Et pourquoi pas les Reilly ? Ils n'ont qu'un fils, il me semble !

Sa femme poussa un soupir exaspéré :

— Vous savez très bien qu'ils n'attendent que le rétablissement de Mme Reilly pour aller s'établir à New York. Joseph Rousseau, je ne vous reconnais plus ! Où est passé cet homme affectueux et charitable que j'ai marié ?

Cette dernière phrase érafla le cœur de Joseph. Machinalement, il retira ses lunettes et se frotta le front. Même s'il ne le lui disait que rarement, il aimait profondément son épouse et jamais il n'aurait souhaité la décevoir. Fier, il se racla la gorge pour cacher son malaise.

— Eh bien ! Ma douce colombe, je ne vous ai jamais vue aussi déterminée. Vous voulez vraiment sacrifier notre quiétude et prendre la dure responsabilité d'élever ces fillettes ?

— Bien sûr, elles chambouleront notre tranquille quotidien, j'en suis consciente. Mais je suis persuadée qu'elles apporteront plus de bonheur dans cette maison que de soucis.

Joseph haussa les épaules, vaincu. La partie était gagnée! Cécile se leva de son siège et vint lui caresser tendrement la joue.

— Vous verrez, elles finiront par vous charmer et par faire disparaître cet air bourru sur votre beau visage!

Il l'attira dans ses bras et l'embrassa tendrement. Ces six derniers mois, avec l'épidémie de typhus qui retenait Joseph à l'hôpital de longues heures, ses visites dans la chambre de sa femme se faisaient rares. Depuis quelques années, le couple faisait chambre à part.

Il y a trop longtemps que je néglige mon devoir conjugal, se dit-il en lui souriant tendrement.

Abandonnant son dessert, Joseph referma sa large main sur celle de sa femme et l'entraîna vers ses appartements.

Sans dire un mot, ils se dévêtirent en hâte et se glissèrent, fébriles, sous l'édredon de plumes. Au creux du lit, ils se blottirent l'un contre l'autre, surpris de constater à quel point la proximité de leurs corps et les caresses de l'autre leur avaient manqué.

— J'ai tellement envie de toi, ma colombe, souffla Joseph en serrant tendrement ce corps aimé contre le sien.

Il n'y avait que dans l'intimité de leur chambre qu'ils se permettaient de se tutoyer.

Sa bouche frôla les lèvres de Cécile, descendit dans son cou, puis s'attarda sur ses seins, pendant que, d'une main, il caressait son entrecuisse. Elle frémit d'excitation lorsque avec un genou, il lui écarta les jambes. Elle s'ouvrit sans résistance et, lentement, il pénétra en elle.

Il entama un va-et-vient langoureux et Cécile s'abandonna quelques instants aux délicieuses manœuvres de son mari. Puis, elle le surprit en le chevauchant et en accélérant leur rythme. Ils jouirent rapidement et Cécile, toujours retenue à lui, se laissa tomber à ses côtés. Avant de se retirer, Joseph reposa ses lèvres sur celles de sa femme avec une infinie douceur. Il lui murmura à l'oreille :

— Et maintenant, mon amour, suis-je redevenu l'homme chaleureux que tu as épousé ?

— Comme je t'aime, Joseph chéri ! fut la seule réponse de Cécile, qui s'endormit la tête au creux de son épaule.

Dès le lendemain, Cécile apprit à Molly et aux jumelles que son mari et elle avaient décidé de les adopter. Elle leur demanda un peu de patience, le temps qu'ils aménagent la résidence pour leur venue. Les fillettes devraient donc demeurer à la pension de la rue Saint-Louis encore une bonne semaine.

***

Les traits tirés, la barbe longue, Rob Corrigan, assis à une table dans une taverne près du port de Québec, savourait à petites gorgées une bière froide. Il se creusait la tête pour trouver un stratagème qui lui permettrait de dérober la bague à la petite Molly.

C'était un endroit sombre rempli de marins, d'ouvriers des chantiers navals et de filles de joie, tous à demi ivres. Chaque fois que quelqu'un ouvrait la porte, la puanteur des égouts qui s'écoulaient à ciel ouvert venait s'ajouter à l'odeur de tabac de piètre qualité qui envahissait les lieux.

— Tu m'offres un verre, mon beau roux? lui lança l'une des femmes en titubant légèrement jusqu'à sa table.

Avant de se poser sur le visage de l'inconnue, les yeux de Rob restèrent accrochés à sa poitrine à peine couverte. Il n'avait pas baisé une femme depuis une éternité et il saliva.

— Et que me donneras-tu en échange, ma belle rouquine?

Encouragée, ladite rousse se laissa choir sur la chaise devant lui.

— Toi, tu sais parler aux femmes, mon coquin. Eh bien! Si tu me promets d'être gentil, je monterai avec toi à l'étage.

Le visage de la femme n'était pas aussi vilain que Rob l'aurait cru. À n'en point douter, elle était irlandaise et ne devait avoir qu'une vingtaine d'années. De longues mèches rousses tombaient le long de ses joues et, malgré ses yeux verts sans éclat, elle ressemblait étrangement à Rebecca, ce qui ne lui déplut pas. Soudain, une idée commença à se former dans l'esprit de Rob.

Sourire aux lèvres, il leva la main et commanda deux autres chopes.

— Crois-moi, ma jolie, tu ne le regretteras pas, affirma-t-il, satisfait.

Pendant qu'ils buvaient leur bière, rusé, Rob se montra intéressé par l'histoire de l'Irlandaise. Peu habituée à tant d'attention et l'alcool aidant, Mary ne se fit pas prier. Comme il l'avait deviné, elle était aussi arrivée d'Irlande, mais deux ans auparavant. Son mari, un bûcheron, et sa petite fille de huit mois avaient péri pendant la traversée. À son arrivée en ville, se retrouvant seule et sans ressources, elle avait accepté l'offre du propriétaire de la taverne, un Russe prénommé Grigori, et s'était mise à travailler comme serveuse.

Ce que Mary McKinsey garda pour elle, bien que ce soit une évidence, c'est que ses tâches consistaient surtout à aguicher les clients et à les inciter à consommer. Avec le temps, désabusée de la vie, elle s'était mise à boire et à jouer aux cartes. Maintenant, c'était elle qui devait de l'argent au vieux tavernier et, comme certains clients la réclamaient souvent, elle avait dû se résoudre à se prostituer.

C'est donc bras dessus, bras dessous qu'ils gravirent l'escalier qui montait aux chambres. Le besoin d'affection de Mary étant flagrant et le désir de Rob tout autant, le lit grinça sous quelques coups de reins et l'affaire fut rapidement conclue. Ils s'affalèrent l'un près de l'autre et s'endormirent presque aussitôt, les ronflements de Mary répondant, comme un écho, à ceux de Rob.

Au matin, Rob demanda que l'on fasse monter le petit déjeuner à leur chambre. Séduite, Mary fut tout ouïe lorsqu'il lui parla de son plan.

***

Des proches qui voulaient retrouver des parents ou des amis exilés pouvaient parcourir à l'hôtel de ville une liste qui recensait les orphelins et l'adresse des hospices où ils étaient hébergés.

C'est ainsi que Mary et Rob découvrirent l'endroit où se trouvaient les filles McDoughan. Pour la suite, il leur suffirait de faire le guet aux alentours de la pension et de surveiller les allées et venues de Molly.

Ils n'eurent pas à attendre longtemps, car deux jours plus tard, un enfant étant malade, une religieuse demanda à Molly d'aller acheter du sirop contre la toux à la pharmacie de la rue Saint-Jean.

Tandis qu'elle s'engageait dans le sentier boisé qui menait à la boutique de l'apothicaire, une apparition la figea sur place. Devant elle se tenait une femme sublime : elle portait une longue cape, sa chevelure rousse était retenue en chignon et son regard était tendre. La ressemblance avec sa mère était troublante et des larmes lui montèrent aux yeux.

— C'est bien toi, Molly McDoughan ? lui demanda gentiment la femme.

Molly haussa les sourcils d'étonnement. Cette inconnue connaissait son nom ! Elle s'avança lentement vers l'apparition.

— Mais comment savez-vous mon nom ?

— Je suis une lointaine cousine de ta maman, ma chérie. J'ai appris que des McDoughan étaient arrivés à Québec, alors j'ai eu envie de te rencontrer, expliqua Mary en l'entraînant sous un vieux chêne. Dis-moi, où est ta mère ?

— Elle est morte sur le bateau, murmura Molly.

— Oh ! Je suis désolée. Et ton père ?

Molly hocha tristement la tête.

— Lui aussi…

À la vue du visage chagriné de la jeune fille, Mary fut traversée par un courant de tendresse. Un court instant, elle pensa renoncer au plan de Rob, mais sa survie dépendait de l'argent qu'il lui avait promis.

— Oh ! Cela m'attriste, Molly. Comme tu dois te sentir seule ! Je m'appelle Mary. Allons, viens t'asseoir près de moi et raconte-moi ce qui est arrivé à tes parents.

Molly se souvint de sa commission et sembla hésiter, mais cette rencontre était inespérée. Elle n'avait pas à se méfier d'une parente qui, assurément, connaissait sa famille.

— Tu as bien le temps de prendre un verre de jus, lui dit Mary.

Cette offre acheva de convaincre Molly, qui ne pouvait refuser une telle gâterie en ces temps de disette.

Lorsqu'elle se réveilla, une heure plus tard, la jeune fille se demanda si elle n'avait pas rêvé. Elle avait mal à la tête, et un malaise s'insinua soudain en elle. Les deux sous pour le sirop n'étaient plus dans la poche de son gilet. Par réflexe, elle porta aussitôt ses mains à son cou et, alarmée, constata que la chaîne et la bague de sa grand-mère avaient également disparu !

Rob avait à moitié raison, se dit Mary, qui avait précipitamment quitté les lieux aussitôt son méfait accompli. *La fillette portait bien la bague sur elle, mais pas dans une pochette de velours épinglée à…*

Elle fut arrêtée dans son élan par deux larges bras qui se refermèrent sur sa taille.

— Bravo, ma jolie ! la félicita Rob en lui arrachant des mains le précieux anneau. J'avais raison, c'était bien l'aînée qui le possédait. Il y manque deux diamants, mais il en reste quatre et, surtout, l'émeraude est encore là.

Il se tapa sur les cuisses.

— Oh ! Oh ! À moi la fortune ! lança-t-il d'un rire gras, faisant frémir Mary. On l'a bien eue, la petite chérie !

***

L'arrière-boutique du revendeur était remplie du plancher au plafond d'objets disparates. Une bouilloire en fonte trônait sur une horloge, des peaux d'ours et de castors étaient suspendues près d'un hibou empaillé, des coffrets à bijoux anciens étaient empilés sur une commode délabrée et, là, une selle de cheval en cuir noir reposait sur une luge.

Le marchand vivait dans ce qui semblait être un repaire de coureurs des bois et son visage balafré accentuait cette impression. Aucunement impressionné, Rob observait l'homme scruter, une loupe à la main, l'émeraude qui surmontait la bague.

— Comme ça, vous me dites que cette bague vous vient de votre grand-tante ? lança Gédéon Beaudet à Mary.

Dès qu'il les avait vus entrer dans son échoppe et entendu leur histoire cousue de fil blanc, le vieux Gédéon avait su qu'il avait affaire à des voleurs de bas étage. Depuis trente ans qu'il tenait une boutique dans le quartier Saint-Roch, il avait rencontré des gens de tout acabit et de toutes les couches de la société. Il se trompait rarement sur leur nature véritable.

En posant la question, il s'amusa à torturer la femme, qui, selon lui, avait plus l'air d'une putain que de la noble Irlandaise déchue qu'elle essayait d'incarner.

— C'est en effet ce que la dame vous a dit, déclara Rob, le regard dur à la vue du visage de Mary qui s'empourprait.

— Elle devait être très riche, votre parente, poursuivit le revendeur sans se démonter. Cette émeraude en forme de cœur est splendide.

— Cela, nous le savons ! Ce qui nous intéresse de découvrir, c'est ce que la bague vaut, insista Rob.

— Beaucoup plus que ce que je peux vous offrir, madame, lui dit Gédéon en se frottant le menton et en ignorant Rob, une fois de plus.

Il laissa intentionnellement planer un lourd silence. La pierre était d'un vert foncé translucide et d'un bel éclat.

D'expérience, il savait qu'un bijoutier de la Haute-Ville leur offrirait au moins deux cents livres canadiennes juste pour la pierre. Toutefois, un bijoutier aurait plus de scrupules que lui et ferait probablement une enquête sur la provenance du bijou. Voilà pourquoi, quitte à accepter un prix inférieur, les receleurs préféraient venir le voir, lui.

— Je n'ai pas les moyens de vous acheter la bague en entier, mais l'émeraude m'intéresse. Je pourrais vous en donner quatre-vingts livres. C'est tout l'argent liquide que j'ai dans ma caisse !

N'ayant jamais vu autant d'argent, Mary blêmit et se tourna vers Rob pour avoir son approbation. Ce dernier fit une moue et, examinant le bazar autour d'eux, il pointa du doigt la selle de cuir.

— Nous prenons également la selle, et c'est marché conclu !

* * *

Excitée de posséder une part du magot, Mary se jeta au cou de Rob aussitôt qu'ils entrèrent dans la chambre. En riant, ils roulèrent sur le vieux tapis. Impatiente, Mary releva ses jupes d'une main et, de l'autre, défit la ceinture de la culotte de Rob.

Devant tant d'ardeur, il ne se fit pas prier. Il lui accota les jambes sur ses épaules et, sans préambule, il s'engouffra aussitôt en elle. Elle cria de douleur autant que de plaisir et, comme pour lui rendre la pareille, elle lui mordit l'oreille, puis la suça. Leurs ébats n'étaient jamais bien longs et, dès qu'il eut joui, Rob se retira.

— Je pars demain, déclara Rob en remontant son pantalon.

L'annonce eut l'effet d'une douche froide. L'enthousiasme de Mary s'évanouit d'un coup. Prenant appui sur le coin du lit, elle se releva lentement.

— Pour aller où, mon beau ?

En se frottant l'oreille, Rob lui répondit sans hésiter :

— Au village de Saint-Sylvestre, rejoindre de la parenté. Mais avant, je vais me procurer un bon cheval et, une fois arrivé, je m'achèterai un lopin de terre, du bétail et je fonderai une famille.

Mary sentit une tristesse monter en elle et lui mordre le cœur. Il était clair que ce n'était pas elle qu'il prendrait pour femme. Qu'avait-elle imaginé ? Aucun homme sensé ne marierait une vulgaire catin !

— Bien sûr ! murmura-t-elle, comme pour elle-même.

Elle lui fit un sourire entendu, sachant pertinemment qu'il ne servait à rien d'ajouter quoi que ce soit et, encore moins, de se jeter à ses pieds et de le supplier de l'emmener avec lui.

Rob parut gêné devant cette digne résignation. Il s'était attendu à des cris ou, à tout le moins, à un déferlement de larmes. Il se racla la gorge et prit gauchement les mains de sa complice.

— Mary, j'ai apprécié ta compagnie et tout ce que tu as fait pour moi, mais je ne suis pas un gars de ville. Comprends-moi, cultiver ma terre, c'est ce qu'il y a de plus important. Plus jamais je ne veux crever de faim. Je t'en prie, fais bon usage des deux livres que je te laisse, car tu les as bien gagnées !

Ce que Rob ne soupçonna jamais, c'est qu'en prononçant ces paroles, il avait éteint l'ultime espoir de Mary de refaire son existence, le dernier qui la raccrochait à la vie. De plus, le remords d'avoir abusé de la jeune et innocente Molly la tourmentait.

Le malheur et la pauvreté peuvent changer la plus honnête des femmes en pitoyable voleuse, se désola-t-elle en cachant les deux billets sous son matelas.

Une fois Rob parti, elle s'assit sur le lit et laissa s'exprimer son conflit intérieurement :

«La belle excuse, Mary McKinsey !» te dirait ton défunt mari, John. Mais qui donc es-tu devenue ?

Elle eut un rire amer et dit à haute voix, le regard levé vers le plafond :

— Tu as raison, John, je suis indigne de ta mémoire !

Désabusée d'elle-même, elle se remit à boire et à jouer aux cartes, dilapidant tout son argent et accumulant des dettes. Bien vite, elle dut se remettre à la prostitution pour pouvoir rembourser l'âpre tavernier, Grigori.

6

Québec, décembre 1847

Près de deux mois s'étaient écoulés depuis l'arrivée chez les Rousseau de Molly, de Rachel et de Sarah. Ce premier hiver au Québec fut le plus rigoureux de leur vie. En Irlande, le climat était plus clément et la neige se faisait rare.

Un beau matin, Joseph, passionné d'ornithologie, commença à surnommer chacune d'elles par un nom d'oiseau: «sauvagine» pour la réservée Sarah; «rossignol» pour Rachel, dont il appréciait la belle voix; et «mésange» pour la sage Molly. Cécile, sa chère colombe, n'avait jamais douté qu'il les aimerait et qu'ils formeraient ensemble une vraie famille! Ce geste consolida l'espérance qu'elle avait d'adoucir, dans le cœur de ces fillettes, les échos déchirants de leur passé.

Bien que la villa soit assez vaste pour que chacune possède sa propre chambre, les jumelles n'avaient pas voulu se séparer. Cécile et Joseph n'avaient pas insisté, ne voulant surtout pas les brusquer.

Sarah faisait encore de fréquents cauchemars et cela influait sur son humeur. Les seuls souvenirs agréables qu'elle conservait de Grosse-Île étaient le visage du Dr Douglas et celui de l'infirmière qui avait veillé sur elle, Thérèse. Parfois, la fillette se montrait trop sensible, déversant un flot de larmes pour un rien. Lorsque Joseph et Cécile essayaient de la consoler, elle se renfrognait et se retranchait dans l'armoire de sa chambre.

Ce comportement mettait à l'épreuve la patience de son père adoptif. Cependant, quand il retrouvait la fillette dans la bibliothèque, où elle pouvait rester des heures, et qu'elle venait se blottir contre lui dans l'immense fauteuil de cuir, Joseph avait le cœur qui ne battait que pour elle. Il lui apprit à lire le français et, rapidement, ils devinrent des complices préférant la calme compagnie des bouquins aux futiles babillages de leurs semblables.

Malgré la ressemblance des jumelles, la nature romantique et surtout aventureuse de Rachel contrastait avec celle taciturne de sa sœur. Toutes les deux avaient le même beau visage, mais l'éclat brillant des yeux de Rachel la faisait paraître plus jolie.

Autant Sarah se réfugiait dans ses bouquins, autant Rachel se servait de son imagination pour s'évader de la réalité. Elle réussissait même, par une attitude optimiste, à faire croire aux autres ainsi qu'à elle-même que tout allait pour le mieux dans le meilleur des mondes. Dès l'enfance, elle avait compris que sa beauté et sa voix de soprano lui attiraient la sympathie des autres.

Quelques jours avant Noël, la demeure entière des Rousseau fut animée par les préparatifs de la fête religieuse. Rachel, excitée, suivait pas à pas les domestiques de la maison, Adèle et le jeune Florent. Ils avaient suspendu des décorations tout le long de la rampe de l'impressionnant escalier de chêne, cloué une couronne de branches de houx à la porte d'entrée et, maintenant, ornaient le sapin de boules et de guirlandes multicolores.

Le docteur était parti tôt pour l'hôpital et Cécile avait réussi à sortir Sarah de la bibliothèque, où, comme à son habitude, elle s'était cloîtrée. Elle l'avait convaincue de l'accompagner à l'orphelinat pour apporter aux enfants des pommes de leur verger.

Par la fenêtre de sa chambre, où elle aimait se réfugier, Molly contemplait la neige tomber en gros flocons. Dehors, le soleil brillait, baignant toute la pièce d'une chaude lumière dorée. Pour la énième fois, elle ouvrit le coffret de métal qui avait appartenu à son père et que le Dr Douglas lui avait remis.

Elle en connaissait le contenu par cœur et, inlassablement, elle s'en tenait toujours au même rituel. Elle posa d'abord sous son nez le foulard de soie de Rebecca. En plus des effluves subtils de sa mère, elle y détectait également l'odeur de Sean. Négligemment, elle écarta le mouchoir de dentelle, sur lequel était brodé un *T*, et le sachet de sable, où le mot *Irlande* était inscrit sur l'étiquette. Puis, elle retira la lettre que son père avait adressée à son oncle Matthew. Une fois de plus, elle la relut :

Grosse-Île, 2 octobre 1847

Mon très cher frère,

Comment vas-tu ? Ta présence me manque terriblement en ces temps difficiles. Je souhaite surtout que la vie ne soit pas aussi cruelle avec toi qu'elle ne l'est avec nous.

C'est le cœur empli de tristesse et d'amertume que je t'annonce le décès de ma chère Rebecca, survenu pendant la traversée. Elle a succombé au typhus et notre petite Sarah souffre d'inquiétantes fièvres. À notre arrêt obligatoire sur l'île de la quarantaine, on nous a appris que des milliers d'Irlandais en étaient également atteints.

Je travaille sur cette île depuis notre arrivée en Amérique et je t'assure que cet endroit est un vrai mouroir! À ce jour, le cimetière compte plus de cinq mille dépouilles. Certains décès sont attribuables à la fièvre ou à la famine, mais la majorité sont l'œuvre du typhus. La mort rôde de tous côtés!

C'est pourquoi, le lendemain de notre arrivée, j'ai cru bon d'envoyer Molly et Rachel à Québec. Elles séjournent dans un orphelinat et y attendent mon retour, à la fin du mois. Je prie Rebecca pour que Sarah se rétablisse au plus vite et que nous soyons à nouveau tous réunis.

Par la suite, mes projets sont d'aller m'établir à Montréal et d'y ouvrir un cabinet. La pensée de ce nouveau départ, dans la vie, me donne un peu d'énergie, car je dois t'avouer que ma santé décline et que je m'inquiète pour mes filles…

La lettre était restée inachevée: un urgent travail avait dû empêcher son père de la terminer. Une enveloppe affranchie au nom du notaire O'Brien à Waterford, en Irlande, gisait tout près. Mommy Cécile lui avait promis qu'elle l'aiderait à compléter la missive, mais Molly retardait encore le moment de s'en séparer.

Elle effleura la pochette de cuir qui contenait les alliances de ses parents. Comme chaque fois, elle eut un frisson au contact du ruban violet qui l'entourait. Elle resserra son écharpe sur ses épaules et saisit le petit sac pour le porter à son cœur. À ce moment, l'ombre d'un épais nuage glissa lentement sur la fenêtre, provoquant un horrible malaise chez la jeune fille : le souvenir du vol de la bague de grand-mère Ida refit surface.

Une voix hurla en elle : *Oh ! Je me sens si pleine de colère !*

Elle en faisait encore, des cauchemars, et se réveillait la nuit en pleurs, portant une main à son cou. Comme elle l'avait promis à son père, elle n'avait jamais parlé de la bague à qui que ce soit. Alors, qui aurait cru une fillette de douze ans affirmant s'être fait droguer par une fausse cousine ressemblant à sa mère, puis fait dérober un bijou de famille dont personne ne connaissait l'existence ?

De toute façon, cette femme m'a dupée. Même si je lui confie ce qui m'est arrivé, comment mommy Cécile pourrait-elle me croire ? Déjà que les religieuses ont semblé sceptiques quand je leur ai avoué que j'avais perdu, en chemin, les sous pour le sirop !

Ses yeux se remplirent de larmes. D'un geste brusque, elle les essuya. Une question la troublait : comment la voleuse avait-elle su son nom ?

Elle en vint à la conclusion que la femme rousse avait dû être soignée par son père sur Grosse-Île et qu'il lui avait probablement parlé de ses filles. Par la suite, il lui avait sans doute été facile de se procurer la liste des noms des orphelins et de surveiller la pension.

Elle devait être très pauvre et, en me fouillant, elle a dû être très heureuse de trouver la bague, car comment aurait-elle pu connaître son existence ?

Machinalement, elle se mit à faire tinter dans sa main les anneaux de mariage de ses parents. Peu à peu, les souvenirs se mirent en scène. L'un à la suite de l'autre, ils se précisaient dans son esprit : les jours heureux dans le manoir familial, les balades à cheval, les pique-niques et les rires qui fusaient.

Ce feu a tout détruit : notre maison, notre famille, notre innocence !

Comme pour la consoler, le soleil reparut, réchauffant autant son visage que son cœur. En détournant la tête, son regard s'attarda sur le papier peint de fleurs jaunes et bleues qui tapissait sa chambre et elle retrouva une certaine quiétude :

Mommy Cécile a une réelle affection pour nous. Daddy, malgré ses larges sourcils taillés en un unique buisson qui lui donne un air sévère, s'est également attaché à nous, ses oiseaux migrateurs. Il faut que je cesse de pleurer ce qui a disparu de mon existence et qui ne reviendra jamais. Certes, dans notre vie, les rayons du soleil ont peut-être pâli, mais ce qui importe, c'est que leur chaleur nous réchauffe le cœur à nouveau !

* * *

La veille de Noël, toute la famille s'entassa dans la carriole à patins, que Joseph avait fait atteler par Florent, pour se rendre à la cathédrale célébrer la messe de minuit.

Au retour, avant d'aller au lit, Molly expliqua à ses parents adoptifs qu'en Irlande, une chandelle allumée était déposée à la fenêtre en l'honneur de la Vierge Marie et de saint Joseph.

— C'est une pensée merveilleuse, approuva la pieuse Cécile, qui accepta aussitôt qu'Adèle effectue le rituel.

Mais lorsque Rachel ajouta qu'il fallait également mettre, près de la cheminée, des carottes pour les rennes et un verre de whisky pour le père Noël, tous les regards se tournèrent vers Joseph.

Ce dernier fronça les sourcils et reprit volontairement son ton sérieux :

— Va pour les carottes, mais il est hors de question que j'offre mon excellent whisky à un inconnu.

Les yeux de Rachel s'agrandirent.

— Daddy, tout le monde connaît le père Noël ! répliqua-t-elle, certaine de ce qu'elle avançait.

À l'étonnement de tous, la timide Sarah se rapprocha de lui et prit sa main :

— Il en a besoin pour se réchauffer, daddy. Dans ton pays, il fait si froid…

Amusé de l'avoir fait réagir, Joseph se pencha vers elle pour lui souffler :

— D'accord, ma sauvagine, mais juste un petit verre. S'il fallait que dans chaque maison on lui en serve un gobelet, je n'ose imaginer son état à la fin de sa tournée !

— Et maintenant, montez dans vos lits, mes chéries, leur ordonna Cécile. Il est tard et, demain, nous avons une longue journée de festivités qui nous attend !

Au petit matin, Adèle, chargée d'aller les réveiller, vint annoncer aux fillettes que le père Noël était effectivement passé et que Joseph et Cécile les attendaient dans le salon. Excitées, les trois sœurs ne se firent pas prier et dévalèrent les escaliers à toute vitesse.

— Allez, mes oiselles, les invita Joseph assis au côté de sa femme près de l'immense sapin, venez découvrir vos cadeaux.

Encore vêtus de leur robe de chambre, ils étaient aussi fébriles que leurs filles. En plus de recevoir chacune une orange, Sarah reçut un superbe manchon de fourrure, Rachel déballa un joli châle de soie à longues franges et Molly eut la surprise d'une magnifique broche dorée pour ses cheveux.

Pour le premier Noël au Canada de leurs filles adoptives, les Rousseau avaient tenu à organiser une soirée dansante dans leur demeure. Ils voulaient en profiter pour les présenter à leur famille et à leurs amis. Ils avaient entre autres invité le Dr Douglas, sa femme et quelques couples irlandais de leur connaissance, les Reilly et leur fils, Brogan, sans oublier les O'Toole, accompagnés de leurs cinq enfants.

Une heure avant l'arrivée des invités, Molly se porta volontaire pour aider Adèle à mettre les couverts sur la longue table de la salle à manger. Cécile avait fait confectionner pour chaque fille une jolie robe de soirée. Celle de Molly, de velours bleu-vert, s'agençait à merveille avec ses longues boucles brunes. S'activant autour de la table, l'aînée pouvait entendre le son de notes disparates provenant du salon double. Les musiciens, deux violonistes, un joueur d'accordéon et un pianiste, accordaient leurs instruments. L'arôme des pâtés de gibier, de la dinde et des gâteaux à la cannelle s'échappait des cuisines et ajoutait à l'excitation qui prélude à un heureux divertissement.

Pendant ce temps, les jumelles se préparaient pour la soirée… Enfin, une des jumelles, car Sarah s'était enfermée dans l'armoire en pin.

— Sarah McDoughan, sors de cette penderie, l'interpella Rachel. J'ai déjà mis l'une des robes rouge cerise que mommy nous a offertes. Les manches et le corsage sont brodés de fil doré ; nous serons ravissantes. Allons, Sarah, s'impatienta-t-elle, cesse de faire la timide et viens te préparer !

— Il y aura trop de monde. Je ne veux pas y aller, bougonna sa jumelle, drapée dans son ample robe de chambre. Et puis, je ne connais personne et on me demandera de t'accompagner au piano.

Rachel entra la tête dans la garde-robe.

— Tu sais bien que c'est faux. D'abord, daddy a engagé un pianiste, et le Dr Douglas sera là. Il sera terriblement déçu s'il ne nous voit pas les trois ensemble. Sois courageuse…

— Je ne peux pas, se fâcha Sarah. Je ne sais pas comment être courageuse.

Rachel eut un soupir d'irritation :

— C'est facile, tu n'auras qu'à faire comme moi et t'imaginer qu'un prince charmant nous attend dans le salon. Dépêche-toi, je sais que tu meurs d'envie de mettre ta belle robe de bal.

Peu convaincue, Sarah sortit tout de même de sa tanière et fut prête lorsque Adèle vint les chercher pour la fête. En haut de l'escalier, en entendant les bruyantes discussions qui provenaient du grand salon, elle fut tentée de faire volte-face, mais la main de Rachel se fit plus pressante.

— Tout ira bien, je suis là.

Hésitante, Sarah s'appuya d'une main à la rampe de l'escalier de chêne et suivit sa sœur. Lorsqu'elle aperçut Joseph au bas des marches, son visage s'illumina d'un sourire.

Rachel avait raison, j'ai un beau prince qui m'attend. C'est ce cher daddy !

— Vous êtes magnifiques, mes oiselles, les louangea-t-il en les accueillant.

Après un copieux repas, les invités se retrouvèrent autour du sapin géant du salon. À la demande de Cécile, qui décida de l'accompagner au piano, Rachel entonna quelques cantiques de Noël. Sa voix claire et agréable séduisit les convives. Elle reçut, satisfaite, leurs enthousiastes applaudissements. Puis, ce fut aux musiciens de prendre place. Valses et rigodons alternèrent, au grand plaisir de tous.

Impressionné par la beauté et la voix de Rachel, Brogan, le fils unique des Reilly se décida à lui demander de lui faire l'honneur d'une danse. De son côté, l'aîné des O'Toole invita Molly, qui accepta en rougissant, trop gênée pour refuser. Voyant Sarah se diriger à reculons vers la bibliothèque, Joseph lui tendit galamment le bras, comme si elle était une grande dame, et l'entraîna au milieu des danseurs.

Brogan et Rachel tournoyaient autour de la pièce, évitant adroitement les autres couples de danseurs. Âgé de quatorze ans, le jeune Reilly était un robuste jeune homme aux cheveux de feu et aux yeux noisette. Il était évident qu'il était tombé sous le charme de sa cavalière et que cette dernière n'y était pas indifférente.

— J'ai beaucoup aimé t'entendre chanter, commença-t-il en anglais pour mieux se faire comprendre. Tu as une superbe voix.

Elle sembla enchantée du compliment, alors il osa ajouter :

— Et puis, pour danser, tu ne te débrouilles pas si mal.

Rachel ralentit leur mouvement. Elle répliqua, mi-moqueuse, mi-sérieuse :

— Pas si mal ? Mais c'est toi, Brogan, qui aurais besoin de leçons ! Ça fait deux fois que tu me marches sur les pieds.

Brogan rougit.

— Oh ! Je m'excuse. Qui t'a appris ?

Soudain, il crut discerner dans les yeux de Rachel un miroitement de tristesse.

— C'est mon père…

Brogan blêmit, gêné de sa bévue.

— Rachel, je suis désolé, bégaya-t-il, je n'ai pas réfléchi. Moi et ma tête de linotte !

L'expression la fit sourire et son cavalier la trouva encore plus ravissante. Satisfait, il bomba le torse et se mit à la faire valser plus rapidement, l'emportant dans un étourdissant tourbillon.

Cette nuit-là, la jeune fille s'endormit le sourire aux lèvres et rêva du beau Brogan. Dans le lit voisin, Sarah, le cœur empli de la tendresse de daddy, dormait à poings fermés.

Dans sa chambre, Molly, les yeux grands ouverts, se tournait et se retournait sous les draps. Elle ne pouvait oublier les Noëls d'antan, et l'absence de ses parents lui faisait mal. Elle s'arrêta de sangloter lorsqu'elle entendit la porte de sa chambre s'ouvrir. À la lueur de la bougie, elle reconnut la fine silhouette de Cécile se déplacer vers elle.

— Tu ne dors pas, ma chérie. Allons ! Quel est ce gros chagrin ?

— Je suis triste, mommy. Je sais bien que vous avez tout fait, daddy et vous, pour que cette soirée soit réussie. Malgré tout, je n'arrive pas à oublier mes parents… je voudrais tant qu'ils soient là…

Cécile s'assit sur le bord du lit et entoura les épaules de Molly d'un bras chaleureux.

— C'est normal, Molly, je te comprends. Tu sais, il n'a jamais été question pour Joseph et moi de remplacer vos parents. Au contraire, pour nous, il est important que vous conserviez de précieux souvenirs d'eux. Ce que nous espérons chasser de votre mémoire, ce sont les douloureux événements que vous avez vécus cette dernière année.

La jeune fille parut apaisée et vint poser sa tête au creux de l'épaule de sa mère adoptive. Après un bref silence, Cécile lui proposa :

— Que dirais-tu si, demain, nous complétions la lettre que ton père avait commencé à écrire à ton oncle Matthew ? Nous pourrions l'inviter à venir nous voir ?

— Oui, dit-elle en essuyant ses sanglots. C'est une excellente idée ! Lui aussi me manque. Il est instituteur… il pourrait se trouver un travail dans un des pensionnats de Québec !

Cécile la redressa et lui fit gentiment signe de se taire.

— Commençons par prendre de ses nouvelles. Nous en saurons alors davantage. Tu ne crois pas qu'il est un peu tôt pour faire des projets ?

— Vous avez bien raison, Mommy.

Cécile lui sourit, lui baisa tendrement le front et sortit de la chambre sans ajouter un mot.

Dans son for intérieur, elle pria pour que ce lointain parent, si cher aux filles, ne soit pas mort dans l'un de ces combats contre les Anglais.

7

Irlande, juillet 1848

Pendant la nuit, la pluie s'était mise à tomber à torrents. Les éclairs traversaient maintenant le ciel et le tonnerre grondait : on aurait dit le jour du Jugement dernier. Au petit matin, la bataille faisait toujours rage.

Le rebelle Matthew McDoughan, dissimulé derrière une butte de sable, se dit que l'horreur de la situation dans laquelle il se trouvait était loin de tout ce qu'il aurait pu imaginer. Couvert de boue, son corps en entier était torturé par le souffle froid qui montait du sol et son esprit, confus, se noyait dans le désespoir. Serrant contre lui un vieux fusil de chasse, il ne pouvait s'empêcher de grelotter, surtout de frayeur, ressentant le même sentiment d'épouvante qui l'avait traversé devant le manoir en feu : l'angoisse des vaincus.

En février, le peuple français, qui avait également subi une pénurie de ressources, s'était insurgé et avait réussi à chasser la monarchie. Le roi, Louis-Philippe Ier, avait abdiqué, puis s'était enfui en Angleterre. La nouvelle de la révolte française avait apporté un vent d'espoir et de témérité aux membres du mouvement de la Jeune Irlande. Dès lors, ils avaient commencé à préparer leur propre soulèvement.

Quelle naïveté que cette attaque! pensa Matthew en étouffant un sanglot.

Il n'était pas plus d'une cinquantaine et, parmi eux, il y avait beaucoup trop d'idéalistes. Des poètes, des journalistes, des enseignants et si peu d'hommes rompus au combat. De plus, ils étaient fort mal équipés et presque impuissants face à une horde de militaires anglais solidement armés. Pendant quelques heures, leur groupe avait réussi à donner l'illusion d'être plus nombreux, mais bien vite, un colonel ennemi avait pu deviner, à l'aide d'une longue-vue, leur faible position et avait lancé l'offensive. Le jour se levait à peine et plusieurs avaient déjà été capturés.

À midi, terrassés par la peur et l'épuisement, des compagnons commencèrent à se rendre les uns après les autres. Il ne fallut pas longtemps à Matthew pour réaliser ce qui était en train de se passer: ils subissaient une cuisante défaite!

Il sursauta au sifflement d'une balle qui passa près de sa tête et remarqua un camarade se redresser pour tirer, puis il le vit se tordre de douleur et s'affaisser à ses pieds. Au cours des mois d'entraînement, il s'était certes endurci, mais de voir le regard figé d'effroi du mort déclencha en lui un dégoût de la guerre. Il se recroquevilla davantage et lâcha son fusil, plus encombrant qu'utile. Un bref instant, le temps sembla s'arrêter et son esprit s'évada loin de ce cauchemar écrasant. Il se concentra sur un brin d'herbe qu'une rigole d'eau entraînait vers le bas de la dune.

Soudain, la pluie cessa et, dans la chaleur de ce mois d'été, une brume s'éleva de la terre encore trempée. Il entendit, aussi clairement que s'il avait été à ses côtés, la voix de Sean lui crier: «Sauve-toi, mon frère! C'est ta seule chance de salut!»

Cet avertissement le secoua et le ramena à sa dure réalité. Il allait profiter de ce brouillard. Il se mit à ramper vers la lisière de la forêt. Aussitôt qu'il le put, il se releva et se mit à courir, zigzaguant à travers les arbres, sautant par-dessus les bosquets. Dans sa fuite, malgré un essoufflement qui lui serrait la gorge, le goût de la liberté lui donna des ailes.

À la tombée de la nuit, ayant suivi ce qui devait être autrefois une route, il arriva à une ferme isolée. Un silence de mort planait sur l'endroit, qui lui semblait abandonné. En ces temps de disette, il y avait longtemps que les chiens avaient disparu et il était illusoire d'espérer entendre ne serait-ce que le caquètement d'une poule. Prudent, il s'avança lentement entre les deux fossés de broussaille qui menaient à la maison.

Dans la pénombre, il ne distingua que les contours de quelques bâtiments en ruine et, avec l'un de ses pieds, il heurta une masse molle. La puanteur qui s'en dégagea lui donna un haut-le-cœur. Instinctivement, il recula et fouilla dans sa poche pour en sortir une allumette. À la lueur de la flamme, Matthew découvrit le cadavre d'un chat en décomposition, à moitié dévoré par les corbeaux. Il laissa tomber le bâtonnet en feu, qui s'éteignit sur le sol poussiéreux, et tomba à genoux. Cette désolation, bien que familière depuis trop d'années, l'écœura. Il vomit les quelques champignons comestibles qu'il avait mangés pour souper.

— Il n'y a que ces oiseaux voraces qui mangent à leur faim, dans ce damné pays! s'exclama-t-il à haute voix, un poing levé vers le ciel.

Il passa cette première nuit dans un coin de la vieille grange. Désormais, il était devenu un rebelle recherché et, malgré sa fatigue, il ne pouvait pas s'endormir. Il songea à ses camarades qui avaient été faits prisonniers par les soldats et qui seraient torturés. Pour lui, cela ne faisait aucun doute: en échange de leur vie, ils donneraient la liste des noms des autres révolutionnaires qui avaient réussi à échapper à la milice.

À l'aube, il poursuivit son chemin, marchant les yeux rivés sur l'horizon, traversant des champs et évitant tout contact avec la population. Blessé dans son orgueil, il peinait à se réconcilier avec lui-même. De temps en temps, un accès de rage montait en lui. Cette débâcle contre la milice anglaise n'avait fait qu'accroître sa haine contre Édouard Wesley.

Pour se calmer, il se mit à réfléchir. Instinctivement, il pensa à se rendre chez le notaire O'Brien. Cet ami de son père et sa fille, Jane, l'accueilleraient assurément. Il ne s'y réfugierait que quelques jours, le temps de se remettre sur pied. La main dans la poche de son pantalon, il palpa machinalement la pointe d'une flèche. Il l'avait fait forger avec le plomb de la balle qui avait tué son père.

Puis, il se mit à méditer sur son avenir, qui lui semblait des plus sombres. Il en était là de ses réflexions lorsqu'au détour d'un sentier, il découvrit au bas d'une pente une étroite rivière dont le courant cascadait vers l'est. Il se pencha sur la berge et, à deux mains, se mit à boire l'eau fraîche, qui brûla ses lèvres crevassées par le vent, mais lui redonna vie. Il en profita pour laver ses vêtements usés et ses pieds malmenés par les milles qu'il avait parcourus. Ce jour-là, il n'eut d'autres choix que de manger des racines de pissenlit et une grappe de groseilles provenant d'un chétif arbrisseau qui poussait à l'ombre d'un rocher.

La rancœur qu'il éprouvait pour le landlord et la pensée de revoir Jane lui donnèrent l'énergie de mettre un pas devant l'autre et de poursuivre son périple. Après plus de deux jours à suivre un sentier sinueux qui bordait le cours d'eau, il découvrit une immense plaine. Comme une mer de verdure ondulant sous le vent, elle allait se briser au loin, au pied des montagnes.

D'ici, je commence à sentir l'air salin de la mer, s'aperçut-il encouragé. *Demain, j'atteindrai le port de Waterford !*

Après une autre nuit passée à la belle étoile et une pénible marche, Matthew aperçut enfin l'océan. Une file d'embarcations mouillaient au large en attendant de pouvoir rentrer au port. Il était de retour dans son comté. Son cœur se mit à battre plus fort et son pas s'accéléra.

Aux abords de la ville portuaire, il fut agressé par l'odeur fétide des poissons pourris et des immondices qui empestaient l'air. Dès qu'il emprunta la rue principale, les plaintes des désœuvrés qui se mouraient de faim le désespérèrent. Il entendit le carillon de la cloche de l'église qui sonnait l'angélus du soir et, épuisé, il s'engouffra dans l'ombre d'une ruelle étroite.

Il rampa, davantage qu'il marcha, jusqu'à la maison de Charles O'Brien. D'abord méfiant, le bon notaire fit un bond vers l'arrière, ne pouvant concevoir que l'individu qui se présentait à sa porte, affichant une maigreur extrême et une barbe de forban, pouvait être le fier Matthew.

C'est grâce au regard perçant des McDoughan qu'il finit par le reconnaître. Aussitôt, il lui ouvrit les bras, comme un père retrouvant son fils prodigue.

— Mais que t'est-il arrivé, mon pauvre garçon ?

— Je reviens de Ballingarry…, réussit à balbutier Matthew en chancelant.

Des plis d'inquiétude se formèrent sur le front du notaire.

— Ciel ! Nous avons appris hier la nouvelle de la rébellion. Tu en faisais donc partie ! Mais que s'est-il…

Il ne put terminer sa phrase, car le jeune rebelle s'évanouit à ses pieds.

***

Lorsqu'il se réveilla le lendemain, Matthew constata qu'il était seul dans une pièce minuscule et sombre. Un faible rayon de lumière jaillissait de la petite lucarne. Il comprit qu'il avait dormi toute la journée et que, pour le cacher, le notaire l'avait installé dans le grenier.

Malgré un mal de tête lancinant, tout lui revint brutalement en mémoire : l'odeur de la poudre des fusils, la vue du sang et le bruit des détonations se mêlant aux cris de ses camarades blessés, la mort qui rôdait, puis l'humiliante débandade.

L'immense tumulte intérieur qui montait en lui l'empêchait de réfléchir. Il pleura longtemps en silence avant de se rendormir, épuisé.

Au matin, il sentit sur son visage la fraîcheur d'un linge imbibé d'eau. Il ouvrit les yeux et aperçut le tendre regard de Jane, penchée sur lui. Elle était assise sur un petit tabouret près du lit.

Jane, son aînée de deux ans, était une amie d'enfance. Son père avait été un camarade de collège du noble William et, devenu veuf, il appréciait les conseils d'Ida, la mère de Matthew, pour l'éducation de Jane. Les deux familles se réunissaient fréquemment. La taille fine de Jane, son teint pâle et ses longs cheveux noirs retenus par un ruban dans son dos la faisaient paraître plus jeune que son âge. Pourtant, elle venait de fêter ses trente ans.

— Bonjour, Matthew, lui dit-elle, un sourire moqueur accroché aux lèvres. Comment te sens-tu ? Il me semble que, la dernière fois que je t'ai vu, tu avais meilleure mine.

Elle était si soulagée qu'il ait échappé aux militaires anglais et qu'il soit en vie qu'elle ne put conserver, plus longtemps, son air badin. Prenant plutôt un ton de reproche, elle le disputa :

— Alors, c'est donc vrai ! Tu t'es enrôlé dans ce mouvement révolutionnaire ! Moi qui croyais t'avoir dissuadé d'aller te battre… Tu es le plus têtu de tous les Irlandais que je connaisse ! Mais qu'avais-tu donc à prouver en allant jouer les héros ?

Matthew avait le moral au plus bas et, ainsi affaibli, il n'avait nullement l'intention de riposter. Il fit tout de même un effort pour la complimenter :

— Ma belle Jane, ta présence est la chose la plus merveilleuse qui me soit arrivée depuis bien des mois. Sois gentille et ne parle pas si fort ; j'ai un affreux mal de tête. Aide-moi plutôt à me lever.

Tout en parlant, il essaya de se redresser, mais la pièce se mit à tourner et il retomba, malgré lui, sur les oreillers de plumes.

— J'imagine que tu n'as rien mangé depuis plusieurs jours…

Ils sursautèrent au bruit de pas provenant de l'étroit escalier qui menait au grenier.

— Ah ! Mon ami, mon pauvre ami, dans quelle galère t'es-tu embarqué ? lança le notaire. Le mot *pauvre* prononcé par une voix anxieuse n'annonçait rien de bon.

Le vieil homme s'assit au pied du lit et, avant de poursuivre, prit quelques secondes pour reprendre son souffle, qui semblèrent durer une éternité pour les deux jeunes gens qui l'observaient, inquiets.

— Un avis a été placardé sur les murs de plusieurs édifices de la ville, leur apprit-il. La milice te recherche… toi et cinq autres rebelles qui auraient également réussi à échapper aux soldats. On offre trois livres sterling à quiconque vous capturera.

En ces temps de pénurie, cette récompense pourrait être tentante, songea Matthew. *Elle permettrait à un délateur de nourrir sa famille pour un bon bout de temps ou de choisir de s'exiler. C'est exactement le prix d'un billet d'embarquement pour l'Amérique !*

Il soupira, découragé, puis s'informa du bilan de la bataille.

— L'armée n'a eu qu'un mort et trois blessés. Du côté des révolutionnaires, quatre ont été mortellement atteints et, sur la quarantaine de capturés, treize sont estropiés.

Un lourd silence se répandit dans la sombre pièce. Jane jeta un regard sévère à son père, lui intimant de ne rien ajouter. Matthew avait besoin de temps pour digérer le bilan de leur défaite et l'arrestation de ses amis.

— Et quelles sont les rumeurs au sujet des prisonniers ? finit-il par demander, quelques instants plus tard.

— Après avoir été torturés et avoir donné le nom des fuyards, ils ont été déportés en Australie la nuit dernière, dans la plus grande discrétion. Les Anglais voulaient éviter toute effusion de sympathie…

— En Australie ? Je suis surpris qu'ils ne les aient pas pendus ou fusillés.

— D'après moi, si l'armée les avait tués, elle en aurait fait des martyrs et je pense que c'est ce qu'elle voulait à tout prix éviter.

Ébranlé, Matthew hocha la tête et ferma les yeux. Il ne put prononcer un seul mot tant sa gorge lui faisait mal. Il entendit le froissement du tablier de Jane qui se levait et le mouvement de son bienfaiteur : ils s'apprêtaient à quitter la pièce afin de le laisser se reposer. Soudain, un éclair d'espoir traversa son esprit et il ouvrit les yeux.

— Avez-vous reçu des nouvelles de Sean ?

Il y avait maintenant un an que son frère et sa famille avaient quitté l'Irlande pour le Canada.

— Non, pas encore, lui apprit son amie, d'une voix douce, en haussant les épaules d'impuissance.

— Toutes les semaines, Jane va à la poste, lui précisa le vieux notaire.

Jane se rapprocha de Matthew et lui serra tendrement la main.

— Ne désespère pas… Sean ne va pas manquer de t'écrire. Par les temps qui courent, les lettres prennent plusieurs mois avant d'atteindre leur destination.

Matthew acquiesça de la tête avant de s'adresser à ses hôtes :

— Je suis désolé de vous mettre en danger… mais je n'avais nulle part où me réfugier… Aussitôt que je pourrai me lever, je partirai de chez vous.

— Pour l'instant, reposez-vous, mon ami, lui conseilla O'Brien. Nous verrons plus tard ce qu'il conviendra de faire.

***

Deux jours plus tard, Matthew se sentit en meilleure forme. Dans l'après-midi, lavé et rasé, il annonça à ses hôtes que sa décision était prise : il s'embarquerait le lendemain pour la France.

Jane comprenait qu'il ne pouvait vivre éternellement dans leur grenier et qu'il lui fallait malheureusement quitter l'Irlande.

— Pour la France ? s'étonna-t-elle. J'aurais cru que tu choisirais le Canada. Tu ne vas pas rejoindre Sean et Rebecca ?

— J'y ai pensé, bien sûr, mais tant que je n'aurai pas reçu de leurs nouvelles, je préfère demeurer à Paris. Tu sais bien que l'histoire de ce pays me fascine et que j'y ai consacré une grande partie de mes recherches. Je pourrai plus facilement y décrocher un poste d'enseignant. Je t'enverrai mon adresse à Paris, Jane. Aussitôt que tu recevras une lettre de Sean, je compte sur toi pour me la faire parvenir.

S'il avait paru peiné jusque-là, la colère commençait à marquer son visage. Il restait obsédé par cette idée de se venger de Wesley. Malgré lui, il fit une grimace qui interpella Jane. Elle sut aussitôt que ce fier Irlandais ne pouvait laisser derrière lui le crime de son père impuni.

— Matthew, quelle folie as-tu encore en tête ? Tu ne sais donc pas ? Le landlord Wesley a fait une chute de cheval en parcourant, justement, vos anciennes terres.

— Quoi ? Que me dis-tu là ? Est-il mort ?

— Non, il a survécu, mais il ne peut plus se servir de ses jambes. Il a même été obligé de faire venir d'Angleterre un fauteuil capitonné muni de roulettes pour se déplacer. Ses colères sont connues dans tout le comté. Il a plus de soixante-treize ans… c'est un vieillard incontinent et aigri.

Matthew fit une moue.

— Cela ne change rien, Jane. La perte de deux jambes contre une vie, un manoir ravagé, le vol de terres et l'exil d'une famille, cela ne me semble pas un prix satisfaisant !

— Non, bien sûr que non ! s'impatienta Jane. Mais sois réaliste ; tu es recherché dans tout le pays…

Le notaire intervint :

— Jane dit vrai, jeune homme. Il serait plus sage de commencer par sauver votre peau.

Matthew comprenait leur raisonnement, mais l'honneur fait facilement fi de toute logique. Il savait au fond de lui que s'il désirait retrouver la paix dans son âme, il ne pouvait quitter l'Irlande sans avoir tué de ses mains l'ignoble landlord. Pour mettre un terme à la discussion, il ravala son amertume et fit mine de leur donner raison. Il sourit à Jane.

— C'est gentil de te faire du souci pour moi, ma douce amie.

Les joues rosies, Jane prit ses jupes à deux mains et dévala l'escalier à la suite de son père.

***

Pendant la nuit, Matthew fut réveillé par le bruit de pas faisant grincer les marches de l'escalier. À la lueur d'une flamme vacillante, il vit une ombre s'étirer jusqu'au plafond du grenier, sur le mur faisant face au lit.

Un chandelier à la main, Jane apparut sur le seuil, vêtue d'une simple chemise de nuit.

— Jane ? Qu'est-ce qui se passe ?

— Chut ! Ne réveille pas mon père, lui murmura-t-elle.

Elle posa le bougeoir sur la table de chevet, puis fit tomber sa fine jaquette à ses pieds. Elle voulait qu'il voie son corps dénudé avant d'éteindre les chandelles.

Stupéfait, il ne put réagir lorsqu'elle se glissa, nue, sous les couvertures.

— Mais ?...

Elle mit un doigt sur ses lèvres pour le faire taire.

— Tu n'as que des idées de révolution en tête. Es-tu donc sourd à l'amour, mon cher ami ?

Matthew fut pris de court et laissa passer un silence avant d'entourer la jeune femme de ses bras.

— C'est vrai, Jane. Je te l'accorde, ces dernières années, en voyant toutes ces injustices autour de moi, mon cœur s'est endurci et je n'ai pensé qu'à me rebeller contre les Anglais. Pourtant, il y a longtemps que je t'aime, ma chérie.

Sa douce amie l'embrassa fougueusement. Il dut faire un effort incommensurable pour la repousser délicatement.

— Jane, tu dois me croire. Je n'ai rien à t'offrir...

Faisant la sourde oreille, la jeune femme, déterminée, se pressa davantage contre lui. Langoureusement, elle saisit d'une main ferme son membre déjà en érection et entreprit de le caresser. Elle lui chuchota :

— Le temps qu'on passe à parler d'amour, on ne le vit pas.

Étonné, mais heureux de cette audace, Matthew ne put résister plus longtemps. Avec douceur, il se mit à embrasser chaque partie du corps de son amie, explorant chaque courbe, chaque vallon.

— Chérie, ta peau est douce, chaude et j'adore le parfum qu'elle dégage, lui souffla-t-il à l'oreille.

Puis, il laissa flâner ses lèvres sur son ventre et glissa lentement une main entre ses cuisses. À l'instant où il s'étendit sur elle, Jane frémit de plaisir et, par un mouvement des hanches, l'invita à la pénétrer.

Elle gémit à la déchirure de son hymen, mais bien vite, tout son corps se mit à trembler, autant du bonheur qu'elle éprouvait d'être aimée que de la jouissance qui montait en elle. Lorsqu'ils eurent joui, Matthew retomba à ses côtés et lui demanda, comblé :

— Mais où as-tu appris ces gestes si sensuels ? Je n'arrive pas à croire que tu étais vierge !

Les joues de Jane s'enflammèrent de gêne, mais dans la pénombre de la chambre, Matthew n'en vit rien.

— Je l'ai lu dans un petit bouquin que j'ai trouvé en faisant le ménage dans la bibliothèque de père. Il était caché derrière d'autres livres et je croyais qu'il était tombé là par mégarde. On y décrit en détail les plaisirs de l'amour. Curieuse, je l'ai apporté dans ma chambre pour le lire… et j'ai aimé les sensations que sa lecture m'a données. Je l'ai remis à sa place et, de temps en temps, je vais le rechercher.

Ils refirent l'amour plusieurs fois, comme s'ils voulaient rattraper le temps perdu. Entre deux étreintes, elle fit intérieurement le vœu que l'odeur de sa peau s'imprègne, à jamais, sur celle de son amant, pour que son souvenir reste bien vivant dans sa mémoire où qu'il se trouve.

— Jane, tu devrais penser à faire ta vie avec un autre homme, lui dit-il, au petit matin. Je ne…

— Arrête ! Je ne veux plus t'écouter, le coupa-t-elle en s'asseyant d'un bond dans le lit, les yeux emplis de larmes. Tu n'as pas le droit de me dire cela. Si je veux continuer à t'aimer, c'est ma décision !

Matthew soupira et l'attira près de lui.

— Et c'est moi que tu osais accuser de têtu ! Je t'aurai avertie, Jane O'Brien. Mais pour l'instant, je suis un homme traqué. Comme ton père l'a si bien dit, je dois sauver ma peau… et je ne peux qu'y arriver seul.

Taisant son anxiété face à l'avenir, elle posa sa tête dans le creux de son épaule.

— Matthew chéri, je veux que tu me promettes de m'écrire aussitôt que tu seras installé à Paris !

Matthew lui releva le menton de la main et fixa ses yeux dans les siens. Avant de l'embrasser tendrement, il lui assura :

— Je te jure, Jane, que je le ferai. En fait, je suis heureux que nous restions en contact et j'aurai grand plaisir à recevoir de tes nouvelles !

***

Dès son départ de chez les O'Brien, devant le regard de ses hôtes, il fit mine de cheminer vers le port, mais bifurqua un peu plus loin sur la route de son ancienne contrée.

Pour se rendre à Waterford, Matthew préféra se mêler discrètement aux marcheurs plutôt que de dépenser une partie de l'argent des pierres pour se procurer un cheval. Cependant, l'achat d'une petite arbalète et de plusieurs flèches assorties lui parut primordial. Il sortit de sa poche la pointe en plomb qu'il avait fait confectionner et en coiffa l'une des tiges de bois. Satisfait, il camoufla les armes dans sa large besace.

Sir Wesley avait deux fils du même âge que Sean et Matthew, et depuis qu'il multipliait les expropriations, une milice était installée en permanence sur ses terres. Il était évident que le cadet des McDoughan n'avait aucune chance de s'en tirer vivant, s'il devait affronter cette armée. Pendant son année passée chez les rebelles, Matthew avait eu passablement le temps de chercher le meilleur moyen pour éliminer le landlord sans se faire prendre. C'est en se rappelant la légende de Guillaume Tell, très populaire auprès des révolutionnaires français, qu'avait jailli son idée.

Un chapeau de paille sur la tête, le visage amaigri et la barbe longue, il était méconnaissable. Il tourna le dos à la ville et prit la route à contre-courant de la procession de miséreux qui se rendaient soit au port, soit à l'asile de Waterford.

Tous marchaient, le regard indifférent, tels des revenants. Parmi cette affluence d'hommes, de femmes et d'enfants, il croisa quelques soldats anglais, ivres, mais eux, bien en chair. Toutefois, trop occupés à se moquer des indigents, ces miliciens ne le remarquèrent pas davantage.

Tout le long du chemin, il rencontra, étendus dans les talus et les bas-côtés, des expropriés décharnés qui, abattus, y faisaient halte. La plupart pour se reposer, pour mendier ou, silencieusement, pour y rendre l'âme.

Au coucher du soleil du troisième jour, il arriva devant la propriété des Wesley. Deux gardes armés étaient de faction devant l'entrée. Tête baissée, le dos rond, Matthew passa son chemin. Il désirait avant tout se rendre à l'ancien domaine des McDoughan.

Une fois Matthew arrivé en face de leurs terres, une mélancolie mêlée de rage envahit son cœur. Leur propriété était devenue un immense enclos où des moutons broutaient jusqu'à travers les ruines du château. Là aussi, des miliciens armés gardaient l'accès. Toutefois, ils avaient dressé un bivouac et semblaient occupés à préparer un feu pour passer la nuit.

Empli d'émotions troubles, Matthew suivit la clôture jusqu'au tournant de la route. Sans se faire voir, il enjamba la barrière de fer forgé et se dirigea vers sa première destination : le cimetière familial. La croix de bois qui ornait la sépulture de leur père avait disparu. Les pierres tombales de sa mère et de ses aïeuls avaient été fracassées à coups de pioche.

Matthew s'effondra à genoux sur la terre humide.

« Sois maudit, Wesley ! Je vais te tuer, racaille d'Anglais. Tu n'es qu'un monstre qui ne respecte même pas les morts ! »

À la nuit tombée, il réussit, non sans effort, à escalader un immense arbre surplombant le mur de l'enceinte nord, mur qui protégeait le domaine du landlord. De là-haut, dissimulé par le feuillage, il lança plusieurs flèches en feu vers les dépendances adjacentes au château. Il visa la grange, la porcherie, puis l'écurie. Bien vite, les flammes jaillirent et des cris surgirent du manoir. Il vit les domestiques et les fils de Wesley se précipiter pour éteindre les foyers d'incendie qui, avivés par le vent du soir, se propageaient rapidement.

Satisfait de sa diversion, Matthew sortit une solide corde de sa besace, se laissa glisser le long de l'enceinte de pierres et se faufila discrètement dans le manoir. À l'intérieur, c'était le chaos : les hurlements des enfants affolés et la voix anxieuse des mères qui tentaient de les consoler se mêlaient aux aboiements des chiens. Il croisa les derniers domestiques qui accouraient vers le porche et leur cria, comme s'il était l'un des paysans venus à leur rescousse :

— Dépêchez-vous, les jeunes seigneurs ont besoin de tout le monde pour faire passer les seaux d'eau !

Dans la bousculade, personne ne se préoccupa de lui et, à l'instar de l'assassin de son père, il se rendit dans la chambre du landlord. Ce dernier était assis dans son fauteuil roulant, le dos tourné à la porte, et observait par la fenêtre le va-et-vient de ses gens en train de tenter de sauver le bétail et d'éteindre le feu qui consumait les bâtiments.

— Il n'y a rien de plus douloureux que ce sentiment d'impuissance devant la perte de ce qui nous est cher ! prononça Matthew en refermant la porte derrière lui. N'es-tu pas d'accord avec moi, Wesley ?

Reconnaissant la voix de l'intrus, le vieil homme se retourna aussitôt. Sans avoir l'air surpris, mais le regard plein de haine, il cracha plus qu'il ne prononça :

— Alors, te voilà pour prendre ta revanche, Matthew McDoughan ! J'ai été averti que tu faisais partie de ces minables, ces rebelles recherchés, mais je ne te croyais pas assez sot pour venir jusqu'ici. Il faut croire que j'ai sous-estimé ta folle hardiesse.

Pendant que le landlord parlait, Matthew arma son arbalète, cette fois-ci, avec la flèche dont la pointe avait été forgée avec la balle qui avait tué son père. Puis, lentement, il contourna l'infirme et dirigea son arme vers la fenêtre ouverte :

— Tu n'as pas répondu à ma question, Wesley. Et si je tuais l'un des tiens, éprouverais-tu enfin une quelconque affliction ?

La voix de Matthew était froide et dénotait une rage à peine contenue. Alarmé par cette déclaration, Wesley se mit à crier :

— Gardes, à moi ! Tu ne pourras jamais sortir vivant d'ici, le menaça-t-il.

Matthew revint vers lui et eut un rire amer :

— Le château est pratiquement désert et, avec tout ce vacarme dans la cour, je ne crois pas qu'on t'entende. De plus, je peux te certifier que je saurai repartir aussi habilement que je suis venu.

Le visage du landlord s'assombrit. Il savait que le jeune McDoughan avait raison.

— Je suis le seul fautif ! Tue-moi, mais épargne mes fils. Ils n'ont rien à voir avec tout ça.

— Bien sûr que je vais te tuer, et je n'ai pas besoin de ta permission pour le faire. Mais je veux m'assurer qu'avant que tu t'en ailles pourrir en enfer, tu souffres pour tous les malheurs que tu as causés à ma famille et aux pauvres gens de ton comté.

Matthew pointa son arbalète vers l'œil droit de Wesley et le creva de sa flèche.

— Celle-là, c'est pour venger l'assassinat de mon père !

Le landlord poussa un effroyable cri de douleur et se tordit dans son fauteuil. Il émit un long râlement, sa bouche s'ouvrit, puis se referma.

Impassible, Matthew rechargea l'arbalète. D'une main, il empoigna les cheveux de Wesley, lui releva la tête et dirigea l'arme vers l'autre œil.

— Celle-là, c'est pour la perte de notre domaine et l'exil de ma famille !

Sans attendre, il décocha la flèche, puis il lâcha la tête du landlord. Celle-ci retomba mollement sur le torse du vieil homme. Il ne respirait plus.

— Sais-tu au moins combien de gens tu as mis dans la misère ? continua Matthew, comme si le vieil homme pouvait encore l'entendre. Et combien meurent, à cet instant même, sur les routes de l'Irlande ou sur des bateaux remplis de vermine ?

Il tira sa dernière flèche, qui traversa d'un coup sec le cœur du mort.

Matthew se retira en vitesse de la pièce et réussit, sans encombre, à se faufiler dans la cour. L'affolement était à son comble. Sans se faire remarquer, il déambula à travers les groupes de serviteurs et de soldats qui s'affairaient à maîtriser l'incendie. Rapidement, il retrouva la route qui menait à Waterford.

Un peu plus loin, avant de s'engager dans un tournant, il jeta un coup d'œil derrière lui, mais le domaine des Wesley avait déjà disparu. Toutefois, dans la nuit sans lune, il pouvait voir de longs filaments rouge sang zébrer le noir du ciel.

Pour la première fois depuis fort longtemps, il se sentit léger, délivré d'un abominable fardeau.

8

Québec, mai 1850

Depuis l'arrivée des filles McDoughan à Québec, plus de deux années s'étaient écoulées. N'ayant reçu aucune nouvelle de son oncle Matthew, Molly, qui ne voulait pas croire à sa mort, se disait qu'il avait peut-être quitté l'Irlande. Malgré cela, elle s'entêtait à conserver dans son cœur le mince espoir de recevoir, un jour, une lettre de lui.

Chez les Rousseau, la vie suivait donc son cours, souvent tranquille, parfois agité ; une existence teintée de joies et de peines. Au fil des ans, le caractère et les goûts bien différents des trois adolescentes se précisaient davantage. Âgée maintenant de quinze ans, Molly faisait du bénévolat comme auxiliaire à l'hôpital où Joseph travaillait. Elle lavait les malades et faisait manger ceux qui étaient incapables de se nourrir seuls. Rachel et Sarah, quant à elles, poursuivaient leurs études à l'école du monastère des Augustines.

Comme à son habitude depuis quelques mois, Brogan faisait les cent pas devant le couvent où Rachel et sa sœur passaient leur journée. Il était presque que quatre heures de l'après-midi et la cloche allait bientôt annoncer la fin des cours.

Le jeune homme de seize ans avait terminé son instruction à la petite école primaire de la paroisse, deux ans auparavant. Depuis, il papillonnait d'un petit emploi à l'autre, sans vraiment occuper un travail régulier.

Soudain, il aperçut Rachel sortir seule du couvent, ses longues boucles descendant de chaque côté de son joli visage. Il prit un air détaché et s'avança vers elle. Lorsqu'elle le vit à son tour, un sourire s'épanouit sur ses lèvres. Elle trouvait charmant ce grand roux aux yeux brillants d'intelligence et dont le seul regard faisait monter en elle une douce chaleur.

— Salut, Rachel ! Sarah n'est pas avec toi ?

— Non, tu la connais, elle a encore décidé de rester pour faire un peu de classement à la bibliothèque. Nous n'avons pas à l'attendre ; elle rentrera plus tard à la maison.

Brogan lui prit la main, ne pouvant cacher sa joie de se retrouver seul avec elle.

— Tu as passé une bonne journée ? s'enquit-il.

— Eh bien, ce matin nous avons appris un nouveau point de broderie. Tu sais, je suis très habile et j'aime bien coudre. Et puis, après le cours de français, sœur Sainte-Marie nous a montré à faire du pain !

Brogan aimait écouter la voix de Rachel. Ce jour-là, trop occupé à l'observer, il n'entendait qu'un lointain murmure, comme une douce musique à ses oreilles. En parlant, la jeune fille repoussa ses cheveux dans son dos, lui souriant, insouciante.

Ils remontèrent la rue Saint-Jean, puis, comme à leur habitude, ils se rendirent sur les plaines d'Abraham pour aller s'asseoir sous leur arbre préféré. Brogan avait découvert ce grand chêne lors d'une randonnée, puis y avait emmené Rachel et Sarah après l'école.

— Il est situé sur le sommet du cap Diamant. À ses pieds, on a une vue splendide du fleuve, leur avait-il promis.

— Ce chêne est majestueux ! s'était exclamée Rachel. Il doit bien avoir cent ans !

Mais inquiète, Sarah avait pointé du doigt un bâtiment construit en hauteur un peu plus loin, où des militaires anglais faisaient le guet.

— Brogan, là, on dirait un donjon en pierres. Qu'est-ce que c'est ?

— Nous n'avons rien à craindre ! C'est une petite forteresse construite par l'armée britannique. Elle en a construit quatre à Québec. On les appelle les « tours Martello ».

— Mais à quoi servent-elles ?

— Eh bien ! Une douzaine de soldats y vivent et font le guet, au cas où les Américains auraient l'idée de venir nous envahir.

Devant la perspective d'une invasion, les jumelles avaient blêmi.

— Oh non ! Il ne faut pas vous affoler. Au contraire, mon père est certain que les États-Unis sont nos alliés et que si un jour ils attaquent le Bas-Canada, ce sera une bonne chose. Ils nous délivreraient de ces vermines d'Anglais. Maintenant, venez vous asseoir et admirer cette vue !

Ainsi, depuis quelques semaines, ils se rendaient fréquemment sous l'immense chêne.

Ce jour-là, Brogan avait bien des choses à confier à son amie :

— Rachel, j'ai une bonne et une mauvaise nouvelle à t'annoncer, lui dit-il en étalant son veston pour qu'elle puisse s'y asseoir.

À peine installée, elle lui demanda :

— Alors, si tu commençais par la bonne ?

Fier, Brogan lui révéla aussitôt :

— J'ai trouvé un travail comme apprenti charpentier dans un moulin à scie de la Basse-Ville. Je commence demain matin !

— Oh ! Je suis si contente pour toi. Tes parents doivent être soulagés. Ils s'inquiétaient beaucoup de ton sort. Mais qu'est-ce qui t'embête tant, Brogan ?

— Eh bien ! Je travaillerai six jours par semaine. Et comme je finirai chaque soir à six heures, je ne pourrai plus venir te chercher à l'école.

Malgré elle, Rachel prit un air dépité.

— Ça m'attriste aussi, mais à mon âge, il est temps que je pense à mon avenir. Mon père espère toujours que nous allions nous installer à New York, alors cette expérience me sera utile pour y trouver un emploi dans la construction.

Pour l'avoir entendu en parler à plusieurs reprises avec daddy, Rachel connaissait bien les aspirations du père de Brogan.

— Je ne comprends pas… vous n'êtes pas heureux à Québec ? Pourquoi tenez-vous tant à aller vivre à New York ?

— Pour devenir riches, ma belle Rachel ! Tu sais, lorsque nous avons quitté l'Irlande, mes parents et moi, je n'avais que trois ans. Mon père s'est fait un ami pendant la traversée, un constructeur en bâtiment qui rêvait de s'établir dans cette ville américaine dans l'espoir d'y faire fortune.

Intéressée, Rachel se redressa.

— Et alors, il y est parvenu ?

Brogan acquiesça d'un sourire de satisfaction et leva les mains.

— Allons, sois patiente, je veux te raconter l'histoire du début. Lors de leurs adieux, reprit le jeune Irlandais, les deux hommes ont fait la promesse de s'écrire chaque Noël. C'est comme ça que mon père a appris qu'à son arrivée à New York, M. McGraw avait dû se contenter d'un travail de vidangeur. Cependant, au fur et à mesure qu'il se faisait des amis, il a fini par se faire embaucher dans le bâtiment par un entrepreneur italien. L'an dernier, il a amassé assez d'argent pour lancer sa propre entreprise de construction. Depuis, il est devenu prospère et, dans sa dernière lettre, il nous proposait du travail, à papa et à moi.

Elle demanda, étonnée :

— Ton père ? Je croyais qu'il était vendeur pour une compagnie de produits ménagers ?

— C'est vrai, mais les clients se font rares, alors la compagnie l'oblige à aller faire du porte-à-porte à Montréal une semaine par mois, mais il n'aime pas être loin de ma mère, qui a une santé fragile. Depuis qu'il a reçu cette lettre de son ami, mon père ne parle que de déménagement.

— Et vous partiriez bientôt ?

Brogan haussa les épaules pour montrer qu'il n'en savait rien.

— Mon père a parlé de l'automne prochain, mais il attend que maman se porte mieux avant de mettre notre maison du faubourg Saint-Roch en vente. Juste à l'idée d'un nouveau départ, elle devient très nerveuse.

Soudain, Rachel aperçut Sarah qui venait à leur rencontre. Avant que sa jumelle ne les rejoigne, elle se dépêcha de chuchoter tristement à l'oreille du garçon :

— Tu me manqueras.

En l'aidant à se relever, Brogan, heureux de cette déclaration, lui dit :

— Tu sais, avec ta belle voix, je suis certain que tu pourrais devenir une chanteuse célèbre, si tu venais vivre à New York dans quelques années !

Comme cette perspective cadrait parfaitement avec ses ambitions, elle retrouva sa belle humeur et sentit son cœur s'emballer.

— Oh ! Brogan, moi aussi, je réaliserais mon rêve !

***

Avec l'âge, le caractère passionné de Rachel se précisait et contrastait avec celui de sa jumelle, plus discrète. Même physiquement, on pouvait à présent les différencier aisément. La nature enjouée, curieuse et charmeuse de Rachel faisait qu'on s'attachait à elle presque aussitôt. Cependant, habituée à avoir facilement ce qu'elle souhaitait, elle avait davantage de difficulté à accepter les refus.

Quelques mois plus tard, pendant le souper, la jeune fille avait été emballée d'annoncer le plan qu'avait eu Brogan pour faire avancer sa carrière de chanteuse. Son ami voulait l'inscrire à un concours de chant organisé par la foire agricole de Québec. Bien vite, elle fut déçue, car cette idée n'avait plu ni à Joseph ni à Cécile.

Molly avait lu la tristesse dans le visage de sa sœur et, après le repas, l'avait invitée à venir dans sa chambre. L'aînée était devenue une jolie jeune fille. Ses taches de rousseur s'étaient estompées, laissant la place à une peau claire qui faisait davantage ressortir ses grands yeux bleus. Bien que toujours timide, des trois sœurs, c'est elle qui possédait le tempérament le plus stable. D'une maturité précoce, elle semblait guérie de l'absence de ses parents, mais elle se sentait toujours responsable de ses sœurs. Elle n'oubliait jamais la promesse qu'elle s'était faite de veiller sur elles. Cécile reconnaissait que Molly avait un certain ascendant sur les jumelles, et Joseph et elle appréciaient son aide.

Comme Rachel adorait faire peigner ses longs cheveux bouclés, Molly l'installa devant sa vanité et, une brosse à la main, elle s'amusa à la coiffer.

— Mais Molly, demanda Rachel de sa voix claire, toi aussi, tu es d'accord avec mommy et daddy ?

Molly soupira et se mit à démêler une mèche de cheveux rebelle.

— Ma chérie, les parents ont parfaitement raison de te refuser cette sortie. Tu n'as que treize ans, et ce n'est pas un endroit pour toi. Voyons ! C'est un lieu d'hommes et, à part quelques chanteuses de cabaret, aucune demoiselle de bonne société n'oserait s'y présenter.

— Brogan sera désappointé. Il veut tellement que je devienne célèbre. Il était certain que ça m'aiderait…

L'aînée lui sourit, mais ne la laissa pas terminer :

— J'en suis certaine, Rachel, et personne ne lui en veut. Au contraire, depuis le décès de sa mère, cet été, et le renoncement de son père à aller vivre à New York, nous savons que Brogan n'a pas la vie facile ; il ne vient même plus à la messe du dimanche !

À ces paroles, le visage de Rachel blêmit.

— Je sais, le pauvre, il doit s'occuper de son père.

— Comment ? Il est tombé malade à son tour ?

Rachel hésita, car elle avait promis à son ami de garder le secret.

— Non, mais si tu veux tout savoir, tu dois me jurer de ne rien dire.

Molly fronça les sourcils et croisa le regard de sa sœur dans le miroir.

— Je te le promets, ma chérie. Alors, dis-moi tout.

— C'est que, depuis qu'il est veuf, M. Reilly est très malheureux. Pour se consoler, il boit beaucoup. Brogan doit s'occuper de lui et…

— Tout va bien ici ? demanda une voix maternelle qui les fit sursauter.

C'était Cécile qui, après avoir raccompagné Sarah dans sa chambre, était apparue dans l'embrasure de la porte.

— Il est temps d'aller rejoindre Sarah pour te coucher, mon rossignol.

Depuis le début de son adolescence, Sarah devenait plus mélancolique et introvertie, comme si elle voulait passer inaperçue. Elle n'élevait que rarement la voix et aimait observer les gens plutôt que de les côtoyer, admirer dans les arbres le changement des saisons et lire de la poésie. Elle gardait toujours ses cheveux tirés en arrière et remontés en un gros chignon, ce qui lui donnait l'air d'être plus vieille que sa jumelle.

Une fois les filles sous les couvertures, Cécile s'assit au pied du lit de Rachel et lui prit une main.

— Joseph et moi avons rediscuté de l'idée de Brogan. D'une certaine manière, nous reconnaissons qu'il n'a pas tort, ma chérie : si tu veux devenir célèbre, tu dois commencer par chanter en public…

Rachel la regarda, étonnée.

— C'est vrai ! Alors, je peux m'inscrire ? demanda-t-elle, enthousiaste.

Cécile fit non de la tête et s'expliqua :

— Tu as une voix magnifique, mon rossignol, mais nous avons plutôt pensé que tu pourrais prendre des leçons de chant et t'inscrire à la chorale de l'église Saint-Jean-Baptiste.

Le chœur de la paroisse jouissait d'une excellente renommée dans le diocèse. C'est probablement ce qui fit acquiescer Rachel, car, sans qu'elle l'admette, elle se laissait parfois tenter par une certaine vanité.

— Oh oui ! C'est une bonne idée. Je l'annoncerai demain à Brogan.

Cécile prit une voix douce pour ajouter :

— Ce brave garçon voudrait exaucer tous tes désirs, n'est-ce pas ? Tu as de la chance, ma chérie, c'est un vrai ami. Daddy et moi, tout ce que nous souhaitons aussi, c'est ton bonheur. Allons, endors-toi maintenant. Sarah dort déjà à poings fermés.

***

Sarah semblait avoir hérité de son oncle Matthew la passion pour la recherche et le besoin de comprendre les événements du passé. Amoureuse de lecture, elle adorait son travail de bénévole à la bibliothèque des religieuses.

Cet après-midi-là, alors qu'elle s'amusait à suivre le vol d'un papillon jaune en revenant de l'école, elle fut dérangée dans sa rêverie par le son d'une cloche qui tintait frénétiquement au coin du chemin Saint-Louis. En relevant la tête, elle aperçut un immense nuage noir surgir de derrière une allée d'arbres, puis des flammes monter vers le ciel.

Dans sa tête, tout se brouilla. Elle se figea sur place. C'était comme un retour en arrière, une sensation de danger. Elle serra les poings de frayeur, incapable d'avancer. Des hommes munis de chaudières la dépassaient en lui hurlant de ne pas rester là et, un peu plus loin, des gens se pressaient devant une villa en feu.

Brogan, qui se rendait chez les Rousseau pour voir Rachel, l'aperçut quelques minutes plus tard.

— Mon Dieu ! C'est la résidence des Beauvoir, Sarah. Elle est la proie des flammes… Mais qu'est-ce qui t'arrive, tu es toute blanche ?

Une âcre odeur de brûlé poussée par la brise printanière les agressa. Sarah s'accrocha à lui. De douloureux souvenirs lui torturaient la tête au point que c'en était insupportable.

— J'ai peur du feu, Brogan, je t'en prie, ramène-moi vite à la maison.

Voyant la panique dans ses yeux, il s'empressa de la soutenir par la taille. Une fois sur le perron de la villa des Rousseau, il sentit la jeune fille s'écrouler dans ses bras. Il se mit alors à frapper frénétiquement sur la porte avec le heurtoir en forme de bernache.

— Bon Dieu ! Qu'est-ce qui est arrivé à mademoiselle Sarah ? demanda Florent en les accueillant dans le portique.

— Il y a un incendie chez les Beauvoir et…, commença Brogan.

Il laissa sa phrase en suspens, car il venait d'apercevoir Mme Rousseau, Molly et Rachel, qui, alertées par l'exclamation du domestique, dévalaient plus qu'elles ne le descendaient le grand escalier de chêne.

— La belle maison des Beauvoir brûle, répéta-t-il, devant leur air interrogateur. J'ai vu Sarah aux abords de l'incendie. Elle tremblait de frayeur, alors je l'ai aidée à marcher jusqu'ici.

Cette dernière, blême comme un cierge, se laissa tomber dans les larges bras de Florent qui, sur la demande de Cécile, la monta à sa chambre, suivie de Rachel, tout aussi pâle.

— Je te remercie, Brogan, lui dit Cécile. Je n'ose imaginer ce qui lui serait arrivé si tu n'avais pas été là.

Le jeune homme rougit de fierté. Il espérait que son geste ferait en sorte que les parents de sa belle Rachel l'apprécient davantage. Il balbutia :

— Il n'y a pas de quoi, madame Rousseau, et puis je venais voir Rachel…

Comme il s'apprêtait à entrer, Cécile l'arrêta :

— Mais avant, je te serais reconnaissante d'aller chercher le Dr Rousseau. Il fait sa tournée de visites à domicile. À cette heure, il doit être chez M. Wilson, pour sa piqûre. Tu sais bien, le manoir sur Grande Allée, à deux pas d'ici.

Sans prendre le temps de répondre, Brogan fit volte-face, dévala les trois marches du perron et se mit à courir dans la direction du domaine des Wilson.

De son côté, Molly se précipita vers le bureau de Joseph et repéra un des livres de médecine qui garnissaient les tablettes de la bibliothèque vitrée.

Depuis qu'elle effectuait ses tâches auprès des malades de l'hôpital, elle se passionnait pour la fonction des organes du corps humain. Dès que personne ne la voyait, elle montait un livre dans sa chambre et le parcourait d'un bout à l'autre.

Au début, son objectif était de trouver un médicament qui pourrait guérir la mémoire de Sarah ou, à tout le moins, l'aider à mieux comprendre ses crises de mélancolie. Elle avait trouvé un ouvrage dans lequel un chapitre complet était consacré aux traumatismes émotionnels. C'est cette section qu'elle voulait consulter.

La médecine s'avouait démunie face à ce genre d'affection psychologique, et le traitement suggéré consistait essentiellement à sécuriser et à détendre le patient. Elle se dépêcha de remettre le bouquin à sa place, puis alla demander à Adèle de préparer une tisane de camomille, qu'aussitôt prête, elle apporta à sa sœur cadette.

***

Dans la matinée du lendemain, toute la famille et Adèle se retrouvèrent dans la chambre de la malade. Sarah tenta de lever les mains vers ses deux sœurs, assises de chaque côté d'elle, mais elle était trop faible. Elle porta son regard de l'une à l'autre.

— J'ai cru que c'était notre maison qui brûlait. J'étais comme prisonnière, enfermée dans le même cauchemar qu'au domaine, en Irlande. Vous me comprenez, n'est-ce pas ? demanda-t-elle à ses sœurs.

Rachel et Molly lui prirent la main. En elles aussi, ce terrible incendie avait fait ressurgir une blessure qu'elles avaient crue à jamais enfouie dans leur passé. Pour Sarah, fragile émotivement, l'incident avait été plus affligeant.

— Maintenant, tu dois te reposer, ma belle sauvagine, lui dit Joseph, installé près d'elle sur un tabouret. Si tu veux retrouver tes forces, tu as besoin de sommeil.

— J'ai trop peur que nous passions au feu, insista-t-elle.

— Je ne te comprends pas, lui dit Molly. Mommy a veillé près de toi toute la nuit et Rachel dormait dans l'autre lit. Que pouvons-nous faire de plus ?

Sur ces entrefaites, Florent arriva dans la chambre et, le sourire aux lèvres, il lui tendit un paquet ficelé.

— Sœur Sainte-Geneviève passait dans le coin et elle en a profité pour venir prendre des nouvelles de vous, mademoiselle Sarah. Elle tient à vous dire que les religieuses prient pour votre rétablissement et elle vous a apporté ce colis.

En déballant le paquet, Rachel découvrit un joli crucifix d'environ six pouces, sculpté dans le bois. Elle le tendit à la malade.

— C'est un des enfants de l'orphelinat qui vous l'a fabriqué, précisa Florent en posant la croix sous la main de Sarah. Le curé Proulx l'a béni ; il vous protégera.

— Merci, murmura Sarah en refermant ses doigts sur l'objet sacré.

Elle les regarda tous et, dans ses yeux, l'effroi avait disparu.

— Vous pouvez me laisser, maintenant, j'ai sommeil. Je ne crains plus rien. Dieu veille sur moi !

Soulagé, tout le monde quitta la pièce avec un léger sourire aux lèvres.

***

À trente-neuf ans, Cécile Rousseau était une femme heureuse. Les dernières années avaient certes été, comme l'avait prédit son cher mari, remarquablement mouvementées. Son rôle de mère la comblait. Les premiers temps, elle s'était sentie maladroite, fragile aux réactions de méfiance des filles et souvent dépassée devant leurs chagrins. Toutefois, jamais, au grand jamais, elle n'avait regretté cette adoption. La présence des filles dans la maison avait même redonné un air de jeunesse à son couple. Le regard que posait Joseph sur elle étincelait d'amour, comme au début de leur mariage.

Elle sourit à cette évocation. En cette fin d'été, la journée étant particulièrement chaude et humide, elle s'était installée avec son travail de broderie sur la balançoire du jardin, à l'ombre d'un chêne.

Le front en sueur, en montant l'escalier de la galerie, elle décida que la véranda, avec la vue qui donnait sur le grand potager et la roseraie, serait l'endroit idéal pour le repas du soir.

Lorsqu'ils furent tous assis autour de la table, une légère brise transportant les odeurs florales de la roseraie vint les rafraîchir. Dans la volière, que le docteur avait aménagée près du jardin au début de la belle saison, les merles noirs, les pinsons et les canaris se mirent les uns à chanter, les autres à gazouiller.

À la fin du repas, composé d'une salade de pommes de terre, de sandwichs au poulet et d'œufs farcis, Cécile fit signe à Adèle de venir déposer sur la nappe à carreaux la crème et les fraises. Il y avait longtemps que les trois adolescentes avaient compris que le meilleur moment pour aborder un sujet délicat avec Joseph était pendant le dessert. Molly céda à l'impatience :

— Daddy, je veux devenir médecin ! lança-t-elle.

Cette révélation eut un effet de stupeur sur la tablée. Tous les yeux se tournèrent vers elle, puis vers Joseph. Ce dernier en laissa tomber sa cuillère.

— Médecin ? Mais ce n'est pas possible, voyons ! Qui est-ce qui t'a mis cette idée insensée en tête ?

— Daddy, j'adore parcourir vos ouvrages de médecine et je voudrais être en mesure de guérir les malades. Je suis même prête à aller étudier, comme vous l'avez fait, à l'université anglaise, à Montréal. Pourquoi ne le pourrais-je pas ?

Les épais sourcils de Joseph se froncèrent sérieusement.

— Mais qui t'a permis d'entrer dans mon bureau et de consulter mes livres ?

Joseph ne savait pas s'il devait être outré ou heureux d'une telle curiosité. Il regarda sa femme et choisit la dernière option. Bien que, pour lui, une telle demande était totalement impensable, il prit un ton compatissant pour lui expliquer :

— Ma chère mésange, crois-moi, ce n'est pas une profession pour une femme ! T'imagines-tu en train de scier la jambe d'un homme atteint de gangrène, comme j'ai dû le faire hier, ou de recoudre le ventre d'une parturiente à la suite d'une césarienne ?

Molly rougit un peu, avant de s'insurger :

— C'est injuste, nous ne sommes pas toutes des émotives incontrôlables. N'êtes-vous pas de mon avis, mommy ?

Ce fut au tour de Cécile de jeter un œil vers son mari.

— Ma foi, c'est vrai ! J'en connais quelques-unes qui savent démontrer un certain rationnel. Mais celles qui me viennent en tête m'ont toujours semblé sévères et dépourvues de délicatesse.

L'adolescente demeura silencieuse, dépitée. Voulant se rattraper, Cécile poursuivit :

— Tu sais, Molly, je considère qu'être mère et tenir maison sont des responsabilités fort honorables.

— Ne veux-tu pas te marier et avoir des enfants ? renchérit la romantique Rachel.

— Oui, bien sûr, admit Molly, mais je sais que j'ai d'autres talents que celui de nourrir et de laver des patients. Je suis certaine que je pourrais en faire davantage. Mommy, vous nous dites que votre bénévolat à l'orphelinat vous apporte une grande satisfaction.

Cécile acquiesça de la tête.

— Sur ce point, tu as raison. Il est important de se sentir utile et compétent, qu'on soit un homme ou une femme.

Encouragée, Molly jeta un œil suppliant vers son daddy.

— Ce que je souhaiterais, au moins, c'est vous accompagner lors de vos visites à domicile. Je pourrais vous assister pour les accouchements.

Tous les regards se tournèrent vers Joseph, dans l'attente de sa réaction. Ce dernier se racla la gorge pour retrouver son assurance tant la situation lui paraissait inattendue.

— C'était donc cela que tu voulais me demander ? Tu veux que je t'apprenne le métier de sage-femme ?

Molly hocha la tête.

— Je préférerais me faire médecin, mais vous me dites que, pour l'instant, c'est impossible pour une femme. Alors, oui, je serai heureuse d'être accoucheuse. Aider des femmes à donner la vie, c'est tout de même une belle fonction.

Elle le considéra avec ses grands yeux bleus emplis d'espoir.

— Avec le temps, peut-être que les mentalités évolueront.

Pendant un moment, Joseph demeura silencieux. D'un air sérieux, il observa Molly par-dessus ses lunettes. Elle soutint son regard, déterminée.

— Tu n'as que quinze ans, Molly ; c'est bien jeune pour côtoyer la souffrance. Mais je te promets d'y réfléchir, finit-il par lui accorder sur un ton qui signifiait que la discussion était close. Et maintenant, j'aimerais bien terminer mon dessert. Ces fraises sont délicieuses, déclara-t-il en prenant un air enjoué qui détendit toute la famille.

***

Saint-Sylvestre, automne 1850

Mieux vaut une bonne bagarre que la solitude ! Ce proverbe irlandais seyait à merveille à Rob Corrigan.

Il faut dire que les altercations étaient fréquentes entre ce protestant et les habitants du village, qui étaient majoritairement de souche irlandaise catholique. Surtout lorsqu'il buvait, car il ne se gênait alors pas pour ridiculiser leur religion. Une nouvelle bataille avait commencé à l'intérieur de la taverne :

— Eh ! Gingras, voulut se moquer Rob, j'ai entendu dire que votre église n'a plus de sacrements.

— Qu'est-ce que tu radotes là, Corrigan ?

— Bien oui, on m'a raconté que votre curé a donné les derniers à ta belle-mère ! s'esclaffa Rob avant d'avaler une bonne rasade de bière.

Insulté une fois de trop, Paul Gingras, canadien-français, fervent catholique et fort costaud, le saisit par la chemise et le souleva de sa chaise.

— Je vais te casser la gueule, mon maudit protestant, lui lança-t-il, hors de lui.

Rob n'attendait que cela pour se venger de leur dernière bagarre, à l'issue de laquelle Gingras avait eu le dessus sur lui. En se relevant, il frappa son attaquant d'un direct à l'abdomen, le pliant en deux. Il le saisit par ses longs cheveux et le traîna jusque dans l'arrière-cour. Du coup, la taverne se vida et une quinzaine de buveurs invétérés s'attroupèrent autour d'eux pour profiter du spectacle.

— Ne te laisse pas faire, Paul ! cria Tom McKray. Donne-lui la volée de sa vie. Il faut croire qu'il n'a rien compris la dernière fois !

Gingras réussit à frapper son opposant dans les côtes, puis à lui asséner son poing droit en plein visage. Rob recula en chancelant. Du sang coulait de son nez et son flanc gauche lui faisait un mal de chien, mais Rob se mit à rire comme s'il s'agissait d'un jeu d'enfant. Il riposta d'un violent crochet, atteignant violemment l'œil de son adversaire. Étourdi, ce dernier s'effondra sur le sol en terre battue. Un lourd silence s'abattit sur le groupe d'hommes. Rob ne s'attendait guère à une ovation, car depuis son arrivée au village, il avait réussi à se faire davantage d'ennemis que d'amis. Même ses cousins, qui étaient demeurés catholiques, le soupçonnaient d'être secrètement partisan des orangistes. Cette association protestante, originaire d'Irlande du Nord, prônait une allégeance à l'Angleterre. Et puis, grâce à la vente de l'émeraude et des autres pierres précieuses de la bague des McDoughan, il était l'un des rares cultivateurs qui pouvaient se permettre d'engager des aides pour la récolte et une servante pour sa femme. Ce qui faisait bien des envieux.

Il se mit aussitôt en position d'attaque, les poings levés pour défier quiconque voudrait l'affronter.

— C'est bon, Rob, tu as gagné, dit Tom McKray en aidant son ami Paul à se relever. Il se fait tard et ta femme doit s'inquiéter.

Sur ce sage conseil, quelques-uns rentrèrent chez eux, tandis que d'autres, moins pressés, retournèrent terminer leur bière à l'intérieur de la taverne.

S'essuyant le nez avec son mouchoir, Rob prit la direction du rang Sainte-Marie, où il avait acheté sa ferme. Fier comme un coq, un sourire arrogant éclairait son visage. Cependant, plus sa maison se dessinait à l'horizon, plus un certain malaise lui montait à la gorge.

Kate va encore m'engueuler et me dira, pour la énième fois, que ce n'est pas un exemple à donner à notre jeune fils. Bah! Elle finira bien par comprendre que si elle ne veut pas en faire une mauviette, il devra apprendre à se battre!

Les rayons du soleil, qui se couchait lentement derrière lui, faisaient éclater les couleurs de l'automne sur les feuilles des arbres. Il s'assit un instant sur un gros rocher pour admirer toutes ces teintes de jaune, d'oranger et de vert. Il s'enorgueillit de ce qu'il était devenu: il possédait sa propre terre, dont une partie était encore boisée, un impressionnant troupeau de moutons et des employés. Plus jamais il ne mourrait de faim, ni sa famille. Les ombres de son passé s'estompaient peu à peu, cessant de troubler son sommeil. Peu de gens le respectaient, il est vrai, mais tous le craignaient. Ce qui, pour lui, revenait au même.

Allons, assez poireauté ! La saison des récoltes tire à sa fin et il me reste beaucoup de défrichage à faire avant l'hiver !

9

Québec, décembre 1853

« *Les paroissiens de la cathédrale Notre-Dame ont eu la joie d'entendre, hier matin à la messe de neuf heures, la voix d'une talentueuse jeune fille provenant de la chorale de la paroisse Saint-Jean-Baptiste. À peine âgée de seize ans, Rachel McDoughan Rousseau a su émerveiller de sa voix de soprano toute l'assemblée des fidèles en chantant la prière de l'Agnus Dei…* »

Devant toute la famille assise au salon, daddy, confortablement installé dans son fauteuil de cuir, lisait avec des frémissements dans la voix l'élogieuse critique du journal *La voix du peuple*. Il releva ses lunettes sur son nez et regarda Rachel, qui, trop excitée, se tenait debout près du piano.

— Mon rossignol, nous sommes très fiers de toi ! Nous avons tous été transportés par ce concert, mais j'étais loin de penser qu'un journaliste y était également présent. Je te félicite ! Bien que cela n'ait pas toujours été facile, tu t'es bien intégrée au chœur de la paroisse, sacrifiant tes soirées aux répétitions. Alors, je voudrais…

Les joues empourprées, la jeune fille de seize ans ne portait plus à terre et, dans la foulée, le coupa :

— Je crois que le fait que l'abbé Dostie, le directeur de la chorale, soit un ami du vicaire de l'archevêché a été pour quelque chose dans cette invitation.

Molly et Sarah bondirent en même temps du sofa et vinrent rejoindre leur sœur.

— Je suis si contente pour toi, Rachel, affirma sa jumelle, émue.

Elle essuya d'une main quelques larmes, qui, cette fois-ci, étaient causées par la joie.

— J'ai tellement prié pour qu'à ton concert, tout se passe bien.

Depuis qu'elle fréquentait les religieuses, les sentiments de Sarah se coloraient abondamment de piété. Elle affirmait qu'elle puisait dans la prière un réconfort qui lui permettait d'affronter ses angoisses.

— J'imagine que je dois te remercier, toi aussi, sainte Sarah-du-bon-Dieu!

En entendant ce surnom improvisé, toute la famille éclata d'un grand rire. Molly tendit les bras à Rachel et la serra fermement. Elle lui murmura à l'oreille:

— Je suis certaine que, dans le ciel, nos parents sont aussi très fiers de toi.

En se dégageant, la cadette acquiesça de la tête.

— Merci, Molly.

Elle regarda tour à tour ses sœurs et ses parents adoptifs.

— C'est merveilleux. J'ai vraiment le sentiment de vivre un rêve. Je n'oublierai jamais cette sensation !

Les émotions étaient palpables dans la pièce. Cécile se leva à son tour et, les yeux pétillants, lui tendit affectueusement les mains.

— C'est une excellente nouvelle, ma chérie.

Elle se retourna vers son mari, pour ajouter :

— Ce n'est pas tous les jours qu'une de nos filles se trouve honorée dans le journal. Il faut absolument fêter cela, Joseph !

Ce dernier se redressa et s'adressa à la ronde :

— Si vous m'aviez permis de terminer ma phrase, mes oiselles, je vous aurais annoncé que je vous invitais pour le souper au chic restaurant de l'hôtel Saint-Louis. D'ailleurs, Florent doit avoir terminé de préparer la carriole…

Il fut interrompu à nouveau par Adèle qui venait les informer de la visite du jeune Reilly.

Celui-ci, impressionné comme chaque fois qu'il était en présence des parents de son amie, apparut dans le salon. Le visage souriant, il tenait un bouquet de fleurs jaunes.

— J'ai lu l'article dans le journal et je tenais à venir te féliciter, dit-il d'une voix tremblante en tendant la gerbe à Rachel. Le fleuriste m'a appris que cette couleur représentait le succès et la gloire.

Les joues de la jeune chanteuse s'empourprèrent davantage. Son bonheur ne pouvait pas être plus complet.

***

Cette nuit-là, toute la maisonnée fut réveillée en sursaut par le bruit de coups saccadés frappés à la porte. Joseph enfila sa robe de chambre et fut le premier à aller ouvrir.

— Docteur Rousseau, il faut que vous veniez tout de suite, le supplia Léon Fortin en faisant entrer avec lui une rafale de vent froid. Ma femme va accoucher… elle a ressenti les premières douleurs vers minuit. Mais avec ce temps, j'ai mis presque une heure à venir vous chercher. Rose est seule depuis trop longtemps… Vous savez, c'est notre premier, alors…

En effet, une tempête de neige faisait rage. Des bourrasques violentes avaient rendu la route du rang presque invisible et la chevauchée, ardue. À son arrivée à la villa, son vieux cheval était à bout de souffle.

— Ne t'inquiète pas, Léon. Ta femme est une courageuse et nous serons bientôt auprès d'elle.

Joseph regarda Cécile qui, sans un mot, acquiesça.

— Va à la cuisine, ma femme va te préparer un café. Tu pourras t'y réchauffer le temps que je m'habille.

Derrière lui, Florent comprit qu'il devait aller atteler au plus vite le cheval de Fortin et l'étalon du docteur à la carriole d'hiver. Il s'empressa de s'habiller et sortit par la porte de derrière pour se rendre à l'écurie.

— Je serai prête dans cinq minutes, daddy, l'avisa Molly derrière lui, son bonnet de nuit encore sur la tête.

Elle se précipita à l'étage et se vêtit chaudement à toute vitesse.

Cela faisait plus d'une année entière que Joseph avait accepté qu'elle l'assiste dans ses tournées. Au fil du temps, il avait fini par apprécier sa présence. Molly, maintenant âgée de dix-huit ans, l'avait étonné par sa débrouillardise et, surtout, par sa capacité à garder son sang-froid.

— Qu'est-ce qui se passe en bas? demanda Rachel en passant la tête dans l'ouverture de la porte de la chambre lorsque Molly se hâta vers l'escalier. Il fait encore nuit…

— C'est Mme Fortin, une patiente de daddy. Elle a commencé ses contractions, la coupa Molly en chuchotant. Ne parle pas si fort, sinon tu vas réveiller Sarah. Et retourne te coucher!

Une fois Léon, Molly et lui-même emmitouflés dans des fourrures, le docteur encouragea les chevaux d'un coup de fouet et la voiture s'élança à toute allure sur le chemin enneigé. Le docteur contournant adroitement les bancs de neige, ils arrivèrent à la maison des Fortin en moins de trente minutes.

Le feu dans l'âtre avait besoin d'être ravivé et une seule bougie brûlait dans la chambre de Mme Fortin, qu'on entendait gémir. Molly et Joseph se précipitèrent auprès de la parturiente et refermèrent la porte derrière eux. De son côté, Léon, après avoir rempli de bûches le foyer du salon et le poêle de la cuisine, se mit à arpenter les deux pièces, trop nerveux pour s'asseoir et se détendre.

Cinq heures plus tard, les lamentations se faisant de plus en plus déchirantes, Joseph administra à Rose un breuvage calmant à base d'eau tiède et de quelques gouttes de laudanum pour la soulager. Avec une extrême douceur, il palpa le ventre gonflé pour trouver la position de l'enfant :

— Le bébé est gros et le passage est très étroit, annonça-t-il à Molly, qui essuyait le visage de Rose d'un linge humide pendant qu'il effectuait un minutieux examen. Elle est épuisée… Je n'aime pas cela…

— Aurez-vous besoin du forceps ? demanda Molly, prête à aller chercher l'instrument d'extraction dans la trousse médicale.

— Donne-moi plutôt mon stéthoscope. Je dois écouter le cœur du fœtus avant de prendre une décision.

Après un court instant, il se releva, le regard inquiet.

— Je n'ai plus le choix, car l'enfant est en danger. Le travail dure depuis trop longtemps.

En entendant ces mots, la femme s'agita :

— Docteur, je vous en prie, sauvez mon bébé !

N'hésitant pas davantage, Joseph tendit à nouveau la main vers sa trousse, faisant signe à Molly de lui passer les longues pinces. Après avoir soulevé les genoux de Rose et lui avoir écarté les jambes, il retrouva ses gestes coutumiers. Habilement, il délivra l'enfant du ventre de sa mère, non sans avoir auparavant incisé une partie du périnée.

Un cri vigoureux provenant de la chambre fit sursauter Léon, qui ne put résister à l'envie de passer sa tête dans l'embrasure de la porte.

— C'est un beau garçon en santé, lui annonça Molly, pendant que Joseph se concentrait à suturer l'entaille qu'il avait dû faire pour libérer le nourrisson.

— Béni soit le ciel! lança le nouveau père, qui trépignait de joie et n'osait entrer dans la pièce.

Le docteur fit signe à Léon de patienter le temps qu'il termine sa besogne. Peu après, il permit enfin à l'homme d'avancer. Ce dernier vint aussitôt déposer un doux baiser sur le front en sueur de sa femme. Molly leur amena le bébé, qu'elle avait chaudement emmailloté, puis suivit discrètement Joseph hors de la chambre.

Pendant qu'elle mettait à chauffer la cuvette d'eau sur le poêle, pour pouvoir nettoyer les instruments, elle sentit le regard de Joseph suivre ses gestes. Ce dernier, après s'être lavé les mains, déroula les manches de sa chemise.

— Ma mésange, je suis fière de toi. Je ne te l'ai jamais dit, mais je suis heureux de ma décision de t'avoir prise comme assistante. Tu as été une excellente élève et je suis certain que tu seras une sage-femme compétente.

Il prit un air sérieux pour ajouter:

— Tu es intelligente, déterminée et courageuse. Tu m'as fait changer d'avis, ma fille. Je suis persuadé que si le conseil des médecins n'était pas aussi borné et laissait les femmes étudier la médecine, tu ferais un excellent docteur.

Le visage de Molly vira au pourpre et ses yeux s'illuminèrent. Elle répondit en toute modestie :

— C'est probable, daddy, et j'aurais été heureuse d'acquérir davantage de connaissances. Toutefois, je me rends compte que vous avez fait plus que m'enseigner ce métier d'accoucheuse, vous m'avez aussi appris à l'aimer, et il me satisfait amplement.

— Docteur, venez vite ! les surprit la voix angoissée de Fortin. Rose se sent mal...

Joseph, suivi de près de Molly, fonça vers la chambre. Ils trouvèrent Rose inconsciente. Aussitôt, le docteur fronça les sourcils. D'un geste brusque, il souleva la couverture : les draps se couvraient de sang à la hauteur du bassin de la jeune femme.

— Elle fait une hémorragie ! déclara Joseph. Sous la pression du sang, son périnée a déchiré. Je dois le recoudre au plus vite. Molly, occupe-toi du petit, et toi, Fortin, ne reste pas là, apporte-moi une autre couverture et tout ce que vous possédez de serviettes propres.

De ses mains agiles, Joseph réussit à refermer la plaie, mais Rose avait perdu trop de sang. Elle ne reprit jamais connaissance. Dévasté, le médecin ne put que constater le décès.

Certes, en plus de trente ans de carrière, il avait déjà perdu quelques parturientes, mais chaque fois, cela l'accablait. Instinctivement, il se remit en question : qu'aurait-il pu faire de plus pour éviter un tel drame ? Et comment annoncerait-il à un homme qu'il se retrouve veuf, seul à élever un enfant ?

Molly posa la main sur l'épaule de son père.

— Vous avez fait tout ce que vous pouviez, daddy, le réconforta-t-elle. Vous aviez craint un danger en constatant que le bébé était trop dodu pour le bassin trop étroit de Mme Fortin.

Lorsque Joseph, désolé, en informa Léon, qui attendait, anxieux, dans la cuisine, ce dernier fut terrassé de chagrin. Le cœur empli de tristesse, Molly l'entendit leur dire qu'il ne pourrait pas garder le nourrisson :

— Je ne serai pas capable de prendre soin d'un enfant, et puis, je suis bûcheron. Je pars dans le Nord dans un mois.

— Mais n'y a-t-il pas quelqu'un de votre connaissance qui pourrait s'en occuper ? demanda Joseph.

Léon Fortin hocha la tête.

— Non, il n'y a personne de notre entourage ici, à Québec. Nos parents sont décédés et Rose n'a qu'une sœur, qui est plus vieille et qui habite en Gaspésie. Pour ma part, j'ai trois frères qui peinent à faire vivre leur famille. De toute façon, il y a bien longtemps que nous avons eu des nouvelles d'eux. Ils sont installés loin d'ici, près des frontières américaines.

Joseph fit signe à sa fille de prendre l'enfant emmailloté et la literie de berceau que Rose avait préparé :

— Je connais un hospice où on recueille des mères célibataires et aussi des enfants, l'informa-t-il en taisant volontairement le mot *abandonné*. Ne t'inquiète pas Léon, c'est un endroit très correct. Il pourra y être baptisé et les dames lui trouveront une bonne famille.

— Monsieur Fortin, osa demander Molly, avez-vous pensé à lui donner un prénom ?

Léon essuya une larme du revers de la main.

— Rose et moi avions pensé à Roland, pour un garçon…

— Va donc pour Roland, acquiesça la jeune femme tout en observant le rond visage du poupon. C'est un prénom costaud, cela lui va très bien !

***

La tempête s'était calmée et l'obscurité du soir commençait à tomber lorsque Molly et Joseph arrivèrent devant l'hospice Saint-Joseph-de-la-Maternité. Le dispensaire avait ouvert ses portes l'année précédente et n'était, en fait, qu'une petite maison qui ne pouvait accueillir qu'une douzaine de femmes enceintes ainsi que des enfants illégitimes ou délaissés, comme le petit Roland.

— Je vais t'attendre dans la carriole, lui dit Joseph devant l'entrée de la rue Saint-Gabriel. Dis-leur que tu viens de ma part. Ce n'est pas la première fois que je dois me rendre à cet endroit ; les dames me connaissent.

Devant le regard étonné de sa fille, il ajouta :

— Il arrive que des femmes tombées enceintes hors mariage ou veuves laissent leur bébé sur le porche de l'hôpital, pendant la nuit. Lorsque nous les découvrons, nous les amenons ici. Allons ! Va, ma mésange. Tu n'as qu'à expliquer la situation des Fortin à Mme Métivier, la directrice, elle comprendra.

En pénétrant dans le portique, Molly fut consternée par la simplicité des lieux. Les murs du long corridor étaient en lattes de bois et n'avaient ni tapisserie ni cadre. Par la porte ouverte d'une des pièces à sa droite, pauvrement meublée, la jeune femme crut reconnaître un bureau. On pouvait voir, recouvrant le plancher, un tapis rond des plus rustiques, deux chaises aux coussins usés et une table où trônait une pile de dossiers près d'une lampe à huile. Un mouvement dans la pièce la fit sursauter et elle vit une dame âgée, rondelette et au regard jovial, en sortir. Molly se figea, serrant davantage Roland dans ses bras.

Croyant qu'elle était une mère célibataire qui venait porter son enfant, Marie Métivier sortit de la pièce et la reçut avec des gestes doux, des paroles emplies de compassion :

— Ma pauvre fille, ne restez pas là. Entrez dans mon bureau et venez vous asseoir au chaud.

— Mais madame, je ne suis pas la mère de l'enfant, lui dit Molly en lui tendant le poupon et le paquet de vêtements du bébé. Je viens de la part du Dr Rousseau.

— Ah ! Vous connaissez ce bon médecin ? reprit Marie en faisant sonner une clochette suspendue par une chaîne près de la porte. J'imagine alors que vous travaillez comme bénévole à l'hôpital, continua-t-elle, sans se soucier du regard interrogateur de la jeune femme devant son geste.

— Oui et non, je suis sa fille, répondit fièrement Molly. Je l'assiste dans ses tournées et, malheureusement, ce matin…

Molly se mit à raconter rapidement l'accouchement, son tragique dénouement, puis la difficile décision qu'avait prise M. Fortin. Pendant qu'elle parlait, elle vit une religieuse venir chercher l'enfant et comprit l'utilité de la sonnette. Cette dernière transporta Roland et le colis de linge à l'étage, d'où provenaient des pleurs de nourrissons.

— Mademoiselle Rousseau, passez donc dans mon bureau. J'aimerais que vous me parliez de vos apprentissages comme assistante de votre père.

— Je suis désolée, madame, mais je dois partir, s'excusa Molly. Mon père m'attend justement dehors… Il retient l'attelage de notre carriole.

— Oh ! Bien sûr, je comprends. Il fait un froid à vous geler les os et, de plus, il prend de l'âge, ce brave homme, déclara Marie en accompagnant la visiteuse vers la sortie. Voyez-vous, mademoiselle, nous avons un réel besoin de bénévoles, insista Marie, et vous me semblez avoir de l'expérience auprès des parturientes. Alors, je désirerais savoir si vous aimeriez vous joindre à notre équipe.

Molly, à qui l'idée ne déplaisait pas, répondit à la directrice en lui serrant la main :

— Je vous promets d'y penser sérieusement, madame Métivier.

***

Le jour même de cette fameuse tempête de neige, pendant laquelle le petit Roland était né, le père de Brogan s'était embarqué pour son travail sur le navire *Montréal,* qui faisait la navette entre Québec et Montréal. Par malheur, le bateau avait coulé à la hauteur de Batiscan après avoir été surpris dans le blizzard et les glaces. Tous les passagers avaient péri.

Les jumelles étaient couchées depuis quelques minutes lorsque Sarah entendit sa sœur soupirer de chagrin. Elle ralluma le chandelier de la table de chevet et vint rejoindre Rachel, dans son lit, pour la réconforter.

— Rachel, je suis désolée pour Brogan, lui assura-t-elle. Son père était le seul parent qui lui restait, et voilà que ton ami est orphelin. J'ai moi aussi de la peine pour lui et je vais prier afin que Dieu l'aide à supporter ce nouveau deuil.

Bien qu'elle soit moins portée à faire des prières que sa jumelle, Rachel n'avait rien contre celles des autres. Surtout si elles pouvaient donner un peu de réconfort à son cher ami. Elle sécha ses larmes, et Sarah fut perplexe de voir aussitôt les yeux de sa jumelle scintiller de bonheur dans la lueur de la flamme. Ne pouvant garder plus longtemps le secret de son cœur, Rachel serra les deux mains de Sarah dans les siennes et lui confia :

— Imagine, ma chérie, Brogan veut demander ma main à daddy dimanche soir, pour que nous puissions nous fiancer au souper de Noël, dans deux semaines.

Sarah se sentit blêmir. Cette annonce était si soudaine.

— Oh ! Mais tu n'as que seize ans, bredouilla-t-elle. Tu crois que daddy lui donnera son approbation ?

Aussitôt qu'elle eut prononcé sa phrase, elle regretta son manque d'enthousiasme.

— Il n'a aucune raison de refuser. Brogan aura vingt ans en février et il a un travail régulier d'apprenti charpentier depuis trois ans. En plus, bien qu'elle soit en partie hypothéquée, il va hériter de la maison de ses parents.

— En tout cas, je suis très heureuse pour vous deux, se reprit Sarah. Vous allez vous marier à l'été, je suppose ?

Rachel hésita avant de répondre. Brogan lui avait fait promettre de ne parler à personne de leur projet. Cependant, avec l'atmosphère de confidence qui planait dans la chambre, elle ne put le cacher plus longtemps à sa jumelle :

— Sarah, j'ai un plus grand secret encore. Promets-moi, sur ta croix de bois, de ne le révéler à personne, même pas à daddy.

— Je ne pourrai pas le cacher à Dieu ; il voit tout, ironisa sa sœur.

— Allons ! Sois sérieuse, c'est très important.

— Tu n'es pas enceinte, au moins ? s'exclama Sarah en pensant aux misérables jeunes filles que Molly recevait à l'hospice.

— Bien sûr que non ! Que vas-tu t'imaginer ? Maintenant, jure-moi que tu garderas le silence absolu.

Sarah s'assit sur le bord du lit, prit la croix sur sa table de chevet et récita le serment. Lorsqu'elle commença à parler, Rachel ne put contrôler le tremblement dans sa voix tant elle était excitée :

— Nous aimerions nous marier au printemps.

Faisant fi de l'étonnement de sa sœur, elle poursuivit :

— Vois-tu, dès que la succession sera réglée, Brogan voudrait mettre la maison de ses parents en vente. Il croit qu'une fois la banque remboursée, il lui restera assez d'argent pour nous permettre de nous rendre à New York.

Ce n'est qu'à ce moment que Rachel remarqua l'angoisse sur le visage de sa sœur. Pour toutes les deux, la séparation serait difficile. Un silence passa, le temps d'un soupir.

— New York ! s'exclama finalement Sarah. Voyons, Rachel, il faut absolument que tu le dises à daddy et à mommy. Ça leur brisera le cœur, mais ils doivent le savoir… pour s'y préparer.

— Écoute-moi, bien qu'ils consentent, à présent, à ce qu'il soit mon prétendant, reprit Rachel, Brogan craint qu'ils désapprouvent mon départ pour les États-Unis et qu'ils s'opposent à notre union.

Cette révélation lourde de conséquences troubla l'émotive Sarah. Elle se mit à trembler et des larmes coulèrent sur ses joues.

— Mais moi non plus, je ne veux pas que tu partes aussi loin ! Comment allez-vous vous débrouiller pour vivre ?

— Allons, Sarah, je te défends de pleurer. Tu n'as aucune raison de t'inquiéter. Nous aurons l'argent de la maison et Brogan a écrit à l'ami de son père qui a une entreprise de construction à New York. Cet entrepreneur irlandais lui a répondu qu'il l'embaucherait dès notre arrivée, vu son expérience en charpenterie.

— Alors, raison de plus pour révéler vos intentions aux parents, insista sa jumelle. Si tu les aimes, tu dois convaincre Brogan de faire un homme de lui et de tout dire à daddy lorsqu'il lui fera sa demande.

Rachel se leva et se rendit à la fenêtre. Elle tira les rideaux pour admirer la lune dans sa pleine rondeur.

— Tu sais, Sarah, commença-t-elle sans se retourner, j'ai toujours trouvé que tu étais plus catholique que le pape. Et voilà que, maintenant, tu deviens aussi sage que Molly. Ça me rassurerait si, de temps en temps, tu te laissais influencer, ne serait-ce qu'un tout petit peu, par mon impétuosité!

En revenant vers sa sœur, elle soupira davantage qu'elle ne prononça:

— D'accord, je vais essayer de convaincre Brogan. J'espère seulement que ça n'empêchera pas daddy de consentir à notre mariage.

Elle fit volontairement une courte pause et, tout sourire, remonta dans son lit.

— Brogan est persuadé qu'il y aura, dans cette grande ville, au moins un imprésario qui sera heureux de découvrir une chanteuse de mon talent!

***

Un mois plus tard, assise devant le miroir de sa table de toilette, Molly brossait ses longs cheveux bruns. Habilement, elle les releva, puis les modela en un chignon torsadé qu'elle fixa sur le haut de sa tête. Son quart de travail débutait dans une heure.

Il y avait déjà deux semaines qu'elle avait commencé à œuvrer à l'hospice de Saint-Joseph-de-la-Maternité. On y retrouvait au premier étage, outre le bureau de la directrice, la cuisine, le réfectoire et une chambre dite «particulière» réservée aux dames de la haute société. Ces dames devaient payer une large pension, ce qui constituait, avec l'archevêché et les Ursulines, l'une des sources de financement de l'établissement.

Au second étage, trois chambres contenant quatre paillasses et des commodes usées accueillaient les pensionnaires sans le sou. La quatrième pièce servait de pouponnière et était encombrée de six couchettes et de deux berceuses.

Molly appréciait l'humanisme de Marie Métivier et des auxiliaires qu'elle côtoyait. En plus d'elle-même, le personnel comprenait deux laïques, Marthe et Gertrude ; et une ursuline, sœur Sainte-Madeleine. Elles étaient toutes bénévoles. Mme Allard, une dame âgée, s'occupait de la préparation des repas et était la seule à recevoir des gages.

Mme Métivier exigeait de toutes ses aides respect et délicatesse auprès des futures mères. Trop souvent, ces dernières se faisaient pointer du doigt, traiter de pécheresses et accuser de dépravation morale. La plupart d'entre elles, en plus d'être rejetées par leur famille, peinaient à se faire une place dans la société.

Les nourrissons, quant à eux, dès qu'ils étaient baptisés, étaient envoyés à l'orphelinat des sœurs augustines. Le plus dur pour Molly était en fait de ne pas trop s'attacher à ces femmes de passage.

La veille, la directrice de la maternité avait dû se rendre au pénitencier des femmes pour l'accouchement d'une détenue. Elle avait donc confié à Molly la responsabilité de la délivrance d'une parturiente dont les contractions avaient débuté le matin.

— Vous croyez vraiment que je pourrai vous remplacer? avait-elle demandé à la directrice avant son départ.

— Soyez assurée que je suis très satisfaite de votre travail, Molly, et j'ai confiance en vous. Vous possédez de bonnes techniques d'hygiène et j'apprécie vos compétences médicales. Vous êtes ici en tant que sage-femme, à présent. Je ne doute pas que le Dr Rousseau soit un bon père, mais chose certaine, il est un excellent professeur.

Finalement, la délivrance s'était bien déroulée: la jeune femme, âgée de dix-huit ans, avait donné naissance à une fille en moins de trois heures de contractions. Molly n'avait même pas eu à recourir à une incision ou à utiliser le forceps. En plus, une tante avait accepté d'accueillir la nouvelle mère chez elle, avec le bébé.

Elle sourit à son reflet dans le miroir.

Parfois, même dans le malheur, il s'infiltre un peu de chance! songea-t-elle en replaçant l'encolure en pointe de sa robe.

Deux petits coups frappés à sa porte la sortirent de ses réflexions.

— La carriole est prête, elle est devant la porte, mademoiselle, lui annonça Adèle. Le docteur et vos sœurs vous attendent en bas avant d'y monter. Madame Cécile m'a fait préparer un paquet de draps et des couvertures pour votre dispensaire. Ils sont déjà dans la voiture.

— Vous et mommy êtes les femmes les plus généreuses que je connaisse, lança-t-elle à l'adresse de la domestique. Je vous remercie, ils seront très appréciés par la directrice.

Souvent, les matins où Joseph était de garde à l'Hôtel-Dieu, il offrait à ses filles de les conduire à leur destination respective. D'abord, il laissait Rachel au bout de la montée des O'Toole, ensuite, il déposait Molly à la maternité et, finalement, il conduisait Sarah au monastère des Augustines.

Au début de l'été, les jumelles avaient terminé leur scolarité. Depuis, Rachel faisait toujours partie de la chorale de la paroisse, tout en travaillant, comme gouvernante auprès des cinq enfants des amis de la famille, les O'Toole. Sa jumelle, quant à elle, passait le plus clair de ses journées à œuvrer comme bénévole à la bibliothèque des religieuses et à l'orphelinat du couvent.

Ne voulant pas les faire attendre, Molly se dépêcha à enfiler sa cape sur son long tablier blanc et sortit de la chambre. Elle dévala à toute vitesse le grand escalier et faillit tomber dans les bras de Joseph.

— Te casser un membre ne nous fera pas arriver plus vite, la taquina-t-il.

Un doigt pointant la pèlerine de sa sœur, Sarah s'arrêta dans le portique :

— Je te conseille de revêtir ton long manteau d'hiver ce matin, Molly : il a beau faire soleil, c'est frisquet dehors.

Joseph appréciait beaucoup ces courtes randonnées avec ses filles. Depuis qu'elle était fiancée, Rachel était plus rêveuse que volubile, mais elle n'oubliait jamais de l'embrasser sur la joue pour le remercier de lui épargner une longue marche. En chemin, Molly lui partageait sa passion pour la médecine, lui demandant des conseils pour soigner certaines affections comme la mammite. Pendant ce temps, Sarah gardait un silence respectueux, jusqu'à ce que ses deux sœurs soient rendues à destination. Puis, comme si tout à coup son esprit s'allumait, elle profitait de ce moment, seule avec lui, pour lui parler de ses lectures.

Ce matin-là, bien qu'il connaisse la nature dévote de sa fille, il fut tout de même surpris et troublé par l'annonce de Sarah :

— Daddy, je vais avoir dix-sept ans à l'été et je voudrais entrer chez les religieuses, lui apprit-elle, sans aucune hésitation. La mère supérieure de la congrégation a bien voulu accepter ma candidature. Elle m'a confié qu'avec le temps, les sœurs et elles ont été témoins de l'évolution de ma foi et que je ferais une bonne religieuse.

Joseph oubliait trop souvent ses cinquante-trois ans et, malgré un début de calvitie, pour la première fois, il se sentit vieux. Sa petite sauvagine se disait prête à se faire nonne ! Bien sûr, pour une famille, l'entrée en religion de l'un de ses membres était une bénédiction, mais ce que Joseph souhaitait plus que tout, c'était le bonheur de ses filles.

— Tu as bien réfléchi, ma chérie? insista-t-il. Tu crois vraiment avoir la vocation?

— Je ne sais pas comment vous l'expliquer, daddy, mais de tout mon cœur, j'entends l'appel de Dieu.

— Ce n'est pas une vie facile. Elle exige beaucoup d'abnégation et de dévouement, lui fit-il remarquer. C'est un engagement très sérieux.

— Cela fait trois ans que je m'occupe de la bibliothèque du monastère et que je fréquente la communauté. Je m'y suis fait de bonnes amies et je suis certaine que c'est ma voie. Vous savez, dans ce couvent, ma nature nostalgique s'estompe et ma vie s'éclaircit. Je vous en prie, aidez-moi, car la mère supérieure exige le consentement des parents.

Joseph émit un profond soupir:

— Et cela veut dire que, toi aussi, tu vas quitter la maison, dit-il, les yeux humides de tristesse.

— Je sais, mais c'est un sacrifice que j'accepte de faire pour devenir la servante du Seigneur.

Le ton de sa voix et son regard étaient déterminés. Joseph ne l'avait jamais vue aussi sûre d'elle. Il se racla la gorge pour reprendre sa contenance, puis il lui caressa tendrement la joue.

— Ma petite sauvagine, je te remercie…

— Mais pourquoi donc, daddy?

— Toi, au moins, tu as eu la délicatesse de ne pas gâcher mon dessert, comme ma femme et tes sœurs le font constamment avec leurs requêtes !

Une fois qu'ils furent arrivés devant le couvent, il ne put s'empêcher de la suivre des yeux jusqu'à ce qu'elle disparaisse derrière les épaisses portes voûtées du monastère. Alors qu'il se dirigeait vers l'hôpital, ses pensées se tournèrent vers Rachel. Il eut un sourire de tendresse. Lorsqu'il arrivait à la maison assez tôt après sa journée de travail, il aimait l'accompagner à ses répétitions avec la chorale. Il s'assoyait dans un coin et, les yeux fermés, il l'écoutait chanter.

Il soupira, malgré lui :

Dire que, dans quelques mois, elle va se marier et partir aux États-Unis ! Et voilà que ma Sarah veut se faire nonne, sans oublier que ma sage Molly est devenue une femme accomplie. Mes trois oiselles ont grandi si vite !

10

Québec, avril 1854

Il plut abondamment pendant les trois jours qui précédèrent le mariage de Rachel et Brogan. Mais le matin du grand jour, la maisonnée fut soulagée de constater qu'aucun nuage, même pas un tout petit, n'était en vue. Le ciel resplendissait d'un bleu «Madone», comme le décrivait Sarah. La veille, elle avait insisté pour accrocher son chapelet à la corde à linge et clamait que ce beau temps était l'œuvre de la Sainte Vierge.

— Voilà, j'ai terminé l'ourlet de votre robe, mademoiselle Rachel, lui annonça Adèle. Vous pouvez descendre du tabouret.

Agenouillée aux pieds de la future mariée, la vieille domestique rangea dans sa boîte de couture aiguilles, ciseaux et bobine de fil blanc, puis se releva péniblement. Elle grogna malgré elle. Maintenant âgée de soixante-quatre ans, Adèle regrettait le temps où elle était plus mince. À présent, ses jambes peinaient à supporter ce corps devenu corpulent.

Rachel descendit du petit banc et, excitée, se mit à faire virevolter sa robe blanche devant le long miroir sur pied de la chambre de Cécile : la seule pièce qui en possédait un. Puis, elle observa sa mère et attendit sa réaction.

— Alors, mommy, qu'en dites-vous ? N'est-ce pas la plus jolie robe de mariée que vous ayez jamais vue ?

Cécile lui adressa un sourire attendri.

— Tu es splendide, ma chérie ! La couturière a fait un excellent travail. Les broderies sur le buste sont superbes. Et vos ajustements, ma bonne Adèle, sont parfaits. Maintenant, cesse de bouger, Rachel, que je m'assure que le tout est parfait, dit-elle en inspectant la future mariée des pieds à la tête.

— Ta couronne de fleurs et ton bouquet viennent d'arriver..., annonça Molly en entrant en trombe dans la chambre.

Elle interrompit brusquement sa phrase, ne pouvant s'empêcher d'admirer sa cadette dans sa robe de dentelle blanche.

— Ciel ! Tu es magnifique, s'exclama-t-elle à son tour d'une voix vibrante d'émotion.

Elle déposa délicatement les fragiles parures sur la commode. Encouragée, Rachel se remit à tourbillonner.

— Allons ! Viens t'asseoir devant ma coiffeuse, ma chérie, l'invita Cécile. Il faut que j'ajuste ton voile de tulle sur ta tête afin d'y placer la couronne.

Une fois coiffée, Rachel se surprit elle-même en disant tout haut ce qui venait de lui passer par l'esprit :

— Je crois que j'aime Brogan depuis le jour où je l'ai rencontré. C'était à notre premier Noël ici, il y a de cela plus de six ans. Il m'a fait danser dans le grand salon. J'arrive à peine à croire que, aujourd'hui, je vais devenir madame Brogan Reilly. Ah ! Je suis tellement excitée : nous partons vivre dans la grande ville de New York !

Cécile posa ses deux mains sur les épaules de sa fille et laissa passer un silence avant de lui demander, d'une voix douce :

— Es-tu si impatiente de nous quitter, ma chérie, et d'aller vivre chez les Américains ?

Depuis la décision de Sarah d'entrer au couvent, l'annonce du mariage de Rachel et son départ aux États-Unis, Cécile avait beaucoup de peine à accepter de se séparer de ses deux cadettes.

— Non ! Mommy, ce n'est pas ce que je voulais dire ! s'empressa de la réconforter Rachel en lui prenant les mains. Je ne voulais pas vous faire de peine. Je serai triste de tous vous quitter, mais…

Devant l'embarras de Rachel, Cécile se reprit, les yeux humides :

— Oh ! Nous le savons, ma fille, mais cette maison sera bien grande sans toi, et tu seras si loin. Et puis… notre petite Sarah qui nous quitte le mois prochain…

Les larmes se mirent à rouler, malgré elle, sur ses joues. Elle tenta de les retenir, mais en vain.

— Le temps a passé si vite, mes chéries. Vous êtes en âge de faire votre vie, je le sais bien. Nous voulons votre bonheur, Joseph et moi, mais de vous voir quitter la maison nous chavire le cœur.

Elle haussa les épaules en signe d'impuissance et regarda autour d'elle. Elle s'aperçut qu'elle n'était pas la seule à être émue. Elle se rapprocha de l'aînée :

— Ma sage Molly, n'est-ce pas qu'elles nous manqueront, nos jumelles ?

Celle-ci n'eut pas le temps de répondre, car la vieille domestique, qui séchait ses yeux avec son large tablier, crut que c'était à elle que Cécile s'adressait et répondit :

— C'est bien vrai, madame, notre vie ne sera plus la même…

Elle redressa la tête et ajouta :

— Vous aussi, mademoiselle Molly, vous vous marierez un jour et…

— Allons, ma brave Adèle et vous, mommy ! Rachel a promis de nous écrire et Sarah n'entre pas dans un cloître, à ce que je sache. Nous pourrons aller lui rendre visite.

Elle fit un sourire résigné.

— Quant à mon sort, vous vous affligez beaucoup trop tôt, je n'ai même pas l'ombre d'un prétendant. Je serai peut-être votre poteau de vieillesse, à daddy et à vous !

En entendant l'expression «poteau de vieillesse», toutes les quatre partirent d'un fou rire nerveux, des larmes de peine et de joie s'entremêlant. Après avoir repris son calme et essuyé son visage avec son mouchoir de dentelle, Cécile reprit sa belle humeur:

— Trêve de morosité! annonça-t-elle. Pour une jeune fille, le jour de son mariage doit être l'un des plus heureux de tous. Ma chère Rachel, le tien sera mémorable et, compte sur moi, il sera célébré dans l'allégresse!

Lorsqu'elle descendit le grand escalier, la future mariée eut l'impression de flotter en entendant les murmures d'admiration qui provenaient du rez-de-chaussée. Dans son bel habit noir, Joseph monta les trois premières marches pour venir à sa rencontre et lui tendit une main.

— Avec toutes ces dentelles, tu as l'air d'une princesse, mon rossignol, lui dit-il, une étincelle dans les yeux.

Puis, il lança à Cécile et à Molly, qui descendaient derrière elle, et à Sarah, qui se tenait près de lui:

— Suivez-moi dans le salon, mes oiselles, j'ai une surprise pour vous. J'ai engagé un photographe. M. Benoit vient juste d'ouvrir sa boutique ici, à Québec, et grâce à lui, nous conserverons de précieuses images de cette journée.

La première photographie réunit toute la famille: Cécile et Joseph assis, côte à côte sur le canapé, et les trois filles installées debout derrière eux. Une deuxième mit en scène Joseph donnant sa bénédiction paternelle à Rachel, agenouillée à ses pieds. Et une dernière immortalisa Molly et Sarah placées de chaque côté de leur sœur élégamment vêtues de leur robe de demoiselle d'honneur, d'un beau rose pâle.

— Monsieur, madame, les carrosses sont à la porte, annonça nerveusement Adèle, chargée de l'organisation de la réception intime qui suivrait la cérémonie.

Quelques minutes plus tard, toute la famille s'engouffra dans les trois calèches que Joseph avait louées et avait fait garnir de fleurs printanières. Florent tenait fièrement les rênes de la première voiture, où prirent place la future mariée et son père. Le tout formait un charmant cortège qui, non sans se faire remarquer par les curieux, défila jusqu'à l'église, où nombre de parents et amis s'étaient rassemblés.

Après avoir suivi des yeux les voitures jusqu'au bout du chemin, Adèle se dirigea vers l'office afin de superviser les aides de cuisine et les serviteurs embauchés par les maîtres. Ils devaient apprêter et servir un léger banquet qui aurait lieu dans la roseraie vitrée du domaine.

***

Ballottés depuis l'aube comme des pommes dans un tonneau, Brogan et Rachel furent soulagés lorsque la diligence fit un arrêt pour la nuit, à l'auberge du relais de Trois-Rivières. Faisaient route avec eux un homme d'affaires qui se rendait à Drummondville, un couple de Canadiens français qui allait s'établir à Portland, dans le Maine (l'homme ayant trouvé un travail dans une usine), et une dame âgée qui se rendait à Saint-Jean-d'Iberville, la destination finale. De là, les nouveaux mariés prendraient un bateau à vapeur sur la rivière Richelieu. Il les mènerait, par le canal de la rivière Hudson, jusqu'au port de Kent, dans l'État de New York.

Brogan aida Rachel à descendre de la diligence, puis empoigna leurs deux valises et le panier de provisions qu'Adèle avait préparé. Une fois dans la chambre, modeste, mais confortable, il saisit sa femme par la taille et la leva dans les airs.

— C'est notre nuit de noces, madame Reilly, et je suis le plus heureux des hommes!

— Et moi, la plus courbaturée des épouses, enchaîna Rachel en se laissant porter jusqu'au lit dans les bras de son mari.

— Je connais une excellente façon de te détendre, ma belle, lui assura-t-il en délaçant le corsage de sa robe. Laisse-moi faire.

À la lueur du bougeoir placé sur la table de nuit, il la déshabilla lentement. Tout en observant le visage de Rachel, il commença gauchement à lui caresser le cou et les épaules.

— Ça te plaît? lui demanda-t-il.

— Continue, je t'en prie, murmura-t-elle.

Soulagé, il s'aperçut que, loin d'être intimidée, elle lui souriait et tendait même une main vers les boutons de son pantalon.

Devant son air surpris, elle avoua:

— Il y a longtemps que, moi aussi, je rêve de ce moment, mon chéri. J'ai vraiment envie de voir ton corps nu.

Un mois avant le mariage, Cécile avait entrepris, sans trop entrer dans les détails, de faire son éducation sexuelle. La conversation avait donné à la jeune fille plus de hâte que de peur.

Encouragé, Brogan fit virevolter au pied du lit chemise, culotte et sous-vêtements, et attira son épouse vers lui. Il l'embrassa fougueusement. Puis, avec des gestes plus audacieux, il lui écarta les cuisses et, sans plus attendre, il la pénétra.

Rachel cria de douleur, lui martelant le dos de ses poings. Surpris, il se retira vivement :

— Allons, ma belle, ne sois pas si farouche. Tu m'avais dit que Mme Rousseau t'avait instruite à ce sujet. Si tu m'avais laissé continuer, tu aurais fini par avoir du plaisir…

— Qu'est-ce que tu crois ? Bien sûr, mommy m'en a parlé, mais…

— Alors, pourquoi as-tu crié ?

— Tu ne sais donc pas ? Mais c'est toi qui es ignorant. C'est normal que la femme éprouve une légère douleur la première fois. Et puis, tu es entré trop brusquement, ça m'a fait l'impression d'une brûlure. Je n'étais pas prête.

Devant son air effaré, elle ajouta :

— Jusqu'à ce que tu me sautes dessus comme une bête, tout était parfait. Personne ne t'a donc parlé des préliminaires ? Je serais curieuse de savoir qui t'a enseigné, toi, cette manière de faire.

— J'ai demandé à Georges. C'est lui qui m'a expliqué comment m'y prendre…

— Ton ami Georges, le fermier ? Mais il s'accouple comme son taureau, ce nigaud, ou quoi ? D'ailleurs, ça me surprendrait qu'une femme ait déjà voulu coucher avec lui : il sent le fumier à mille lieues à la ronde.

Adossé à la tête du lit, Brogan parut gêné. Il hésita quelques instants, puis il lui confia :

— Il est allé au bordel l'hiver passé. Depuis, il n'arrête pas de se vanter que la femme a gémi de plaisir. Alors, j'ai pensé qu'il pourrait me conseiller.

— Je crois plutôt qu'il a payé une fille de joie pour se faire dire ce qu'il voulait entendre ! ne put s'empêcher de s'exclamer Rachel en s'assoyant à son tour.

Elle prit un ton soupçonneux :

— Et toi, tu n'as pas eu envie de le suivre ?

— Bien sûr que non ! Je me gardais pour toi. Tu devrais être contente, au lieu de me toiser avec ces yeux accusateurs.

Devant son silence, il ajouta, sincère :

— Je t'aime, Rachel, et jamais je n'ai voulu te faire mal…

Elle mit un doigt sur les lèvres de son mari, l'intimant de se taire.

— Je sais ! Et tu es mon grand amour. À vrai dire, je ne connais pas grand-chose, moi-même, et je pourrais aussi être maladroite.

— En tout cas, il n'est pas question que ça devienne pour toi un devoir conjugal, comme se plaignait ma mère !

Il fit une pause, puis ajouta :

— Finalement, je suis heureux que nous nous soyons parlé. Si tu me disais, maintenant, je ne sais pas moi, de quelle façon… ou quels gestes tu aimerais que…

Embarrassé, il se tut à nouveau, cherchant ses mots. Rachel lui sourit et vint se blottir dans ses bras. Prenant la main de Brogan, elle la dirigea vers son sein :

— J'aimerais juste que tu recommences tes caresses, là où tu t'es arrêté, et que tu les poursuives un peu plus bas. Ensuite, que tu viennes lentement en moi quand je serai excitée.

— Alors, ça, ma chérie, je saurai le faire.

Sans un mot de plus, Brogan l'embrassa tendrement, puis, de ses lèvres, se mit à effleurer délicatement un mamelon, puis l'autre. Elle lui caressa les cheveux, et sourit, comblée.

Cette fois, lorsqu'il se retira d'elle, Rachel soupira :

— C'était une sensation merveilleuse, mon amour. Je n'aurais jamais cru que ça puisse être si agréable.

— Et moi, que j'éprouverais autant de plaisir à te combler, souffla-t-il, s'étendant à ses côtés.

Elle fit une pause, avant d'ajouter, moqueuse :

— Si jamais tu revois ce gros bêta de Georges, tu devrais lui faire la leçon. Crois-moi, il aurait intérêt à t'écouter !

***

New York, avril 1854

Le voyage en bateau parut menaçant et interminable à Rachel. La vieille navette craquait et donnait l'impression qu'elle allait se briser à chaque creux de vague. Les ombres du souvenir de la traversée de l'Atlantique lui revinrent en mémoire, ce qui ajouta à sa nervosité.

Décidément, conclut-elle, *j'ai horreur des bateaux. J'espère ne plus jamais avoir à naviguer !*

Bien qu'il fasse frisquet, ils arrivèrent à quai sous un ciel bleu et limpide, comme le jour de leur mariage. Ce que Rachel prit pour un bon présage.

— Enfin, je vois un sourire sur ton joli visage, ma belle, s'exclama Brogan lorsqu'ils mirent les deux pieds sur la terre ferme.

Toutefois, leur voyage n'était pas terminé. Ils devaient se rendre à la gare et prendre le train à vapeur jusqu'à New York.

— Je n'arrive pas à croire que cette ville soit si loin ! se plaignit Rachel, après quelques heures assise sur une inconfortable banquette de bois du wagon passager.

— Au moins, nous ne sommes pas autant bousculés que dans la diligence, l'encouragea Brogan, et tu as repris des couleurs. Regarde plutôt le paysage ! Plus nous avançons vers le sud, plus les arbres bourgeonnent. Et que dire de ce vert des prairies ? N'est-ce pas un pays magnifique ?

— Tu as raison, mon chéri, je ferais mieux d'observer les petits villages qui défilent, lui chuchota-t-elle en lui faisant un clin d'œil. Ça me fera peut-être oublier la dame qui empeste l'ail sur le banc avant.

Elle porta son mouchoir de dentelle à son nez et mit son autre main dans celle de son mari. Puis, elle lui demanda :

— Combien de temps encore, mon chéri ?

Brogan tira la chaîne de sa montre de poche, qu'il gardait dans le gousset de sa veste. Il l'avait héritée de son père. Il aimait entendre le déclic du couvercle lorsqu'il ouvrait le boîtier. Dans les deux médaillons, il revoyait le visage de chacun de ses parents. D'un côté, celui de sa mère, le regard mélancolique, puis de l'autre, celui de son père, le sourire franc. La photographie de ce dernier avait été prise avant que sa bien-aimée ne décède et qu'il ne se mette à boire.

— Allons ! Courage, mon amour, émit-il, nous arriverons à la gare dans une heure. L'ami de mon père, M. McGraw, devrait nous y attendre. J'ai bien hâte de le rencontrer !

Devant les efforts de son mari pour la réconforter, Rachel esquissa son plus beau sourire et porta sur son cœur la main qu'elle tenait.

— Je t'aime, lui dit-elle simplement.

À ces mots, un sourire s'épanouit sur le visage de Brogan et son cœur se gorgea de bonheur.

Le cadran de sa montre marquait six heures lorsqu'ils arrivèrent enfin à destination. Le soleil amorçait sa descente vers la ligne d'horizon, colorant le ciel d'un rose orangé.

— Regarde, chéri, près des guichets, cet homme qui agite une pancarte. Il y est inscrit « Reilly ».

C'était un homme grand et mince, dont la lèvre supérieure était cachée par une épaisse moustache.

— Ce doit être M. McGraw, l'ami de mon père et mon futur patron. Il a l'air sympathique. Viens, allons le rejoindre.

— J'espère que le logement qu'il nous a trouvé sera confortable. Je suis morte de fatigue !

L'homme observait les voyageurs qui s'alignaient sur la passerelle, puis, à la vue du signe d'un jeune homme, il rejoignit sur l'appontement le couple qu'il attendait. Il souleva légèrement sa casquette, révélant des tempes grises, puis tendit une main ferme à Brogan.

— Bienvenus à New York, monsieur et madame Reilly ! Je suis Patt Connolly, un engagé de M. McGraw.

Brogan parut confus :

— Ah bon ? Je croyais que ce serait lui, en personne, qui viendrait nous…

Tout en prenant les bagages des mains de Brogan pour les déposer dans la carriole que McGraw lui avait laissée, Connolly le coupa :

— Le patron est trop occupé : il dirige déjà trois chantiers, un immeuble de cinq étages et deux maisons. Avec l'embauche de nouveaux ouvriers, il n'avait plus le temps de venir vous accueillir. Il en est désolé.

En entendant les chevaux piaffer d'impatience, Patt leur fit signe de monter dans la voiture.

— Il m'a aussi chargé de vous conduire à votre logement. Il est situé à Lower East Side, dans Manhattan. C'est encore un bon bout de chemin. Comme la plupart des immigrants, j'y habite aussi, avec ma famille.

Ils arrivèrent dans leur quartier, qu'ils trouvèrent bondé d'hommes, de femmes et d'enfants à l'allure négligée, regroupés autour d'étals de viande ou de légumes. Patt évita avec adresse les charrettes de foin et les bêtes qui y circulaient et tourna dans une rue étroite. Des odeurs d'épices et d'excréments d'animaux qui y traînaient agressèrent Rachel.

— Mon Dieu! J'ai l'impression d'être revenue au port de Waterford, soupira-t-elle en se couvrant, une fois de plus, le nez de son mouchoir. Monsieur Connolly, c'est vraiment dans l'un de ces pâtés de maisons que nous allons habiter?

— Oui, m'dame. Ne vous en faites pas, vous vous habituerez vite aux bruits et à la senteur. Et puis, M. McGraw vous a trouvé l'un des logements les plus confortables. Il a une fenêtre.

Prévoyant une réaction de sa femme, Brogan lui prit la main et la serra tendrement.

— Ça va aller, tu verras. C'est juste le temps que nous économisions un peu d'argent pour nous offrir un appartement dans un plus beau quartier.

Leur logement se situait au quatrième étage d'un des bâtiments qu'une ruelle séparait d'une autre rangée d'immeubles, tous aussi semblables. Plusieurs pâtés de maisons, ainsi entassés, formaient le quartier. La plupart des immigrants, ayant connu des conditions de vie pires dans leur pays, s'accommodaient assez bien de leur nouvelle demeure. Cependant, Rachel, qui était née dans un château et qui avait vécu au cossu domaine des Rousseau, était sous le choc.

C'est donc avec stupeur qu'elle découvrit l'endroit où ils allaient vivre. L'appartement ne comprenait que deux pièces séparées par un rideau : la cuisine et la chambre à coucher. Un poêle à bois, une table, trois chaises, un seau d'eau et quelques étagères meublaient la cuisine. Une odeur de renfermé imprégnait les lieux. Devant l'air dépité de Rachel, Patt Connolly s'empressa d'aller ouvrir la fenêtre qui donnait sur la cour.

— Vous avez de la chance, madame Reilly, voulut-il l'encourager, vous avez un petit balcon et une corde à linge.

Rachel lui lança un bref regard, signifiant qu'elle doutait que l'on puisse considérer comme une chance la présence d'une corde à linge, puis passa la tête dans l'encadrement. De son côté, Brogan se sentait impuissant face au désarroi de sa femme.

Ce qu'elle vit la figea sur place : une flopée de draps, de taies d'oreiller, de nappes, de sous-vêtements s'étendant à l'infini étaient accrochés à des cordes suspendues dans les airs. Les cris des enfants qui jouaient tout en bas ne firent qu'amplifier son mal de tête. Elle se retourna vers Brogan, consternée. Toutefois, ce dernier affichait une si triste mine qu'elle se contenta de bredouiller :

— Je suis lasse, mon chéri. Je crois bien que je vais aller m'allonger.

S'adressant à l'ouvrier, elle ajouta :

— Vous m'excuserez, monsieur Connolly, mais après un si long voyage, vous comprendrez que j'ai besoin de repos.

Lentement, elle retira ses longs gants et défit la boucle de son chapeau garni de fleurs, puis les déposa sur la table. La tête haute, elle tourna le dos aux deux hommes et disparut derrière les longs rideaux de la chambre. Un bref instant, elle souhaita qu'il y ait une vraie porte, car elle l'aurait claquée de désespoir avant de se jeter sur le lit. Elle était tellement épuisée qu'aucune larme n'eut le temps de couler et que, bien vite, le sommeil l'emporta loin de ce triste logis.

Un léger malaise plana dans la cuisine. Ne sachant trop quoi dire pour réconforter le jeune mari, Patt se racla la gorge :

— Hum ! Le prix du loyer est de douze dollars. Il faut faire le paiement le premier de chaque mois à M. Baumann, le représentant du propriétaire. Il est allemand et habite au rez-de-chaussée. C'est à lui que vous devez vous adresser s'il y a un problème. C'est un brave homme, vous verrez !

Il serra la main à Brogan en lui lançant un regard franc et compatissant.

— Je vous laisse, monsieur Reilly, je dois retourner la carriole chez M. McGraw. Le patron ne vous attend que lundi matin ; cela vous donne la fin de semaine pour vous installer.

Il fit une pause, puis reprit :

— Comme nous travaillons sur le même chantier, nous pourrions voyager ensemble.

Brogan le regarda, soulagé :

— J'en serais très heureux. Si nous nous tutoyions, Patt ? Moi, c'est Brogan…

— Je ne demande pas mieux. Alors, à lundi, six heures !

Au départ de Connolly, Brogan souleva sans bruit le pan d'un des rideaux et constata que Rachel s'était assoupie. Il approcha une chaise près de la fenêtre et s'y installa pour observer le ciel bleu. Il savait sa femme dévastée. Lui-même, il n'en menait pas large. Au moins, il leur restait un peu d'économies pour aménager ces deux pièces et les rendre plus convenables.

Mais comment aurait-il pu le savoir ? Jamais, dans sa correspondance, John McGraw n'avait parlé de taudis, car sans aucun doute, ce logement était assez misérable pour porter ce nom !

***

Québec, octobre 1854

Six mois s'étaient écoulés depuis le départ de Rachel et de Sarah. Celle-ci vivait au couvent, comme aspirante chez les Augustines. Cette demi-année de noviciat, qui avait débuté par une profession de foi, se terminerait le lendemain par la cérémonie de la prononciation des vœux. Après cette dernière étape, la jeune fille prendrait un nom de saint et revêtirait l'habit des sœurs de la congrégation.

— Tu te rends compte, Cécile, lui fit remarquer Joseph en poussant un énorme soupir, c'est demain que notre petite sauvagine va prendre le voile. C'est un serment très sérieux qu'elle s'apprête à faire. J'espère qu'elle a pris la bonne décision.

Ils venaient de faire l'amour et, serrés l'un contre l'autre, ils se faisaient part de leurs réflexions. Cette tendre proximité leur permettait d'exprimer leurs pensées plus profondément qu'ils ne le faisaient au quotidien.

— Ah ! Cela ne nous rajeunit pas, mon chéri. Mais cesse de t'en faire pour Sarah. Elle fait de moins en moins de cauchemars depuis qu'elle demeure au couvent et elle apprécie sa vie paisible. Moi, je m'inquiète surtout pour Rachel. Nous n'avons reçu d'elle qu'une courte missive nous informant de son arrivée et nous assurant que tout se passait bien.

— C'est normal, ma colombe, c'est une jeune mariée. Elle a des choses plus intéressantes à faire que d'écrire à ses vieux parents.

— Tu as sans doute raison, Joseph, mais cette lettre, sans trop de détails, m'a semblé écrite à la hâte. En la lisant, j'ai ressenti la désagréable impression que notre rossignol nous cachait quelque chose.

Joseph lui baisa le front et lui dit d'un ton moqueur :

— Je te connais, tu t'en feras toujours pour nos filles. C'est dans ta nature de mère.

Joseph s'attendait à une réplique du genre « Tu t'inquiètes autant que moi pour elles », qui, toutefois, ne vint pas. Cécile semblait songeuse, comme si elle ne l'avait pas entendu. Après un bref silence, elle lui révéla :

— Il m'arrive parfois de rêver à Rachel. C'est toujours la même scène qui me revient : elle marche dans une ruelle boueuse et peine à se frayer un chemin à travers des couvertures et des draps suspendus. Tu ne crois pas que c'est un mauvais présage ?

— Voyons, Cécile ! Je ne peux pas croire que tu t'attardes à de telles sottises. Les rêves ne sont que le fruit de notre imagination. Le seul message que j'y vois, c'est qu'elles te manquent toutes les deux.

— C'est vrai, je m'ennuie tellement de nos jumelles.

— Au lieu de te morfondre, tu devrais lui écrire, à notre rossignol. Cela lui rappellera que nous existons et elle se hâtera de te répondre. Tu verras !

Réconfortée, Cécile posa tendrement un baiser au creux de l'épaule de son mari.

— Tu as sans doute raison, mon chéri. Que deviendrais-je sans ton inébranlable optimisme ? le taquina-t-elle à son tour.

***

Le chœur des religieuses entama le chant de la litanie aux saints, faisant vibrer de leurs voix claires les murs de la petite chapelle ainsi que tous les invités.

Vêtues d'une longue tunique noire et coiffées d'un voile blanc, les quatre aspirantes avancèrent solennellement vers l'autel, devant lequel le prêtre officiant et la mère supérieure les attendaient. L'assemblée était composée de leurs proches, de leurs amis et des sœurs de la communauté.

— On dirait une mariée, murmura Joseph à sa femme, la larme à l'œil, lorsque Sarah passa dans l'allée, près d'eux. Elle semble si sereine, vous ne trouvez pas ?

Émue, Cécile prit la main de son mari et la tint fermement, ne pouvant lui répondre tant sa gorge était nouée d'émotion. Elle se tourna vers Molly et vit qu'elle aussi était troublée. Cécile lui adressa un sourire complice, lui signifiant qu'elle comprenait son émoi d'aînée protectrice.

L'une après l'autre, les candidates se placèrent devant la mère supérieure. D'un geste solennel, celle-ci retira à chacune sa coiffe de novice, dévoilant une chevelure coupée au ras du cou. Elle la remplaça par une capuche blanche recouverte d'un voile noir. Puis, les aspirantes s'allongèrent au pied de l'autel, face contre terre, les bras en croix. Le point culminant de la cérémonie fut le moment où elles prononcèrent leurs vœux de pauvreté, de chasteté et d'obéissance.

— Je me donne au Seigneur, formula à son tour Sarah, faisant tressaillir ses parents. Comme lui, je m'étends sur la croix. C'est le don total au Père que je fais à travers Jésus que j'épouse.

La voix de Sarah était calme et ferme, ce qui donnait à ses paroles une profonde gravité. Lorsque la jeune fille se releva, Molly observa une petite flamme illuminer les yeux de sa cadette et son cœur se souleva de joie.

En entrant dans le grand réfectoire pour y prendre un léger goûter, les convives remarquèrent aussitôt, sur le large manteau de la cheminée, la statue du Sacré-Cœur posée à une extrémité et celle de la Sainte Vierge à l'autre.

— Désormais, mon nom sera sœur Saint-Jérôme, expliqua Sarah, radieuse, à ses parents et à sa sœur pendant le repas. Il est le patron des bibliothécaires. Imaginez ! C'est ce saint homme qui a fidèlement traduit, en latin, les textes de la Bible, qui avaient été rédigés en hébreu par les apôtres.

À ses côtés, Joseph se racla la gorge.

— Dans mon cœur, tu seras toujours ma petite sauvagine, lui assura-t-il en faisant mine d'essuyer ses lunettes afin de cacher la confusion de ses sentiments.

Dans son esprit, la fierté de voir sa fille en habit de religieuse se heurtait au désespoir de son cœur. Il n'avait pas encore su comment combler le vide que l'absence de Sarah et de Rachel avait créé ces derniers mois.

Perdu dans ses pensées, il ne remarqua pas que Cécile et ses deux filles l'observaient avec tendresse.

Maintenant âgé de cinquante-quatre ans, Joseph affichait une chevelure rare et grisonnante et des yeux assombris par des cernes. Son corps était épuisé par les longues heures de travail, tant à l'hôpital que dans ses tournées à domicile qu'il s'imposait. De plus en plus solitaire, il se réfugiait trop souvent, au goût de son épouse, dans la bibliothèque de la maison. Elle le retrouvait le nez dans ses chers bouquins, puis, lorsqu'il relevait la tête, il semblait perdu dans des cogitations dont lui seul pouvait connaître la teneur.

Comme dans un murmure, il entendait les voix de Cécile, de Molly et de Sarah qui résonnaient dans l'immense réfectoire. Elles discutaient de leurs inquiétudes au sujet de Rachel.

Évidemment, Joseph se souciait de ce qu'il advenait de son rossignol, mais il préférait garder pour lui ses appréhensions. Ses oiselles avaient surtout besoin de son assurance, et il ne tenait pas à ce qu'elles s'alarment davantage.

Grâce à sa nature rêveuse, Rachel a pu, jusqu'à son mariage, échapper à une certaine réalité, songea-t-il, *mais qu'en est-il depuis? La vie de couple n'est pas toujours drôle et demande parfois des sacrifices. Et les deux tourtereaux ne doivent pas rouler sur l'or. Cependant, je dois admettre qu'elle possède une grande imagination et qu'elle est tout aussi courageuse et débrouillarde que ses sœurs!* se rassura-t-il, comme chaque fois qu'il pensait à elle.

Il se dit qu'il aviserait, une fois les Fêtes passées, s'ils n'avaient toujours pas reçu d'autres nouvelles des nouveaux mariés. Sûrement qu'un peu d'argent leur ferait plaisir.

— Sortez de la lune, daddy, l'exhorta Molly en lui tapotant le bras, il est temps de partir. Notre chère sœur Saint-Jérôme doit se joindre à ses compagnes pour la prière des vêpres.

— Oh! dit-il d'un air désolé, je crois que j'étais ailleurs.

Il quitta sa chaise et vint prendre tendrement Sarah dans ses bras. Il fit une pause, comme s'il cherchait ses mots. Puis, la prenant par les épaules, il la vouvoya, un trémolo dans la voix. Il désirait lui démontrer ainsi tout le respect qu'elle lui inspirait par son choix de vivre une existence au service des autres :

— Votre vie est ici à présent, sœur Saint-Jérôme. Ce couvent est votre foyer et les religieuses, votre nouvelle famille. Cependant, soyez certaine que vous aurez toujours votre place dans nos cœurs et dans notre maison.

Sur ce, il se tut, fit signe à Cécile et à Molly de le suivre et se dirigea dignement vers le portique. À leur tour, avant de la quitter, ces dernières embrassèrent tendrement sœur Saint-Jérôme.

Aucune d'elles n'osa ajouter un mot.

11

Paris, décembre 1854

Matthew appréciait la vie à Paris. La première chose qui lui avait plu, malgré les rues étroites et boueuses, malgré l'entassement des habitants et la misère qui rôdait tout autant qu'à Waterford, c'est que cette ville était belle, animée, inspirante.

Il n'avait qu'à déambuler dans les rues, les musées ou les jardins pour côtoyer de célèbres fantômes, tels que celui de Robespierre, de Danton ou de Lavoisier. Loin de se réfugier avec eux dans le passé, l'historien imaginait le spectre de ces hommes, guillotinés pour avoir libéré leur peuple du joug de la monarchie, discourir sur ce qu'était devenue la France. Que de changements la Révolution de 1789 avait engendrés !

Dès sa première journée dans la capitale, il avait tenu à se rendre sur la place de la Concorde, là où des émeutes s'étaient déroulées. Il y avait appris que les rebelles français n'avaient pas eu plus de chance que leurs homologues irlandais, qui avaient été pour la plupart exilés en Algérie.

Il avait trouvé une auberge où se loger et, quelques jours plus tard, un travail dans un café, près du Palais Royal. Il avait accepté cet emploi afin de perfectionner son français, ce qui, plus tard dans l'année, lui avait permis d'écrire quelques chroniques historiques. Après nombre de refus, il s'était résolu à signer ses articles sous le nom d'emprunt « Mathieu Dumond », qui avait une consonance bien francophone.

Enfin, un beau jour, son article « L'influence des révolutions françaises sur les insurgés irlandais » avait été publié dans le journal *La Réforme*, le faisant connaître dans le milieu des historiens et des journalistes parisiens. C'est ainsi qu'en septembre 1850, il avait réussi à décrocher un poste d'enseignant en histoire à l'Université de Paris, la Sorbonne.

— Vous avez un curieux accent pour un Français, monsieur Dumond, lui avait fait remarquer le doyen de la faculté au début de l'entretien. Où donc avez-vous étudié ?

Matthew, qui s'attendait à cette question, avait décidé de dire la vérité à ce sujet :

— Je m'appelle Matthew McDoughan, monsieur, et je suis irlandais de souche. J'ai étudié au Trinity College, à Dublin.

Le vieil homme l'avait regardé droit dans les yeux avant de lui demander :

— Êtes-vous venu vous établir en France par choix ou vous a-t-on expulsé de votre pays ?

— Je puis vous assurer que j'ai pris cette décision de mon plein gré, affirma Matthew, estimant que cette réponse était en partie vraie. L'Irlande est un pays magnifique, mais lorsqu'on n'a plus ni travail, ni nourriture et que le climat politique se détériore, croyez-moi, ses paysages deviennent moins attrayants.

Il avait fait une courte pause, avant d'ajouter :

— Je vous rassure, si j'ai francisé mon nom, c'est pour avoir une meilleure chance d'être publié dans la presse et ainsi faire connaître mes compétences sur l'histoire de la France.

— Certes, j'en conviens, c'était astucieux de votre part. J'ai d'ailleurs lu quelques-uns de vos articles, notamment celui sur l'argumentation politique de Robespierre. Un excellent travail ! En outre, vos connaissances m'impressionnent par leur vaste éventail, du point de vue tant politique qu'économique. Bref, vous avez réussi à me convaincre, monsieur Dumond, si, bien évidemment, c'est ainsi que vous désirez qu'on vous nomme ?

— Si vous le permettez, je reprendrais mon nom irlandais, avait-il répondu, un large sourire se dessinant sur son visage.

Le doyen s'était levé et, en lui tendant la main, avait conclu :

— Vous êtes le bienvenu parmi nous, professeur McDoughan. Je crois sincèrement que vous serez un élément très apprécié dans notre communauté enseignante.

Matthew avait rougi de fierté. C'est à cet instant précis qu'avait débuté sa réconciliation avec la vie.

— Monsieur, ce sera un honneur de faire partie des membres de cette noble institution.

Quelques mois plus tard, il avait investi l'argent des deux diamants et une partie de son salaire à la Bourse de Paris, sise au palais Brongniart. Ses placements avaient fructifié et lui avaient permis de se procurer un bel appartement dans le quartier du Marais. Il était situé près du moyenâgeux Hôtel de Sens, qui abritait plusieurs commerces depuis la Révolution.

Confortablement installé face au foyer du salon dans son large fauteuil, Matthew était accablé de nostalgie, comme chaque Noël depuis que les siens s'étaient exilés et qu'il avait quitté l'Irlande.

Même après sept ans, songea-t-il, amer, *l'inquiétude de ne pas avoir reçu de nouvelles de Sean et de sa famille me torture toujours le cœur. Surtout en cette veille de Noël, où les souvenirs ressurgissent malgré moi. Je ne peux pas croire qu'ils soient tous morts sur le bateau ! Ça me rend fou de douleur rien que d'y penser. Je ne cesserai jamais d'espérer qu'un jour, un miracle…*

Il regarda le feu ronger les bûches dans l'âtre.

Je me rends bien compte que le meurtre de Wesley n'a réparé aucune des cruautés que cet homme a fait subir à ma famille et à mes compatriotes !

Toutefois, il sourit en se remémorant la première lettre qu'il avait reçue de Jane. Son amie lui apprenait qu'une organisation de rebelles catholiques, se faisant appeler les « ribbonistes », avait revendiqué une attaque au domaine de landlord de Waterford, quelques jours après son départ pour la France. Ils auraient commencé par incendier les bâtiments. Un des leurs aurait ensuite réussi à s'introduire dans le château et aurait torturé, puis tué le vieux despote.

Ces insurgés se sont attribué ma vengeance personnelle contre le landlord. C'est parfait, ainsi aucun membre de la famille Wesley n'a pu me suspecter !

Le tintement de la clochette de la porte le sortit de ses réflexions. Solitaire reconnu, il avait tout de même eu quelques maîtresses de passage, comme la responsable de la bibliothèque de l'Université et la fille du pharmacien, son voisin, et avait aussi quelques amis et relations. Mais à sa connaissance, aucune de ces personnes ne délaisserait ses proches pour venir lui rendre visite pendant le long congé du Nouvel An.

— Une dame insiste pour vous voir, monsieur, annonça Fabien. Elle dit s'appeler O'Brien…

— Jane ! s'exclama-t-il en se levant d'un bond, n'écoutant plus le domestique.

Contournant ce dernier, il se précipita vers le vestibule.

Depuis que Matthew avait quitté l'Irlande et qu'ils correspondaient, s'informant l'un de l'autre, jamais ils ne s'étaient revus. C'était bien elle ! Elle n'avait pas changé, si ce n'étaient ces quelques rides qui se dessinaient au coin de ses yeux. Il la trouva toujours aussi ravissante, vêtue d'un manteau à manches bordé de fourrure et coiffée d'un joli bonnet de velours qui ne laissait apparaître que quelques mèches de ses longs cheveux noirs.

Le cœur battant la chamade, il lui tendit les mains, puis la serra dans ses bras.

— Jane ! Ma chère amie, je ne peux pas le croire. Quelle merveilleuse surprise !

La jeune femme se détacha doucement de l'étreinte et, sans attendre, les mains tremblantes autant d'émotion que de froid, elle lui tendit une enveloppe.

— Matthew, elle provient de la ville de Québec. Elle est datée du mois de janvier 1848 ! N'est-ce pas prodigieux ?

— Mais… mais, comment est-ce possible ? bégaya-t-il. Cela fait six ans ! Et… il n'y en a qu'une ?

Matthew se sentit défaillir. Il appuya une main sur la console de style Empire, puis, de l'autre, saisit la lettre jaunie et froissée.

— Le postier m'a dit qu'un des sacs postaux en provenance du Bas-Canada a été découvert dans la cale d'un navire qui transportait le courrier à l'époque, expliqua la jeune femme, tout aussi troublée. C'est un marin à qui on avait donné la tâche de nettoyer les soutes de fond en comble qui l'a trouvé il y a deux semaines. La compagnie maritime s'est assurée par la suite de faire parvenir chaque lettre à son destinataire.

— Je n'arrive pas à y croire. C'est si extraordinaire et si effrayant à la fois ! Tu t'en rends compte, Jane, je vais enfin savoir…

Il ne finit pas sa phrase. Il était trop ému.

Libérant son maître de sa torpeur, Fabien, discret comme il se doit, invita poliment la jeune dame à retirer son manteau et son chapeau.

— Voyons ! Je manque à tous mes devoirs d'hôte, se reprit Matthew. Tu dois être morte de fatigue. Viens t'installer sur la méridienne près du foyer du salon pour te réchauffer.

***

Matthew avait pris place sur l'une des bergères et, depuis dix bonnes minutes, tapait nerveusement l'enveloppe sur sa cuisse. Il ne pouvait se décider à l'ouvrir de crainte qu'elle ne lui annonce de mauvaises nouvelles. Il fit un triste sourire à Jane, qui l'observait avec impatience.

— Je n'arrive pas à croire que tu sois là, lui dit-il, un trémolo dans la voix. Et encore moins que ton père, ce brave Charles, t'ait permis d'entreprendre un si long déplacement. À moins que…

Les yeux de Jane rougirent de larmes, mais elle les chassa aussitôt d'une main.

— Je t'expliquerai plus tard. Matthew, si tu ne lis pas cette lettre maintenant, c'est moi qui le ferai.

Matthew décacheta l'enveloppe et découvrit deux plis. Sur la première, il reconnut l'écriture de Sean, mais il n'arriva pas à identifier celle sur l'autre. Il prit une profonde inspiration et se mit à lire la missive de son frère. Après un lourd silence, il releva la tête, bouleversé.

— Rebecca est décédée du typhus pendant le voyage en mer…

— Oh ! C'est horrible, Matthew. Je suis désolée. Elle était encore si jeune. Sean a dû en être terriblement affecté.

Son ami acquiesça d'un profond soupir, puis poursuivit :

— Ce n'est pas tout, l'une des jumelles, Sarah, s'est mise à faire de la fièvre et Sean a dû rester sur une île en quarantaine pour la soigner. Mes pauvres nièces, Molly et Rachel, ont été placées dans un orphelinat à Québec, le temps que la petite guérisse et qu'elle et Sean aillent les rejoindre.

Il regarda Jane, inquiet, et lui tendit le feuillet.

— La lettre est restée inachevée…

— Ce n'est sûrement rien. Il a dû être interrompu par un collègue qui avait besoin de son aide.

Jane se leva et vint s'asseoir sur le petit tabouret, près de lui.

— Tu auras sûrement une explication dans l'autre lettre. Par qui est-elle signée ?

Matthew déplia fébrilement la seconde lettre.

— Elle est de ma nièce Molly ! souffla-t-il.

Ils se jetèrent tous les deux un regard anxieux. Matthew se ressaisit et entreprit la lecture de la missive à haute voix :

« *Québec, janvier 1848*

Cher oncle,

La lettre de père vous annonçait le triste décès de maman et je vous imagine, tout comme nous, fort affligé par cette nouvelle. Malheureusement, c'est le cœur lourd que je dois à présent vous apprendre la mort de notre courageux papa, lui aussi décédé de cet horrible typhus. »

Le visage défait, Matthew se tourna vers Jane.

— Seigneur, non! Sean est décédé.

— Les pauvres petites! se peina Jane en serrant la main de son ami, c'est affreux. Elles se sont retrouvées orphelines et seules dans un pays qui leur était inconnu. Je t'en prie, Matthew, continue.

«Je vous rassure, mon oncle, nous nous portons toutes les trois très bien, car nous avons eu la chance d'être recueillies par d'affectionnés parents adoptifs, monsieur et madame Rousseau. Joseph, que nous appelons daddy, est médecin et mommy Cécile, qui n'a jamais pu avoir d'enfants, est bénévole à l'orphelinat où nous étions pensionnaires.

Sarah était présente à la mort de papa, sur l'île où il travaillait. Elle est revenue traumatisée, incapable de se rappeler ce qu'il s'était passé. Toutefois, à part quelques sautes d'humeur causées par des cauchemars et des crises de mélancolie, elle va bien. Par sa voix mélodieuse, que vous aimez tant, Rachel nous a tous éblouis le soir de Noël et daddy pense à lui faire suivre des cours de chant. Pour ma part, malgré l'affection de nos nouveaux parents, papa et maman me manquent encore terriblement, et vous aussi, cher oncle. Ce serait une telle joie de vous revoir!

Pendant la longue traversée en mer, papa avait pris le temps de nous expliquer votre absence auprès de nous. Nous comprenons mieux votre désir de rester en terre d'Irlande et de libérer notre vert pays des Anglais. Mais à présent, vous êtes le seul membre de notre famille qu'il nous reste et, mes sœurs et moi, prions tous les soirs pour qu'aucun malheur ne vous soit arrivé et que nous puissions être à nouveau réunis.

Je profite de cette lettre pour vous confier que je me suis fait voler la précieuse bague de grand-mère par une vilaine femme qui, croyez-moi, ressemblait à s'y méprendre à maman. Elle m'a semblé si pauvre que je crois qu'elle n'en voulait qu'aux deux sous que j'avais dans ma poche et que ce n'est que par hasard qu'elle a trouvé l'alliance. En me la confiant, papa m'avait fait promettre de n'en divulguer l'existence à personne, alors j'ai aussi gardé le secret de ce larcin. Bien que ce vol me trouble grandement, je me sens un peu soulagée de pouvoir partager ce fardeau avec vous.

Nous habitons dans une splendide villa de la cité de Québec et, malgré un climat très froid, nous nous adaptons graduellement toutes les trois à notre nouvelle vie. Et ce, entre autres grâce aux cours de français que mommy Cécile nous a donnés et qui nous ont été fort utiles.

Les Rousseau, qui aimeraient vous connaître, et nous, vos chères nièces, souhaiterions que vous veniez nous rendre visite. Ne vous inquiétez pas des frais que cette visite pourrait vous occasionner, car notre cher daddy est prêt à vous rembourser le voyage. Ne voyez dans ce geste qu'un élan de générosité de sa part et la gentille intention de nous rendre heureuses.

Écrivez-nous au plus vite pour nous donner de vos nouvelles, que nous attendrons avec impatience. Nos pensées volent vers vous, oncle Matthew, en attendant que nous puissions vous serrer dans nos bras.

Votre nièce qui vous aime,

Molly »

Complètement absorbé par sa lecture, Matthew en oublia la présence de Jane à ses côtés. Celle-ci l'avait écouté avec une profonde attention.

— Quelle belle lettre d'espoir ! déclara-t-elle, le faisant sursauter.

— Voilà ! C'est tout, si ce n'est l'adresse inscrite au bas de la page, conclut-il, les joues couvertes de larmes.

Jane se releva doucement et, sans gêne, comme s'ils ne s'étaient jamais quittés, elle vint déposer un baiser sur son front.

— La perte de ton frère et de sa femme est sans doute douloureuse, mais, mon chéri, tu as retrouvé tes nièces. Ce sera une telle consolation, pour vous quatre, de vous revoir !

Pendant qu'elle lui parlait, il la fit asseoir sur ses genoux.

— Oui, c'est vrai. J'espère juste que cette adresse n'a pas changé. Mais si c'est le cas, c'est tout de même une piste. Je leur écrirai dès demain. Au pire, si je ne reçois pas de leurs nouvelles, je me rendrai tout même à Québec cet été, et je mènerai une enquête. Cette lettre m'a décidé : je ferai tout pour retrouver mes nièces chéries !

— Molly a aussi écrit qu'elle s'était fait voler une bague…

— Oui, un héritage de grande valeur qui appartenait à ma mère… je te raconterai. Mais pour l'instant, ce vol m'inquiète. Il m'inspire un certain malaise.

D'un geste de la main, il chassa ses idées noires, puis revint à Jane. Il la regarda dans les yeux, empli de reconnaissance.

— L'espoir que cette lettre m'apporte et ton agréable présence me font l'effet d'un baume sur le cœur. Vous êtes les plus merveilleux des cadeaux de Noël !

Il l'enveloppa de ses bras, avant d'ajouter :

— Maintenant, raconte-moi, Jane… ton père est décédé, n'est-ce pas ?

À ces mots, elle se mit à sangloter sans retenue en posant son visage au creux de l'épaule de son ami. Pendant un long moment, Matthew pleura avec elle, lui caressant tendrement les cheveux. Diverses émotions les troublaient et les unissaient : la perte d'êtres chers, l'espoir de revoir les filles et, surtout, cet amour retrouvé.

Lorsqu'il sentit qu'elle s'était calmée, il la renversa sur son bras et, avant de l'embrasser, il lui promit :

— Il n'est plus question que tu repartes, ma chérie. Je te garde pour toujours avec moi !

Il la souleva et la porta jusque dans sa chambre. Avant même qu'il ne la dépose sous le dais du lit, Jane avait défait le col de sa chemise à lui, laissant ses lèvres flâner sur son cou. Matthew sentit un frisson d'excitation monter dans son dos. Lui qui, durant toutes ces années de solitude, avait renoncé à cet amour, il le sentait à présent renaître en lui, tel un phénix.

De peur qu'elle ne s'enfuie ou qu'elle ne soit qu'un ravissant mirage, il l'embrassa avec hâte et, d'une main, défit le ruban de son corsage, dénudant ses seins. Il se releva pour se dévêtir, arrachant presque sa chemise, pendant que Jane faisait tomber sur le tapis persan sa robe ainsi que sa longue culotte bordée de dentelle. Ils se rencontrèrent au milieu du lit, et un frémissement agita leurs corps lorsque leurs lèvres se touchèrent pour échanger un long baiser. Elle entrouvrit ses cuisses chaudes et, s'emparant de son membre, l'invita à la pénétrer. Ce qu'il fit, de quelques coups de reins. Il la fit jouir avant même qu'elle n'ait pu faire un mouvement, ou presque.

Leur ardeur était telle qu'il leur sembla que tout fut consommé en un trop court instant. Sans dire un mot, enlacés et comblés du bonheur de s'être entièrement retrouvés, ils tremblèrent d'émotion longuement avant de s'apaiser et de s'endormir.

12

Québec, janvier 1855

— C'est incroyable ! Après toutes ces années, il nous a retrouvées ! s'exclama Molly en tenant dans sa main la lettre de l'oncle Matthew.

Installés sur le large divan de cuir capitonné du salon double, Cécile et Joseph n'en revenaient pas. Ils attendaient avec impatience que Molly leur en fasse la lecture. La jeune fille, adossée à la cheminée, se retenait d'aller les embrasser tant son besoin de communiquer sa joie était grand. Devinant sa pensée, Cécile la devança et vint la serrer dans ses bras.

— C'est un vrai miracle ! lui confirma Joseph en venant les rejoindre. Maintenant, calme-toi et lis, ma mésange.

Ses parents reprirent leur place et, d'une voix nerveuse, Molly s'exécuta :

« *Paris, 27 décembre 1854*

Très chère Molly,

Si tu lis cette lettre, c'est que mon vœu que vous soyez toujours en sécurité chez les Rousseau a de bonnes chances d'avoir été exaucé.

J'ai la tienne sous la main, et n'est-ce pas incroyable que je l'aie reçue six années après que tu me l'as écrite ! Bien que je sois encore consterné par son contenu, sois bénie de me l'avoir envoyée, avec celle de mon regretté Sean.

Mes chéries, que de malheurs vous avez vécus depuis que je vous ai laissées sur le quai du port de Waterford ! Quel courage il vous a fallu pour survivre à tous ces chagrins ! Mon cœur en est ébranlé de tristesse. Heureusement, ta lettre m'apprend que vous êtes vivantes, mes petites chéries, et c'est le plus beau cadeau que le ciel m'ait donné depuis votre naissance.

L'année suivant votre départ, n'ayant pas reçu de vos nouvelles, j'ai quitté à mon tour l'Irlande pour aller m'établir en France. Les débuts n'ont pas été faciles ; cependant, depuis plus de cinq ans, j'enseigne l'histoire à l'Université de Paris. Je suis content de vous annoncer que je vais me fiancer, le Premier de l'an, avec Jane O'Brien. Oui, oui, la jolie fille de notre ami le notaire de Waterford !

Molly, tu dois toi-même être devenue une belle femme de dix-neuf ans, et peut-être as-tu déjà un fiancé ! C'est curieux, mais j'ai plus de difficulté à imaginer Rachel et Sarah en jeunes filles de dix-sept ans. Elles sont sûrement aussi très ravissantes. Ah ! Je suis tellement impatient d'en savoir davantage sur votre vie. Durant toutes ces années, je n'ai jamais cessé de m'inquiéter de votre sort.

Évidemment, j'adorerais venir à Québec pour vous revoir et faire la connaissance de vos parents adoptifs. Je le ferai aussitôt que mon travail me le permettra, soit au début du mois de juillet prochain.

D'ici là, j'espère recevoir de vos nouvelles bientôt et la confirmation de nos retrouvailles prochaines. Si jamais, et je ne le souhaite pas, vous êtes dans le besoin d'une façon ou d'une autre, je vous en prie, écrivez-moi, et je viendrai vous chercher au plus vite.

Je vous embrasse toutes les trois avec tendresse.

Affectueusement,

Oncle Matthew »

— Je voudrais tellement que Rachel et Sarah soient avec nous, se désola Molly, émue. Oh ! Il faut leur annoncer au plus vite que notre oncle est vivant. Elles en seront si heureuses !

***

New York, janvier 1855

Rachel cligna des yeux, puis, de ses dents, coupa le dernier fil qui retenait l'ourlet de la robe de bal. Il était à peine six heures, mais en hiver, la nuit tombait rapidement. Elle dut augmenter la flamme de la lampe à huile afin de pouvoir admirer son travail. Elle saisit le vêtement de fin velours par les épaules et se mit à virevolter dans la cuisine. Puis, emportant la lanterne avec elle jusque dans la chambre, elle contempla son reflet dans le long miroir.

M. Boyle sera satisfait et sa cliente, ravie ; la robe est magnifique !

Elle revint vers la table et, avec des gestes délicats, plia la robe et la plaça dans la large boîte marquée en grosses lettres du nom de la boutique de mode de l'avenue Broadway : Boyle's.

Le silence s'appesantit dans la pièce, où jouaient les ombres de la flamme, vacillante à travers le verre de la lampe. Le mardi soir, Rachel était seule. Brogan assistait avec son ami Patt à une réunion d'Irlandais, laquelle se tenait dans une taverne du quartier. D'après Rachel et Eileen, la femme de Patt Connolly, ces rencontres, dites «politiques», ne donnaient aux hommes qu'un prétexte pour aller boire du whisky.

Rachel se servit une tasse de thé et alla s'asseoir près du poêle à bois, dans la berceuse que Brogan lui avait offerte pour Noël. Elle songea au chemin qu'ils avaient parcouru depuis leur arrivée dans cette ville bruyante, sale et encombrée d'animaux, de vendeurs de tout acabit, allant de l'aiguiseur de couteaux au vendeur de journaux.

Cela lui avait pris quelques jours avant de se remettre de la commotion que la vue de ce logis lui avait causée. Brogan s'était empressé d'aller acheter des draps et une couverture, et avait rempli les étagères de nourriture. Le lendemain, il l'avait emmenée faire les boutiques et elle avait pu se procurer un moelleux couvre-pied fleuri, une nappe à carreaux, de la vaisselle à motifs et de jolis rideaux pour l'unique fenêtre.

Bien qu'épuisé par ses longues journées au chantier, il revenait à l'appartement fier d'apporter de l'argent et heureux de la retrouver. Il lui jurait qu'au printemps suivant, ils emménageraient dans un logement plus grand et plus confortable. Ils faisaient souvent l'amour, redoublant de tendresse l'un envers l'autre, ce qui les aidait à supporter leur triste situation.

Rachel s'était rapidement ressaisie et avait entrepris, comme un défi, de décorer cet appartement et de le rendre moins pitoyable. Avec des punaises cloutées, elle avait fixé au-dessus du lit son voile de mariée en tulle et en avait confectionné un baldaquin. Des bandes de la blanche dentelle de sa robe nuptiale ornaient le devant des étagères de la cuisine et le châle de soie d'un bleu pervenche, que daddy et mommy lui avaient offert à son premier Noël avec eux, servait de centre de table, sous un joli pot de fleurs séchées provenant de son chapeau de paille.

Il lui arrivait parfois, lorsqu'elle se retrouvait seule, de ressentir une inquiétante obscurité l'envelopper. L'idée que Brogan et elle pourraient rester dans la pauvreté lui était insupportable. De plus, elle sentait, au fond d'elle, ses certitudes de devenir un jour célèbre s'effriter peu à peu.

Dans ces moments, elle ressortait les trois photos de son mariage et caressait les visages de daddy, de mommy, de Sarah et de Molly, ces êtres bien-aimés qu'elle avait quittés. Pour s'apaiser, elle s'imaginait qu'ils étaient son auditoire et, après avoir posé les cadres bien droits sur la table, elle chantait pour eux. Cependant, ce n'est que lorsque Brogan passait la porte qu'une légèreté s'emparait d'elle et que la vague d'angoisse s'enfuyait dans les oubliettes de ses pensées.

Et puis, maintenant, il y avait Eileen. Elles étaient rapidement devenues de bonnes amies. Tous les dimanches matin, les deux couples, vêtus de leurs beaux habits, se rendaient à la messe dans la cathédrale Saint-Patrick, située dans la 5e rue. À l'automne, Rachel avait fait une demande pour faire partie de la chorale et, après une brève audition qui avait ravi le directeur, l'abbé Blunt, elle s'était jointe au chœur. C'est ainsi qu'elle avait fait la connaissance de M. Boyle.

Après la cérémonie dominicale, il l'avait attendue sur le parvis de l'église pour lui transmettre son admiration :

— Madame, permettez-moi de vous féliciter. Vous avez une voix angélique qui a donné à cette interminable liturgie un souffle céleste !

Dans la quarantaine, Ron Boyle était un Irlandais de haute taille, aux cheveux roux et à la moustache bien taillée. Il portait une veste de tweed admirablement coupée qui lui donnait une allure très distinguée. Il s'était adressé à elle d'une voix enthousiaste :

— Je dois vous féliciter, avec un tel talent, vous pourriez chanter à l'opéra. Mademoiselle ?

— Madame Reilly, avait répondu Brogan en s'avançant vers l'admirateur. Je suis son mari et son plus grand admirateur. Et vous êtes ?

— Boyle, Ronald Boyle.

— Nous sommes ravis, monsieur Boyle, reprit Brogan. Chanter dans un théâtre, c'est le souhait le plus cher de ma femme ! Mais nous ignorons comment faire pour y parvenir… à moins que vous ne soyez un imprésario ! s'était-il empressé d'ajouter, une lueur d'espoir dans les yeux.

M. Boyle avait paru gêné.

— Malheureusement, je ne suis qu'un couturier qui se passionne pour le chant. Je suis désolé si…

— Je vous remercie pour vos compliments, monsieur, s'était empressé de dire Rachel afin de cacher la déception de Brogan et la sienne. Ils m'ont fait plaisir.

— Gardez espoir, madame Reilly ! Je suis certain qu'un jour, un agent aura la chance de vous découvrir.

Par la suite, chaque semaine, ils se saluaient amicalement à la messe. En décembre, étant débordé par les commandes de robes pour le temps des Fêtes, M. Boyle l'avait accostée de nouveau pour lui offrir un emploi de finisseuse, qu'elle avait accepté, reconnaissante. Satisfait de son travail minutieux, il l'avait engagée pour de bon au début de l'année.

Cet emploi lui avait donné le courage d'écrire à ses parents et à ses sœurs. Elle avait profité de l'arrivée de Noël pour leur faire parvenir une lettre pour accompagner sa carte de souhaits :

New York, 11 décembre 1854

Chers parents et sœurs,

Je remercie beaucoup mommy pour sa lettre, qui m'a fait chaud au cœur, et je suis désolée si mon silence vous a tous inquiétés. En toute sincérité, je vous l'avoue, l'adaptation à la vie quotidienne de cette immense ville a été, pour ma part, plutôt difficile. Pardonnez-moi de ne pas vous avoir donné plus de détails à l'époque, mais je n'avais pas la tête ni le cœur à écrire.

Je vous rassure, je vais bien à présent et, grâce à Brogan, qui travaille sans se plaindre six jours sur sept, de dix à douze heures par jour, je ne manque de rien. Nous sommes toujours amoureux et nous sommes heureux.

Je suis fière de vous annoncer que je fais partie de la chorale de la cathédrale Saint-Patrick et que j'ai trouvé un petit boulot comme finisseuse pour un couturier, également irlandais. Je brode, je couds de la dentelle et j'ourle finement les pourtours des superbes robes que monsieur Boyle crée et que ses couturières confectionnent. C'est très loin de ce à quoi j'aspirais, j'en conviens, mais ce travail, que je fais à la maison, me permet d'ajouter quelques sous dans notre tirelire en plus de m'occuper.

Évidemment, vous me manquez tous. Vous, mes précieuses confidentes, mommy et Sarah. (Je veux dire sœur Saint-Jérôme, je ne sais pas si je m'y habituerai un jour!) Toi, ma courageuse Molly avec ta sagesse et ta patience. Et vous, mon cher daddy au grand cœur qui essayiez de me faire descendre de mes nuages trop roses. Je me rends bien compte, maintenant, que votre désir était simplement de me préparer à affronter les obstacles de la vie avec plus de maturité.

Les mots sont faibles pour vous exprimer toute ma gratitude pour ces belles années passées auprès de vous et combien je m'ennuie de vous. Vous êtes dans mes pensées et dans mon cœur, et je garde l'espoir de vous revoir tous bientôt.

Brogan se joint à moi pour vous offrir nos meilleurs vœux de bonne santé et de bonheur pour la nouvelle année. Je vous prierais de transmettre également nos vœux à Adèle et à Florent.

Avec toute mon affection,

Votre Rachel

Elle sourit tristement au souvenir de cette lettre et, à nouveau, le silence alourdissant sa solitude vint remplir la pièce. Cependant, avant que l'anxiété ne revienne la hanter, elle entendit des pas salvateurs dans le couloir, ceux annonçant l'arrivée de Brogan.

***

Québec, fin janvier 1855

Pour Molly, cette journée fut longue et très éprouvante. Pourtant, ce matin, lorsqu'elle était sortie de la maison malgré un froid à couper le souffle, un soleil éclatant l'avait accueillie. Bien vite, elle dut cligner des yeux tant la clarté de la neige sur la galerie était aveuglante.

C'est à ce moment qu'elle se souvint qu'à l'aube, Joseph était parti avec le coche pour une urgence à l'hôpital. Il ne lui restait plus qu'à se rendre à son travail à pied. La maternité ayant déménagé sur la rue Couillard, son trajet s'était allongé d'une bonne vingtaine de minutes. Elle prit donc un pas rapide, craignant d'arriver en retard.

À son arrivée, essoufflée et transie, elle remarqua une jeune femme assise à l'accueil, attendant d'être reçue par Mme Métivier. Elle paraissait être dans la mi-vingtaine, avait les épaules recouvertes d'une capeline de vison et les mains plongées dans un manchon confectionné de la même dispendieuse fourrure.

Certes, cette dame vient de la haute société, conclut Molly. *Elle semble désespérée de se retrouver ici!*

Sur ces entrefaites, Marie Métivier sortit de la cuisine et se dirigea vers elle.

— Je suis heureuse de vous voir, mademoiselle Rousseau. Je vous attendais avec impatience. Nous sommes débordées ce matin et, en plus, Mme Allard, notre brave cuisinière, est retenue au lit par une méchante grippe.

Un bref instant, elle s'adressa à la dame fortunée de sa voix douce et rassurante :

— Installez-vous dans mon bureau, madame Bernier. Je vous y rejoins dans la minute. J'ai juste un mot à glisser à mon assistante.

Le regard de Marie revint sur Molly.

— Nous avons eu deux accouchements cette nuit. Il s'agit des demoiselles Caron et Hébert. Je vous rassure, les mères et les bébés se portent bien. Sœur Sainte-Madeleine s'occupe de servir les déjeuners. Je vous confie donc l'accueil, pour l'instant. Espérons que la matinée sera plus tranquille. Je sais que ce n'est pas dans vos tâches, mais cela vous permettra de laver la vaisselle qui s'est accumulée dans l'évier, depuis hier soir.

Cela dit, elle se précipita dans son bureau.

Molly acquiesça d'un sourire, comprenant que la directrice espérait inciter la dame Bernier à faire un généreux don en échange de leurs services. Cela faisait également partie de son rôle, lorsque Mme Métivier s'absentait, de recevoir les nouvelles parturientes. Toutefois, pour la vaisselle, c'était une première.

Molly eut à peine le temps de poser son manteau sur l'un des crochets de l'entrée que la porte s'ouvrit, faisant entrer une rafale de vent froid en même temps qu'une femme enveloppée dans une mince cape de laine et soutenue par un policier. Grelottante, la dame avait les yeux cernés et les cheveux en bataille. Tout chez elle témoignait d'une grande pauvreté.

C'est bizarre, mais le visage de cette misérable ne m'est pas inconnu, se dit Molly en l'observant. *Ce ne doit pas être la première fois qu'elle vient bénéficier de nos services.*

Molly aida le policier en tendant le bras vers la femme, qui geignait de douleur et peinait à se déplacer. Pendant que cette dernière s'avançait vers une chaise, les pans de sa cape s'ouvrirent, découvrant un ventre bien rond sous une robe usée.

Oh! Pour sûr, elle en est à ses derniers mois de grossesse et les contractions semblent avoir commencé, songea Molly.

Une fois la dame assise, l'agent s'empressa de retirer son couvre-chef.

— Je suis l'agent de police Arthur Lockwell. En revenant de ma ronde dans la Basse-Ville, j'ai rencontré cette dame qui montait péniblement la côte de la Canoterie, près des remparts. Une amie à elle lui a affirmé qu'à votre dispensaire, elle trouverait l'aide dont elle a besoin. Vu son état, j'ai décidé de l'accompagner jusqu'ici.

Pendant qu'il se présentait, Molly admira ce beau jeune homme bien bâti dont les yeux bruns brillaient d'intelligence. Son visage était bien rasé, à l'exception d'une fine moustache bien taillée qui, comme sa chevelure rousse, était parsemée de mèches blondes. Elle tomba sous son charme et, malgré elle, ses joues se couvrirent aussitôt de rouge.

— Je suis mademoiselle Rousseau, l'une des sages-femmes. Je vous remercie de nous l'avoir amenée, agent Lockwell.

À l'instar de la plupart de nos visiteuses, lui expliqua-t-elle, cette pauvre femme doit arriver directement de la rue. Nous nous occuperons bien d'elle.

— Je n'ai pu lui soutirer que son prénom et le quartier où elle habite, l'informa le policier en lui accordant un discret regard admiratif. Elle dit s'appeler Mary et vit près du port.

Mary? Ce nom ne me rappelle rien, se dit Molly en haussant les épaules.

L'agent hésita à peine quelques secondes avant de lui demander s'il pouvait repasser le lendemain, pour prendre des nouvelles de la femme. Il était clair que cela ne faisait aucunement partie de ses tâches et que cette requête pouvait cacher un prétexte pour la revoir. À cette pensée, Molly sentit son visage s'enflammer.

L'agent remarqua son malaise et sembla s'en amuser. Avant de ressortir, il remit son casque et la salua poliment :

— À demain, donc, mademoiselle Rousseau.

Figée sur place, Molly regardait la porte se refermer derrière le jeune homme. Il lui fallut quelques secondes pour se ressaisir. En fait, ce furent les plaintes de Mary qui la ramenèrent sur terre. Elle l'entraîna aussitôt vers la chambre d'examen. Le formulaire d'admission, qui exigeait nom de famille, âge et adresse, pouvait attendre. Tout en la déshabillant pour la vêtir d'une longue jaquette, Molly lui parla doucement :

— Vous avez mal, n'est-ce pas ? Allons, courage, Mary ! Si vous suivez mes instructions, tout se passera bien. Depuis combien de mois pensez-vous être enceinte ?

— Huit, je crois, mais je n'en suis pas certaine, souffla la parturiente entre deux gémissements. Les douleurs ont commencé à l'aube…

— Mais pourquoi avoir tant attendu avant de venir chercher de l'aide ?

La femme lui fit un triste sourire à travers ses larmes, mais ne répondit pas. Comment cette demoiselle bien mise pourrait-elle ne pas la juger si elle lui apprenait la déchéance dans laquelle elle se trouvait ? Jusqu'au dernier moment, elle avait accepté de se prostituer afin de ramasser un peu d'argent pour mieux se nourrir pendant sa grossesse. Elle savait que, dès sa naissance, son enfant serait mis à l'adoption, car jamais elle ne pourrait lui offrir une vie décente. Toutefois, au fond de son cœur, elle avait le doux sentiment d'avoir enfin accompli une bonne action : ce petit être naîtrait en santé.

Molly la fit s'étendre sur l'étroit lit de délivrance et s'empressa de l'examiner.

— Votre col n'est pas encore totalement ouvert et la tête du bébé est à peine visible. Il est bien placé, alors je dirais que vous en avez encore pour une bonne trentaine de minutes.

Puis, elle alla remplir une cuvette d'eau, sortit un linge qu'elle plaça sur la table de chevet et prit un large peigne dans le tiroir. Elle commença par débroussailler la longue chevelure d'un roux sans éclat, puis lava le visage de sa patiente. Les yeux de Mary étaient d'un beau vert émeraude.

Comme ceux de ma chère maman ! s'étonna-t-elle.

Soudain, malgré les sept années écoulées depuis leur rencontre, Molly la reconnut. Instinctivement, elle recula, ne pouvant contrôler son cœur qui battait la chamade.

— Vous ? balbutia-t-elle en portant ses mains à son cou. C'est bien vous qui m'avez volé la bague de ma grand-mère !

Mary tressaillit. Elle scruta le visage de la sage-femme et son regard se remplit d'effroi. Molly allait la faire arrêter et il n'était pas question que son enfant naisse en prison.

— Vous faites erreur, nia-t-elle en tentant de se relever. Je ne vous ai même jamais vue. Comment osez-vous me traiter de voleuse ? Je veux partir d'ici ! Redonnez-moi mes vêtements…

Une contraction la fit hurler de douleur et se plier en deux. Molly savait qu'elle ne s'était pas trompée, mais elle s'obligea à maîtriser sa colère. Elle aurait tout le temps, après l'accouchement, de régler ses comptes personnels avec cette misérable. Elle s'empressa de la recoucher sur le lit.

— Je suis désolée. J'ai dû vous confondre avec une autre personne, mentit-elle pour la calmer. Maintenant, prenez de profondes respirations et tout ira bien.

Sans un mot de plus, elle se mit au travail. Elle se lava les mains, plia les jambes de Mary et lui écarta les genoux. La tête du bébé était déjà engagée dans le conduit vaginal.

— Poussez, Mary, vous y êtes presque, l'encouragea-t-elle.

Après vingt minutes d'efforts soutenus, Mary donna naissance à un chétif garçon, qui, aussitôt, se mit à hurler dans la pièce.

— Il est petit, mais il a de bons poumons, la rassura Molly en enveloppant le nouveau-né dans une couverture de la grandeur d'une taie d'oreiller. Il a tous ses membres et, malgré son faible poids, il me semble bien vigoureux !

— Dieu soit loué ! sanglota Mary, blanche comme une oie.

Molly déposa le nourrisson dans le berceau placé derrière un paravent et revint vers la mère. Elle lui massa le ventre pour faire sortir le placenta et fut soulagée qu'aucune hémorragie ne se produise, bien que le teint blême de l'accouchée n'ait rien de rassurant.

— Même si je ne peux pas le garder, je vous en prie, laissez-moi le voir avant que vous l'emportiez pour l'adoption.

Habituellement, les bénévoles conseillaient aux mères qui abandonnaient leur bébé de ne pas le prendre dans leurs bras, la séparation étant beaucoup plus déchirante. Mais Molly, constatant que l'état de santé de Mary se détériorait, ne voulut pas la contrarier. Elle lui tendit l'enfant, sans rien répliquer.

— Ne vous inquiétez pas, Mary, lui expliqua-t-elle, il a une tache de naissance près de l'œil gauche. Ce n'est rien, au contraire, elle a la forme d'un petit fer à cheval. Cela lui portera bonheur !

— John, mon petit John, murmura Mary en contemplant son garçon.

Elle fit un triste sourire à l'enfant et, à travers ses larmes, s'épancha :

— C'était le prénom de mon regretté mari.

Molly fut troublée par le ton désespéré de la femme et, la voyant dépérir rapidement, tenta de reprendre le nourrisson :

— Rendez-moi John, maintenant. Votre état m'inquiète, Mary. Je dois absolument aller chercher Mme Métivier…

— Non, laissez-le-moi encore un peu ! Je vous en supplie…

Puis, souhaitant l'amadouer, elle avoua à Molly :

— C'est bien moi qui vous ai dérobé la bague… Pourrez-vous me pardonner un jour ?

Devant le silence de Molly, elle ajouta, comme pour se justifier :

— C'était son plan… et j'avais tellement besoin de l'argent qu'il m'avait promis…

Elle laissa sa phrase en suspens, reprenant difficilement son souffle.

— Quel plan ? Et de qui parlez-vous ? insista Molly. Dites-moi, qui est derrière cet odieux vol ?

Mais Mary se mit à respirer plus difficilement. Elle murmura à grand-peine :

— Rob…

Épuisée, elle laissa retomber sa tête sur les oreillers et ferma lentement les yeux. Molly eut juste le temps de saisir le bébé et, tel un automate, elle alla le recoucher dans le berceau.

Rob ? se demanda-t-elle, confuse. *Le seul Rob que je connais, c'est celui qui a servi fidèlement ma famille, pendant plus de dix ans. C'est fort possible qu'il ait eu vent de la bague, mais dans mon souvenir, il n'avait rien d'une crapule. Il y a sûrement plus d'un homme qui se prénomme Rob dans cette ville!*

Elle regarda Mary, dont le front était brûlant, et son devoir de sage-femme prit le dessus. Elle courut avertir Mme Métivier. Cette dernière, très inquiète de l'état de la patiente, envoya sœur Sainte-Madeleine quérir d'urgence un médecin à l'Hôtel-Dieu, l'hôpital le plus proche.

C'est le Dr Rousseau qui se présenta. Mme Métivier l'accueillit et, après quelques explications sur l'état de Mary, le dirigea vers la salle d'accouchement.

En observant sa fille, Joseph s'étonna:

— Tu vas bien, Molly? Tu as un air dépité…

La jeune femme se força à lui sourire.

— Ne vous inquiétez pas, c'est juste un peu de fatigue.

Après avoir examiné Mary, Joseph posa son diagnostic: une grave infection vaginale, d'où la forte fièvre. Il ouvrit sa trousse et en sortit un petit pot qu'il tendit à Molly.

— C'est une pommade à base d'ail. Il faut lui en appliquer sur toutes les zones vaginales deux fois par jour. Éponge aussi son visage et le dessous de ses bras avec de l'eau froide; cela devrait faire baisser sa température.

Il se tourna vers la directrice.

— Madame, cette femme a le teint cireux. Elle aura besoin d'un régime de légumes verts et, afin de contrer sa carence en vitamine B, de beaucoup de lait.

— Nous ferons de notre mieux, docteur, répondit-elle en songeant au peu de légumes que contenait le garde-manger en plein hiver.

Puis, se rappelant l'aide financière qu'apporterait la nouvelle patiente de ce matin, elle se sentit soulagée. Mme Bernier était une riche veuve qui, malencontreusement, était tombée enceinte de son banquier. Elle venait passer, dans le plus grand secret, les derniers mois de sa grossesse dans la chambre dite « particulière ».

— Je reviendrai la voir demain matin avant de me rendre à l'hôpital, poursuivit Joseph. Si jamais son état se détériore, je songe à l'hospitaliser. Molly, si cela ne dérange pas Mme Métivier, je vais t'attendre pour te ramener à la maison. Tu pourras profiter de la chaleur de la calèche.

— C'est gentil à vous, répondit-elle, reconnaissante, mais je ne voudrais pas vous retarder. Je ne serai prête que dans une bonne demi-heure.

À ces mots, Mme Métivier prit les devants :

— Vous prendrez bien un bon café, mon ami ! l'invita-t-elle en le prenant par le bras.

C'était davantage une affirmation qu'une question.

Une fois seule au chevet de sa patiente, Molly imbiba d'eau froide une serviette et la plaça sur le front de la malade. Elle fit une moue au visage endormi de Mary et retourna à sa réflexion.

Si jamais il s'agit de Rob Corrigan, quel habile hypocrite celui-là ! Il aurait réussi à manipuler mes parents, tout comme cette misérable. Non, je ne peux pas croire que ce soit lui. Il est plus probable que Mary soit une fille de joie et que le brigand l'ait rencontrée en allant se dégourdir dans le bordel où elle se prostituait. S'étant amourachée de lui, elle aurait accepté de voler pour son compte…

Elle eut un profond soupir.

De toute façon, depuis toutes ces années, ce voyou a dû vendre la bague, puis disparaître dans la nature ! Jamais je ne la reverrai !

Machinalement, elle retira le drap qui couvrait Mary pour lui appliquer la pommade d'ail. En remarquant ce corps si maigre, elle ne put qu'éprouver de la compassion pour la pauvre femme.

Même si je lui en veux de m'avoir dépossédée d'un précieux souvenir, une partie de moi a tout de même pitié d'elle. L'argent qu'elle a reçu lui a sans doute permis de survivre un bout de temps ! conclut-elle.

Ce n'est qu'en s'étendant sur son lit, ce soir-là, que le souvenir du bel agent, Arthur Lockwell, refit surface.

Je me demande s'il va réellement revenir au dispensaire demain !

Malgré elle, son cœur se mit à battre la chamade.

***

Le décès subit d'Adèle, la vieille domestique, consterna toute la maisonnée des Rousseau. À soixante-cinq ans, elle venait de s'éteindre dans son sommeil.

Quarante années à notre service ! Ma brave Adèle, je te considérais comme ma deuxième mère, songea Cécile, en larmes, *et je n'ai jamais pris le temps de te le dire !*

Cécile avait dix ans lorsque son père, devenu veuf, avait engagé la jeune femme. À la suite du décès de son mari, cette dernière s'était retrouvée sans revenu et sans famille. Le curé Proulx, connaissant bien la pieuse Adèle, l'avait recommandée comme servante à la famille Dubé.

Ne sachant pas l'heure exacte de la mort d'Adèle, Cécile décida d'arrêter les horloges de la maison à sept heures. C'est à ce moment que son mari et elle l'avaient découverte, étendue sur son lit. Après avoir constaté son décès, Joseph était allé suspendre un morceau de crêpe noir à la porte, en signe de deuil.

— Mon brave Florent, va vite annoncer la triste nouvelle à Sarah, lui demanda le docteur à voix basse, le silence étant de mise dans la maison par respect pour la défunte. Elle voudra sûrement revenir avec toi, alors ajoute une peau de fourrure dans la calèche. Surtout, en revenant, n'oublie pas d'arrêter au presbytère. Adèle était une fervente chrétienne et, même s'il est trop tard pour qu'elle reçoive l'extrême-onction, il serait d'usage que M. le curé vienne bénir sa dépouille.

Pendant ce temps, Molly, qui s'était également attachée à la domestique, aida Cécile à faire la toilette d'Adèle et à la vêtir de sa plus belle robe. Elle lui couvrit le visage d'une mantille de dentelle noire et déposa un chapelet entre ses doigts. Cécile ouvrit une petite boîte de métal et en ressortit un scapulaire garni d'une image de la Vierge Marie. Elle le passa autour du cou de la défunte afin qu'il protège son âme.

La veillée mortuaire dura trois jours, durant lesquels quelques amies d'Adèle, pour la plupart des domestiques, se réunirent autour de sa dépouille. Chaque semaine, elles se saluaient sur le parvis de l'église de la paroisse et, à partir des premières germinations du printemps, ces dames avaient l'habitude de se rencontrer, chaque vendredi, sur la place du marché, devant la cathédrale Notre-Dame, après avoir fait leurs emplettes. Parfois, l'été, lorsque leur emploi du temps le leur permettait et que la chaleur n'était pas trop étouffante, elles se donnaient rendez-vous au parc, devant la citadelle, et elles prenaient plaisir à se moquer en catimini de ces indésirables militaires anglais.

Après la cérémonie des funérailles, alors que le cortège se préparait à se rendre au cimetière, Gilles Bessette, le bedeau de la paroisse, vint déposer, une larme à l'œil, une rose rouge sur la tombe d'Adèle. Ce moment touchant laissa toute l'assistance perplexe.

***

Bien malgré elle, Mary McKinsey reprenait peu à peu des forces. Le Dr Rousseau, après lui avoir détecté une insuffisance rénale, avait décidé de la faire transférer de la maternité à l'hôpital. Cela faisait maintenant plus d'une semaine qu'elle y séjournait et qu'elle pouvait se nourrir sainement.

Le mince espoir qui la motivait à vivre était qu'un jour, peut-être, elle reverrait son fils. C'est cette tache en forme de fer à cheval qu'il avait près de l'œil gauche qui lui permettrait de le reconnaître et qui nourrissait, en elle, cette espérance.

Mary avait été soulagée de quitter la maternité et de se soustraire à la présence de Molly. Au matin, son bébé avait été emmené à l'orphelinat des sœurs. Le fait que la jeune fille l'ait reconnue avait éveillé en elle de douloureux remords. Il y a longtemps qu'elle ne croyait plus en Dieu, mais la malchance de cette rencontre la troublait. Elle la ressentait comme une punition de l'au-delà.

John McKinsey, est-ce toi qui ne me pardonnes pas ma vie de débauche et qui a remis sur ma route cette jeune femme ? s'adressa-t-elle intérieurement à son défunt mari. *Alors, si tu protèges mon enfant et que tu me donnes le courage de vivre sans lui, je veux bien essayer de changer d'existence,* lui promit-elle, sans trop y croire. *J'aurai vraiment besoin de ton aide !*

Mary n'en revint pas lorsque, deux jours plus tard, prête pour son départ de l'hôpital et résolue à reprendre le chemin de la taverne du père Grigori, le Dr Rousseau, qui était venu la voir tous les jours, lui demanda si elle accepterait de devenir domestique à la villa.

— Mais je ne suis qu'une pauvre fille de joie, docteur Rousseau. Comment pouvez-vous avoir confiance en moi ?

— J'ai appris à vous connaître, Mary, protesta Joseph. Je sais que vous êtes une bonne personne. Hier, j'ai raconté votre cruel passé à ma femme : votre exil au Canada, la perte de vos enfants et la mort de votre mari. Elle en a été fort touchée.

Il lui a semblé que le choix que vous aviez fait pour survivre vous avait coûté suffisamment cher. Alors, nous désirons vous donner une chance de refaire votre vie.

Mary ne pouvait pas croire à tant de compassion. Elle se raidit, méfiante :

— Mme Rousseau sait qui je suis et elle me veut quand même comme servante. J'ai du mal à vous croire.

Joseph s'avança vers elle et essaya de lui faire comprendre leur motivation :

— Tout comme vous, nos trois filles adoptives ont dû fuir l'Irlande. Aussi sommes-nous compatissants des malheurs dont vos compatriotes ont souffert. Maintenant, Mary, c'est à votre tour de nous faire confiance et de décider si vous voulez vraiment saisir cette occasion d'améliorer votre sort.

De quoi ai-je peur ? se demanda-t-elle. *Je n'ai rien à perdre en acceptant ce travail. Le docteur a raison ; tout vaut mieux que la vie dans cette maudite taverne !*

Attribuant cette offre à sa promesse faite à son défunt mari et ignorant que le docteur était le père de Molly, dans un élan de gratitude, elle lui prit les deux mains et les baisa.

— Votre femme et vous, vous ne le regretterez pas, docteur Rousseau. Je vous suis reconnaissante de ce que vous faites pour moi et je vous promets de bien vous servir.

— Alors, c'est entendu ! Dès que je termine la tournée de mes patients, je viendrai vous chercher et nous rentrerons ensemble à la maison.

***

— Eh bien ! Molly, tu en fais une tête ! s'étonna Cécile. Tu sais de qui je parle, au moins ? C'est cette pauvre femme que tu as accouchée.

Elles étaient installées dans le grand salon et tricotaient des chaussons de laine pour les nourrissons de l'hospice. Cécile venait de lui annoncer le nom de leur nouvelle bonne, qui arriverait avec Joseph au début de la soirée.

Consternée, Molly en avait fait tomber son tricot. Une partie d'elle n'avait pas du tout le goût de partager le même toit que cette Mary, mais une autre, plus magnanime, comprenait le geste charitable de ses parents.

Devant le silence de sa fille, Cécile s'inquiéta :

— Qu'est-ce qu'il y a, ma chérie ? Tu as des raisons de croire que cette Mme McKinsey n'est pas recommandable ?

N'ayant jamais parlé du vol de la bague, Molly ne trouvait aucune bonne raison à lui donner. Convaincue que l'alliance était perdue pour de bon, elle avait renoncé à harceler la malheureuse. Au fond d'elle-même, elle était quasi certaine que Mary n'était qu'une victime de la crapule dont elle lui avait parlé. Toutefois, étant donné que daddy venait de l'embaucher, il devenait important qu'elle vérifie cette impression.

Du même coup, ce sera peut-être l'occasion d'en apprendre davantage sur ce Rob, se dit-elle.

— Je ne sais pas, mommy, finit-elle par répondre, elle a un lourd passé. En fait, je ne la connais pas suffisamment…

— Joseph m'a affirmé qu'elle désirait sincèrement reprendre le droit chemin, la coupa Cécile. Il se trompe rarement sur la nature des gens.

— Vous avez raison, mais j'aimerais lui parler seule à seule lorsqu'elle arrivera. Elle sera sans doute étonnée et intimidée de voir que j'habite ici. Ce serait bien de l'assurer de ma discrétion sur son passé.

— C'est une gentille attention, approuva Cécile, ne connaissant pas les véritables intentions de sa fille.

Dès qu'elle entendit la porte s'ouvrir, Cécile couvrit ses épaules de son châle et se leva pour aller accueillir dans l'entrée son mari et la jeune femme.

— Bonjour, madame McKinsey. Je suis madame Rousseau, la maîtresse de cette villa, lui dit-elle en la débarrassant de sa cape de laine. Je crois que vous connaissez notre fille aînée, dit-elle en désignant Molly.

En l'apercevant dans l'arche du salon, Mary, estomaquée, se mit à reculer vers la large porte. De son côté, Molly s'extirpa sans difficulté de son fauteuil, même si la revoir l'ébranlait.

— Bonjour, Mary, la salua-t-elle gentiment en venant à sa rencontre. Vous vous souvenez de moi, je suppose ?

La femme ouvrit de grands yeux étonnés et acquiesça timidement de la tête.

— Allons ! Il ne faut pas être si gênée, lui dit le vieux docteur en l'encourageant à entrer dans la pièce.

Comme il venait pour la suivre, Cécile lui prit le bras.

— Venez, Joseph ! Laissons Molly amener Mary à sa chambre. Il nous faut avertir Florent que la nouvelle domestique vient d'arriver. Avec toutes les tâches qui lui incombent depuis le décès de notre chère Adèle, je suis certaine qu'il en sera soulagé.

Comme son mari allait répliquer, Cécile lui fit son regard insistant. Il se tut et la suivit sagement jusqu'à la cuisine. Aussitôt qu'ils furent partis, Mary, aussi blanche qu'un cierge, se mit à bégayer :

— Il ne faut pas m'en vouloir, mademoiselle… Si j'avais su… Il vaut mieux que je m'en aille…

— Allons, Mary, assoyez-vous avant de vous évanouir sur le tapis, lui dit Molly d'une voix plus aimable qu'elle ne l'aurait voulu. Vous ne pouviez pas deviner que j'étais l'une de leurs filles.

Résignée, Mary obtempéra en soupirant de désespoir :

— Vous allez avertir la police, n'est-ce pas ?

Molly l'observa un moment et lui fit un triste sourire.

— Non, Mary, je ne le ferai pas. Je sais que la nécessité peut changer notre perception du bien et du mal, et je laisse à Dieu le soin de vous juger. Ce que je veux, cependant, c'est que vous me parliez de ce dénommé Rob.

— Rob Corrigan ?

Molly approuva d'un signe de tête, sans parvenir à cacher son étonnement :

— Ciel ! Je ne peux pas le croire. Le félon derrière ce vol était bien l'un de nos anciens domestiques en Irlande ! Mais où avez-vous fait sa rencontre ? À Grosse-Île ?

— Non, je l'ai connu à la taverne où je travaillais, commença Mary. Au début, c'était un client comme un autre, mais petit à petit, nous sommes devenus amants...

Attentive, Molly écouta la femme raconter son histoire : sa rencontre avec Rob, l'élaboration du plan, la visite chez le receleur après le vol et l'abandon qu'elle avait essuyé.

— Il a donc vendu l'émeraude et il s'est enfui avec la bague !

— Avant de partir, il m'a donné une pièce d'une livre. Je vous promets de vous rembourser, mademoiselle...

— Ce ne sera pas nécessaire Mary, l'arrêta Molly. Et vous n'avez plus jamais eu de ses nouvelles ?

— Aucune, mais je sais qu'il a quitté la ville. Avec l'argent, il voulait s'acheter une terre à Saint-Sylvestre. Depuis ces sept années, il a dû vendre les autres pierres et la bague. J'ai été si naïve ! Je croyais qu'il m'emmènerait avec lui et que nous finirions par nous marier.

Une sourde colère monta en Molly. Elle serra les lèvres pour contenir son amertume, qu'elle réussit à ravaler dans un profond soupir.

— Croyez-moi, je vous ai tout dit, mademoiselle, affirma Mary en faisant mine de se lever. J'imagine que vous désirez que je parte, à présent...

Reprenant son calme, Molly la retint :

— Non, Mary, je veux que vous restiez. Croyez-moi, je ne vous en veux plus. Le vrai responsable, c'est Rob Corrigan.

— Mais M. et Mme Rousseau ne…

Molly hocha la tête en signe de dénégation.

— Ils n'ont jamais été mis au courant de l'existence de la bague ni du vol de celle-ci. Si seulement mon vrai père s'était douté que ce domestique était, en fait, un mécréant !

Après un bref silence, qui parut interminable à la femme, Molly lui affirma, le regard franc :

— Mary, plus jamais je ne vous reparlerai de cette douloureuse affaire. Si vous acceptez de faire de même, tout se passera bien !

— Je vous le promets, mademoiselle, ajouta la nouvelle domestique, les yeux emplis de gratitude.

— Maintenant, venez que je vous montre votre chambre. Une fois que vous serez installée, je vous présenterai à Florent, notre homme à tout faire.

13

Québec, printemps 1855

Cet après-midi-là, Molly se préparait dans sa chambre avant l'arrivée de son cavalier. Elle était assise sur le tabouret, au pied de son lit, et venait de terminer de lacer ses bottines de marche. Elle se releva et compléta sa toilette en entourant son chignon d'un joli ruban bleu. Elle ferma les yeux quelques secondes pour savourer son bonheur.

J'ai l'impression qu'il me pousse des ailes !

Elle ne put s'empêcher de repenser à leur première rencontre et son cœur se mit à battre plus vite :

La vie est étrange, parfois… Je dois reconnaître que c'est grâce à Mary si, Arthur et moi, nous nous sommes rencontrés !

Elle fut transportée trois mois en arrière. Le lendemain de l'accouchement de Mary, Arthur était bel et bien revenu à la maternité. Dès qu'il l'avait aperçue à l'accueil, il avait machinalement retiré son casque et Molly avait pu apprécier à nouveau la belle teinte de ses cheveux, plus blonds que roux, son front large et ses yeux noisette. Il avait prétexté vouloir des nouvelles de la dame McKinsey.

— Je suis désolée, agent Lockwell, mais à mon arrivée, en début d'après-midi, elle était déjà partie pour l'hôpital, l'avait informé Molly. Elle souffre d'une grave infection.

Il avait paru mal à l'aise, puis compatissant :

— Oh ! Je suis peiné de l'apprendre…

Se raclant la gorge, il avait fini par lui avouer :

— À la vérité, mademoiselle Rousseau, c'est pour vous revoir que je suis repassé par ici. Je n'ai cessé de penser à vous toute la journée d'hier… il fallait que je revienne.

Molly avait résisté à l'envie de baisser les yeux et avait croisé son regard ; il était franc et décidé. Elle osa se confier à son tour :

— Ce midi, en chemin pour venir prendre ma garde, je craignais que vous soyez déjà passé. Cela m'aurait beaucoup déçue de vous manquer.

Sur le visage d'Arthur, une expression sereine s'était dessinée.

— J'adore votre accent anglais ! Comme vous, il est plein de charme. Je ne suis qu'un vieux garçon de vingt-cinq ans, mais j'aimerais que nous fassions davantage connaissance. Qu'en dites-vous, mademoiselle Rousseau ?

— Cela me plairait beaucoup, avait-elle affirmé en affichant un sourire ravi. Mon prénom est Molly.

Arthur l'avait répété et elle avait frémi de l'entendre le prononcer de sa voix chaude et grave.

Cela faisait maintenant quelques mois que ce Canadien français, aux lointains ancêtres écossais, était entré dans sa vie. Il était devenu un sérieux prétendant et il lui rendait régulièrement visite.

Un dimanche de février, ils étaient allés patiner dans l'ancien entrepôt du quai de la Reine, transformé en patinoire intérieure. En mars, Arthur l'avait emmenée au théâtre de la rue Saint-Louis pour assister à un concert de ballades écossaises donné par Miss Greenfield et sa troupe. Et aujourd'hui, en ce beau dimanche ensoleillé de la fin avril, il l'emmenait marcher sur la terrasse Durham, une promenade en bois qui longeait la Haute-Ville et surplombait le fleuve.

Elle regarda la pendule posée sur la cheminée et s'empressa d'épingler son chapeau sur ses cheveux bruns. Aussitôt qu'elle entendit la porte s'ouvrir au rez-de-chaussée, elle se précipita dans le corridor de l'étage et descendit le grand escalier. Elle sourit intérieurement devant l'irréprochable ponctualité de son cavalier.

Joseph et Cécile, comme à leur habitude, étaient venus accueillir le galant de leur fille. Molly savait que ses parents le tenaient en haute estime, même que, parfois, daddy l'invitait à aller fumer un cigare avec lui dans son bureau.

— Je vous souhaite un bel après-midi, les amoureux, lui dit Joseph en serrant la main du policier, qui s'apprêtait à sortir avec Molly au bras.

La jeune femme n'en fut pas certaine, mais elle crut apercevoir son père faire un clin d'œil complice à Arthur. Elle haussa les épaules et, d'humeur radieuse, suivit son cavalier, qui l'entraîna vers les Plaines.

À mi-chemin, Arthur s'arrêta en haut d'une corniche du cap Diamant. Il déposa une couverture de laine dans l'herbe et invita Molly à s'y asseoir pour admirer le panorama. De là-haut, on avait une vue sur des chantiers navals, quelques moulins à scie et des deux quais les plus achalandés du port. Sur le fleuve agité, les promeneurs pouvaient distinguer les voiles blanches de plusieurs bateaux qui semblaient peiner à dompter le fort vent marin qui les emportait en amont, vers l'île d'Orléans.

Arthur se mit à contempler le profil de Molly, qui, les yeux tournés au loin, semblait s'amuser de ce spectacle maritime.

Elle a le plus beau sourire du monde, songea-t-il. *Le moment est parfait!*

Accompagnant ses pensées d'une action, il prit la main de la jeune femme et la posa sur son cœur :

— Molly chérie, je t'aime... je ne voudrais pas te brusquer... mais avant que je devienne un vieux célibataire renfrogné...

Il s'arrêta, cherchant ses mots, puis il lui jeta un regard pénétrant.

— Voudrais-tu devenir ma femme ?

Molly ne s'attendait pas à ce qu'il lui fasse sa demande si tôt. Elle comprenait maintenant la raison du clin d'œil complice de daddy. Avant de lui répondre, elle marqua un silence, le temps de goûter un agréable sentiment de plénitude qui venait lui caresser les joues.

C'est une sensation douce comme du miel! se dit-elle, un sourire béat sur les lèvres.

Se méprenant sur le mutisme de la jeune fille, Arthur changea de couleur.

— Tu préfères sans doute que nous attendions…

— Non ! Je veux dire oui, je veux t'épouser. Je t'aime tellement, mon chéri.

Ragaillardi par cette déclaration, il reprit son aplomb, l'enferma dans ses bras, puis l'embrassa sur la bouche, au vu et au su de tous. Gênée, Molly se cabra :

— Arthur, non, voyons… les gens nous observent ! Mais à quoi penses-tu ?

— Pardonne-moi, j'en avais trop envie. J'adore te voir rougir, ma chérie. Ça rend tes yeux encore plus brillants.

Comme elle s'apprêtait à riposter, il lui murmura d'un ton soutenu :

— Tu embellis ma vie, Molly, et je te promets de te rendre heureuse. J'aurais aimé célébrer nos fiançailles à Pâques, la semaine prochaine, mais ton père trouvait ça un peu trop rapide. Toutefois, il m'a donné son accord pour le dimanche de la Pentecôte. Qu'en penses-tu ?

Molly accepta d'un signe de la tête. Rayonnante, elle osa même préciser :

— Nous pourrions nous marier au mois d'août, car oncle Matthew sera présent. Le dix-huit, c'est un samedi. Je le sais, car les jumelles fêteront leur dix-huitième anniversaire. Oh ! Arthur, ce serait fantastique !

Puis, elle décida de faire fi des règles de bienséance et d'ignorer les flâneurs de la promenade. Le teint écarlate, elle tendit ses lèvres vers Arthur et accueillit son ardent baiser.

***

« *Québec, juin 1855*

Chère Rachel,

Je reviens de la maternité et il se fait tard, mais je tiens à prendre le temps de t'écrire pour t'annoncer une merveilleuse nouvelle.

Au début du printemps, je t'ai informée de mes fréquentations avec un policier, un beau Canadien, Arthur Lockwell. Ceci n'est donc pas seulement une lettre, ma chérie, mais également une invitation à un mariage. Eh oui ! Arthur a fait sa grande demande et nous convolerons en justes noces au mois d'août prochain, à votre date d'anniversaire, à Sarah et à toi.

Pour moi, l'année 1855 aura été l'une des plus marquantes et heureuses de ma vie. Imagine, en plus d'être tombée amoureuse, oncle Matthew, comme je te l'ai écrit au début de l'année, sera des nôtres. N'est-ce pas une raison supplémentaire pour que Brogan et toi vous joigniez à nous ?

Je suis allée voir Sarah au parloir du couvent pour lui annoncer mon mariage. La mère supérieure lui a aussitôt donné son accord ; elle sera donc également présente. Elle va très bien et se dit toujours comblée par sa vie de nonne. J'imagine qu'elle t'a aussi écrit cet hiver. Elle est fort occupée maintenant. En plus de diriger la bibliothèque, elle vient d'être nommée responsable des archives de la communauté. Tu connais son intérêt pour la recherche et l'histoire, alors, même si ce travail exige beaucoup de minutie, elle en est emballée.

Notre généreuse mommy se porte bien et fait toujours son patronage auprès des orphelins. Cependant, la santé de daddy nous inquiète. Il travaille encore beaucoup d'heures à l'hôpital et, beau temps, mauvais temps, il s'obstine à continuer ses tournées à domicile. Bien que mommy ait insisté pour que Florent conduise la carriole et l'accompagne, notre brave docteur revient épuisé. Il a tendance à s'isoler dans la bibliothèque et il n'est pas rare que nous le trouvions, une demi-heure plus tard, assoupi dans son fauteuil.

Pour ma part, chaque jour, à travers mon bénévolat comme sage-femme, j'en apprends un peu plus sur la détresse humaine. Hier, nous avons recueilli un nouveau-né qu'une religieuse a trouvé dans le vestibule de la cathédrale. Le pauvre petit n'avait que quelques heures et, malade, il a succombé à une jaunisse, dans la soirée. Beaucoup d'enfants meurent ainsi avant un an, surtout ceux qui nous arrivent malades, privés de lait maternel. Bien sûr, la naissance d'un être est un miracle de Dieu, mais venir au monde dans un hospice ne présage rien de bon pour l'avenir.

Pardonne-moi si je deviens mélodramatique, c'est la fatigue. Crois-moi, malgré ce que je viens de t'écrire, j'aime beaucoup mon métier d'accoucheuse et je me sens très appréciée par madame Métivier !

Mes yeux se ferment tout seuls, mais je tiens encore à te dire combien il nous ferait plaisir de vous recevoir, Brogan et toi. Il y a déjà plus d'un an que vous êtes partis et vous devez tous les deux avoir le mal du pays. D'ailleurs, à travers tes lettres, nous détectons une certaine mélancolie. Ma chérie, ce voyage te ferait le plus grand bien.

Tu nous as écrit que tu ne voulais plus prendre le bateau, alors Arthur s'est renseigné et vous pourriez prendre le train de New York qui passe par Montréal et qui se rend maintenant jusqu'à Lévis. Et de là, un traversier pourrait vous amener jusqu'au port de Québec. Ne vous inquiétez pas pour les frais, daddy tient absolument à vous offrir votre séjour. Il dit que c'est son cadeau d'anniversaire qu'il vous fait à sa sauvagine et à toi, son rossignol !

Petit potin : notre fidèle Florent semble s'être épris de Mary, la domestique que daddy a engagée cet hiver. Et je ne crois pas qu'elle soit indifférente à son charme. Histoire à suivre…

Voilà, je vous ai donné plein de bonnes raisons de venir, la plus valable étant que vous nous manquez beaucoup !

Nous attendons avec impatience votre réponse et prions qu'elle soit positive.

Transmets nos plus chaleureuses salutations à Brogan.

Je t'embrasse, ma chérie.

Ta grande sœur,

Molly »

Rachel avait attendu avec impatience le retour de Brogan pour lui faire la lecture de l'invitation. Elle replia soigneusement la lettre et la porta à son nez. Elle sourit à son mari :

— Elle est imprégnée d'une odeur de vanille, le parfum préféré de Molly.

Brogan demeura silencieux, l'air songeur. C'était la mi-juin et l'entreprise de construction pour laquelle il travaillait avait déjà deux chantiers en marche. Il se disait qu'il lui serait difficile de demander un congé de deux semaines, et ce, au beau milieu du mois d'août.

Prenant l'air soucieux de son mari pour un manque d'enthousiasme, Rachel se cabra :

— Tu ne dis rien ? Brogan, il est hors de question que nous manquions ce mariage et les retrouvailles avec oncle Matthew.

Il haussa les épaules en signe d'impuissance.

— Je t'assure, Rachel, ça me ferait le plus grand plaisir de revoir ta famille, mais il faut que je demande à M. McGraw la permission de m'absenter. Et j'ai bien peur que…

— Je me fous de ce que décidera ton patron. Si tu ne réussis pas à le convaincre, j'irai seule ! le mit-elle en garde d'un ton doux, mais légèrement exaspéré.

Brogan était conscient qu'elle était assez entêtée pour partir sans lui et, de son côté, Rachel savait très bien qu'il ne supporterait pas que sa femme voyage seule et, surtout, sans lui. Cependant, il ne pouvait se permettre de perdre son emploi.

— Ma belle, je sais que tu as horreur de ça, mais j'essaie juste d'être réaliste. Et si, en plus, nous voulons déménager dans un logement plus grand en septembre, le moment est mal choisi pour…

Sa voix devint un peu plus ferme :

— Rachel, il me faudra plus que le mariage de ma belle-sœur et la rencontre d'un oncle pour persuader McGraw.

Le visage de Rachel se radoucit :

— Et si tu lui disais que ta femme chérie est enceinte, tu crois que ça pourrait le faire fléchir ?

Brogan s'étonna :

— Mais tu me demandes de lui mentir ?

Elle lui fit son plus radieux sourire et vint s'asseoir sur ses genoux.

— Et si ce n'était pas un mensonge ?

Il soutint son regard.

— C'est vrai ? Tu en es certaine ?

— De deux mois, lui confirma-t-elle, les yeux scintillants de bonheur. Je voulais te l'annoncer au souper.

Le cœur empli de tendresse, Brogan la contempla. Les mots lui manquaient pour lui exprimer les émotions qu'il ressentait. Il l'enserra dans ses bras, devenus musclés par ses tâches physiques, et l'embrassa.

Autant cette nouvelle l'émerveillait, autant elle le troublait. Il doutait que McGraw soit davantage touché par le fait qu'il devienne père. Pour Brogan, c'était en fait une raison de plus pour conserver son boulot. Refusant de miner le moral de sa femme, il garda ces derniers soucis pour lui.

— Je t'aime, ma belle. Je te promets de trouver une solution, finit-il par lui dire en la serrant plus fort.

***

Océan Atlantique, juillet 1855

Depuis la Conquête, les lois britanniques interdisaient aux bateaux étrangers la navigation dans les eaux canadiennes. Toutefois, en 1850, cet interdit fut levé.

La France, maintenant autorisée à pénétrer dans le couloir maritime du fleuve Saint-Laurent et désireuse de développer des liens commerciaux avec le Canada, n'avait pas tardé à y envoyer des émissaires.

À bord de la corvette militaire française, *La Capricieuse*, Matthew, appuyé sur la rambarde du gaillard arrière, près de la cabine du capitaine, s'entretenait avec le commandant Belvèze. Ce dernier venait de conclure une discussion sur sa mission à effectuer sur le territoire canadien.

— Vous avez de la chance, monsieur McDoughan, déclara-t-il après avoir allumé sa pipe, ce qui lui donnait des airs de vieux loup de mer, cette corvette sera le premier bateau depuis la victoire britannique à accoster à l'un des quais de la ville de Québec. L'année dernière, le trois-mâts l'*Édouard*, lui, a filé tout droit jusqu'à Montréal.

Matthew lui désigna du doigt le haut gradé qui tenait le gouvernail.

— Je dois cette bonne fortune à notre ami commun, l'officier Picot. Il a réussi à vous convaincre de prendre à bord le simple civil que je suis. Autrement, ce voyage aurait été compliqué à organiser pour moi. J'aurais été obligé de partir de l'Angleterre, ce qui aurait été ennuyant, vu mon passé d'ancien rebelle.

— Votre histoire et les épreuves que votre noble famille a subies m'ont beaucoup touché, mon ami. Et que vous ayez appris, après tant d'années, que les filles de feu votre frère étaient vivantes et bien entourées est un heureux dénouement ! Cela a dû être une telle consolation pour vous. Croyez-moi, je suis honoré de vous aider à réaliser ces incroyables retrouvailles !

Tout en parlant, Belvèze se redressa, puis, après l'avoir toquée contre le talon de sa botte, rangea sa pipe dans sa poche. Il tira la chaînette de sa montre et consulta l'heure.

— Bien que votre compagnie me soit fort agréable, mon cher, annonça-t-il, je dois vous quitter. Il est temps de reprendre mon quart à la timonerie et de permettre à l'officier Picot d'aller se reposer dans ses quartiers.

À l'horizon, les derniers rayons du soleil se noyaient dans la mer et les lueurs du crépuscule apparaissaient déjà à l'ouest. Le regard toujours pointé vers le ciel qui s'assombrissait, Matthew laissa ses pensées le ramener huit ans en arrière.

À partir d'ici, le navire devrait suivre le même trajet que Sean et les siens ont entrepris en quittant l'Irlande. Dieu ! Il est même possible que le corps de Rebecca ait été englouti juste ici, au-dessous de ces flots.

Il pensa à tous ces malheureux compatriotes qui gisaient au fond de l'Atlantique, également victimes de la famine et du typhus. Tout comme le ciel se couvrait de noirceur, son visage se rembrunit. Il poussa un gémissement intérieur. La douleur et la colère lui torturaient le cœur. Indifférent aux soldats de la marine qui s'affairaient autour de lui, il enfouit son visage dans ses mains.

Grand Dieu ! Que de cruautés et d'injustices !

Lorsqu'il releva la tête, Matthew s'aperçut que ses joues étaient mouillées de larmes. L'officier Picot, venu le rejoindre, fut témoin de son désarroi. Il mit une main sur l'épaule de son ami et lui fit un sourire bienveillant.

— Courage, Mathieu ! Si tout va bien, dans une semaine, nous franchirons l'embouchure du fleuve Saint-Laurent. Très bientôt, tu pourras embrasser tes nièces.

— Merci, mon ami, je t'en suis très reconnaissant. Je garderai également un souvenir mémorable de cette traversée !

— J'ai été heureux de pouvoir t'aider. Cependant, je tiens à ce que tu me racontes ton voyage à Québec, pendant notre retour en France, à la fin du mois d'août.

À partir du Bic, l'imposante corvette dut zigzaguer, tantôt à droite, tantôt à gauche, parmi une série de petites îles pour éviter les écueils et les bancs de sable. De chaque côté des berges, hommes, femmes et enfants s'attroupaient pour admirer le passage du majestueux navire français. Enthousiasmés d'assister à cette visite historique, ils ovationnaient l'équipage, formé de deux cent quarante hommes.

Depuis le pont, Matthew entendit même des salves de mousquets tirées, ici et là, par des paysans qui voulaient ainsi démontrer leur attachement à la France.

Lorsque le navire jeta l'ancre en face de Grosse-Île, pour l'inspection obligatoire, le cœur de l'Irlandais se serra. En levant les yeux, il remarqua plusieurs canons de l'artillerie militaire britannique, leur bouche orientée vers le fleuve.

Pourtant, cette île au magnifique paysage verdoyant, avec ses herbes hautes, ses longs bâtiments blancs et sa forêt qui s'étendait jusqu'aux abords d'une falaise escarpée lui sembla moins sinistre que ce que Sean lui avait décrit.

Pendant l'entretien du médecin de l'île avec le commandant, Matthew salua les insulaires qui s'étaient alignés sur le quai. Il leur envoya la main en signe de bienvenue. Quelques enfants couraient sur la rive, faisant fuir de leurs cris une volée d'oiseaux qui s'étaient nichés dans les blés de mer, près des marais. Un peu plus loin, des femmes lavaient leurs vêtements à même le fleuve, puis allaient les étendre sur les chauds rochers le long de la grève.

Le plus cher désir de Matthew était de descendre à terre pour se rendre au cimetière, mais comme aucun cas de maladie n'avait été dépisté chez les officiers et les militaires, *La Capricieuse* pouvait poursuivre sa route.

— Je suis désolé, mon ami, lui avoua le commandant. Je sais que vous auriez aimé aller vous recueillir sur la sépulture de votre frère, mais nous accusons déjà un retard de plusieurs heures. Je viens de donner l'ordre de lever l'ancre.

Avec un air grave et une lueur mêlée de colère et de résignation dans les yeux, Matthew le rassura :

— Je comprends, commandant, et je n'oublie pas que c'est moi qui suis votre obligé, non l'inverse. Et puis, avec l'accueil chaleureux que la population du Bas-Canada vous manifeste depuis qui nous voguons sur ce fleuve, j'imagine que vous êtes, tout comme moi, attendu impatiemment.

Du plat de sa main, Belvèze lui tapa amicalement le dos en signe d'encouragement.

— Il ne nous reste plus qu'une trentaine de milles à parcourir et j'ai bon espoir de faire notre entrée dans le port de Québec un peu avant le crépuscule.

En face, sur le quai de Grosse-Île, un gamin laissa la main de sa mère pour aller rejoindre ses camarades qui galopaient sur le bord de l'eau et essayaient de suivre le bateau jusqu'à la pointe ouest de l'île.

— Simon Turcotte, l'interpella Thérèse en pointant un index faussement autoritaire vers l'enfant, si tu reviens à la maison le pantalon tout mouillé, tu auras affaire à moi !

14

Québec, juillet 1855

Battant fièrement pavillon français, à sept heures du soir, le 13 juillet, *La Capricieuse* apparut dans le port de la ville, où une foule grouillante et en liesse l'accueillit. Tirée par un chalutier à vapeur, la corvette salua son arrivée par vingt et un coups de canon, aussitôt rendus par ceux de la citadelle de la ville.

Des milliers de Canadiens français avaient envahi le port et les rues adjacentes, et on pouvait même en apercevoir jusqu'aux corniches des falaises. Sur le quai, la fanfare municipale entama un air de circonstance qui, au grand dam des officiels, se perdit à travers les cris et les acclamations de la cohue.

Toute une semaine, la maisonnée des Rousseau avait été plongée dans les préparatifs afin de recevoir cet inespéré visiteur. Arrivés sur les docks, au début de l'après-midi, Joseph, Cécile et Molly avaient trouvé une place de choix près de la tribune du maire, le Dr Joseph Morin. Arthur, promu major, avait la tâche de superviser les gardiens de la paix engagés pour contrôler la foule. À l'accostage du bateau, il décida d'aller rejoindre Molly et ses parents. Celle-ci ne portait plus à terre. Les joues empourprées d'excitation, elle se mit à presser, à broyer, la main de son fiancé.

— Avant que ton oncle puisse enjamber la passerelle, il faudra sans doute attendre quelques minutes, raisonna Arthur en essayant de se libérer de la poigne de Molly. Au moins le temps que le maire et son escorte soient montés à bord de la corvette.

Toutefois, l'attente dura un peu plus longtemps que le policier ne l'avait prédit. Ce n'est qu'une fois que le cortège des dignitaires se remit en route vers l'hôtel de ville et que les curieux commencèrent à se disperser que Molly vit enfin Matthew serrer la main du capitaine, puis se diriger vers l'appontement.

Ne tenant plus en place, elle laissa derrière elle parents et fiancé. Elle s'élança vers son oncle, se frayant un chemin à travers les derniers badauds qui traînaient sur le quai. Elle se figea un instant; il était là, à quelques pas d'elle. Elle le trouva amaigri, lui qui était plutôt charpenté dans ses souvenirs. Malgré ses trente-cinq ans, ses cheveux commençaient à grisonner et des pattes-d'oie à ses tempes lui donnaient un air plus âgé. La ressemblance avec son père lui parut encore plus frappante. Elle fondit en larmes et sa voix se mit à trembler d'émotion :

— Oncle Matthew ! Oh ! Oncle Matthew, répéta-t-elle en lui sautant au cou.

Ce dernier la reçut dans ses bras robustes, qu'il referma autour de sa taille, la décollant presque du sol.

— Molly, ma chérie, je n'arrive pas à y croire ! Vous m'avez tellement manqué, tes sœurs et toi. Mais tu es devenue une vraie femme, à présent !

Derrière eux, Joseph, Cécile et Arthur se tenaient à l'écart pour leur permettre de savourer ce sublime instant et observaient la scène, l'œil humide.

La suite ne fut que présentations, poignées de main et embrassades !

***

La noirceur du soir commençait à tomber lorsqu'ils arrivèrent au domaine des Rousseau. Ils décidèrent de reporter au lendemain leur visite à Sarah, au couvent.

Après un léger goûter servi dans la salle à manger, Molly, ses parents, Arthur et, exceptionnellement, les domestiques, Mary et Florent, s'étaient regroupés au salon. Dans un silence monacal, ils écoutaient le récit des événements que l'oncle avait vécus depuis que ses nièces avaient quitté l'Irlande.

Étant professeur, Matthew savait capter l'attention de son auditoire. Il raconta avec force détails ses mésaventures de rebelle, taisant, bien sûr, le meurtre de Wesley. Accoudé au manteau de frêne du foyer, il fit soudain une pause, le temps d'avaler une gorgée de Jameson, un whisky irlandais que Joseph avait acheté pour l'occasion. Personne n'osa dire un mot, attendant la suite.

Il se racla la gorge, puis poursuivit son histoire, là où il l'avait laissée. Il était rendu à raconter son étonnement de voir arriver Jane, porteuse de la fameuse lettre perdue :

— Ce fut un tel déchirement de me séparer de ma famille et, toutes ces années, cela m'a torturé de ne pas savoir ce qu'il était advenu d'eux. Toutefois, conclut-il, ma bien-aimée Jane, tel un ange, est venue m'apporter cet espoir auquel je ne croyais plus.

L'émotion se lisait sur le visage de tous, à la fois triste et compatissant. Pour Molly et Mary, cela avait fait émerger de douloureux souvenirs qu'elles croyaient estompés.

— Je n'ai qu'un vague souvenir de Jane O'Brien, émit Molly, troublée, si ce n'est qu'elle était jolie et douce.

— Nous nous sommes mariés au printemps dernier, conclut Matthew. Elle aurait vraiment souhaité venir vous rencontrer, mais comme elle est enceinte, à trente-sept ans, il était préférable qu'elle demeure à Paris.

Joseph se leva d'un bond et vint poser sa main sur l'épaule de Matthew.

— Tout cela est très émouvant, mon cher ami. Je vous admire, car vous me semblez un être courageux. Bien qu'ayant vécu de difficiles deuils et maintes injustices, vous avez su ne pas laisser la colère et le désespoir vous détruire.

Assise près de Florent, Mary refoulait ses larmes en songeant à sa propre existence. Cependant, elle ne put réprimer une profonde inspiration. Elle savait que les fréquents soupirs qu'elle poussait malgré elle impatientaient tout le monde à la villa.

Le Dr *Rousseau a raison,* songea-t-elle. *Je devrais arrêter de m'apitoyer sur mes malheurs et apprécier ma nouvelle vie. Manifestement, ils sont satisfaits de mon travail et je me sens bien dans cette maison. De plus, Florent est un brave homme qui, malgré mon passé, m'aime sincèrement. Mon petit John, qui a été rapidement adopté et dont les religieuses ont malheureusement perdu la trace, me manque tellement. Si seulement je pouvais savoir s'il va bien et s'il est heureux!*

Un mouvement près d'elle la fit sursauter.

— Il se fait tard, dit Cécile en se levant. Vous devez être fatigué après ce long voyage, monsieur McDoughan.

Elle observa tour à tour Molly et son oncle.

— Il vous tarde sûrement de vous retrouver en tête-à-tête. Vous devez avoir bien des choses à vous raconter, tous les deux.

Elle tapa dans ses mains en regardant les domestiques.

— Allons! Il est grand temps pour vous de vaquer à vos occupations. Les chambres doivent être préparées pour la nuit.

Avant de suivre Cécile à l'étage, Joseph salua Matthew:

— Certes, dans les jours à venir, j'espère que nous prendrons le temps de mieux faire connaissance. J'aimerais que vous me parliez de votre expérience sur la corvette française et de la mission du commandant Belvèze au Bas-Canada.

— Ce sera un réel plaisir de vous faire un compte rendu, docteur Rousseau.

Pendant que Mary se rendait à la lingerie pour ramasser les serviettes, Florent prit le chemin des cuisines afin de remplir les cruches d'eau. Puis, le major Lockwell, après avoir galamment baisé la main de sa fiancée, s'éclipsa à son tour. Laissé seul avec Molly, son oncle vint se caler dans le large fauteuil près d'elle :

— Maintenant, ma chérie, je veux tout savoir ! Parle-moi de Sarah et de Rachel.

Tout naturellement, la conversation se fit en anglais.

— Sarah, sœur Saint-Jérôme, se dit très heureuse de sa vie au couvent. Elle a bien hâte de vous revoir. Comme je vous l'ai écrit ce printemps, Rachel et son mari habitent New York. Malheureusement, nous venons de recevoir une lettre dans laquelle elle nous apprend que Brogan n'a pas réussi à avoir de congé et qu'ils ne pourront pas être présents au mariage. Il travaille dans la construction et une grande partie de la ville est un véritable chantier. Il pourrait perdre son emploi s'il s'absentait.

Matthew comprenait, mais il ne put cacher sa déception. Il laissa tomber sa main sur le bras du fauteuil.

— Eh bien ! Si c'est ainsi, c'est moi qui irai les voir, elle et son mari.

— Oh ! Rachel sera ravie. Elle était si attristée de ne pas pouvoir vous sauter dans les bras. Elle est enceinte de quelques mois et se dit sereine dans l'attente de cet heureux événement.

— Raison de plus pour que je me rende à New York. Mais à présent, dis-moi tout sur le vol qui t'a tant chagrinée, celui de la bague de ma mère.

Devant les joues rougissantes d'embarras de sa nièce, il s'empressa d'ajouter :

— Tu n'as aucun reproche à te faire, Molly. Le plus important, c'est que nous soyons réunis. C'est juste que ce vol m'intrigue et que je voudrais en savoir davantage. Alors, raconte-moi !

Molly alla servir un autre whisky à son oncle et se versa un petit verre de liqueur de prunes.

— En fait, j'ai appris dernièrement qui était derrière ce vol !

Sans laisser à Matthew la chance de la questionner, elle se mit à détailler de son mieux sa première rencontre avec Mary. Puis, elle lui conta la venue à la maternité de cette dernière et les circonstances qui l'avaient amenée à devenir leur domestique.

— Maintenant que tu m'en parles, la coupa Matthew, c'est vrai que Mary ressemble à Rebecca.

— Oncle Matthew, cela me soulage tellement que vous le pensiez aussi. Je me suis trouvée si idiote d'avoir cru à une apparition de maman.

— Pauvre chérie, cette ressemblance a dû t'ébranler, en effet. Et tu as pardonné à Mary, je reconnais bien là ton grand cœur. Mais qu'a-t-elle fait de la bague ?

— Elle l'a remise à un homme dont elle s'était amourachée et qui l'a soudoyée.

Molly lui précisa que Mary, pleine de remords, lui avait fait des révélations. Lorsqu'elle prononça le nom de Rob Corrigan, il ne put s'empêcher de s'exclamer :

— Par tous les diables ! C'est lui le scélérat qui a osé nous dépouiller de notre héritage.

Matthew se frotta le menton, pensif.

— Ce méprisable délit confirme mes présomptions : Rob faisait partie des quelques personnes que je soupçonnais d'avoir fait entrer au château l'incendiaire à la solde de Wesley. Le traître, ce ne peut être que lui !

Il ferma un poing et frappa de toutes ses forces l'accoudoir du fauteuil.

— Oh ! C'est trop horrible, oncle Matthew. Il serait donc également responsable de la mort de grand-père William.

— Molly, je vais le retrouver, ce fourbe, et lui faire payer sa trahison. Je ne repars à bord de *La Capricieuse* qu'à la fin du mois d'août. Cela me donne plus d'un mois pour étendre mes recherches. Dans tout le Bas-Canada, s'il le faut !

Molly, moins exubérante, mais tout aussi en colère, lui révéla :

— Il vit à Saint-Sylvestre ! Il a fait l'erreur de le dire à Mary. Oncle Matthew, avant de faire quoi que ce soit, vous ne croyez pas que nous devrions en parler à Arthur ? Il est major dans la police et il pourrait lancer un mandat d'arrêt contre Rob…

Matthew l'arrêta, d'un air désolé :

— Je ne crois pas qu'il puisse faire grand-chose, ma chérie. L'incendie a eu lieu en Irlande et nous ne possédons aucune preuve de l'existence de la bague. Ne t'inquiète pas, maintenant que je sais où trouver Rob, je peux prendre le temps d'élaborer un plan sûr pour le coincer. Entre-temps, je me ferai une joie de refaire connaissance avec mes chères nièces.

Cette nuit-là, Molly autant que Matthew ne purent s'endormir.

***

Sœur Saint-Jérôme faisait les cent pas sur le pavé carrelé en pierres de grès du parloir du monastère. Elle avait hâte de revoir son oncle, mais un immense malaise la tiraillait.

C'est certain qu'il voudra me questionner sur les circonstances entourant la mort de papa, et je ne me souviens de rien !

Un lancinant mal de tête commença à la torturer. Elle tourna son regard vers le crucifix suspendu au mur et se mit à prier, ce qui l'apaisait toujours. Elle entendit la porte s'ouvrir derrière elle et une belle voix grave la fit tressaillir :

— Ma belle Sarah, hum… sœur Saint-Jérôme, quelle joie de te revoir ! Je suis…

Matthew laissa sa phrase en suspens devant le visage blême de Sarah, qui venait de l'apercevoir.

— Papa ! murmura-t-elle, une lueur étrange dans les yeux.

En se retournant trop vite, elle avait cru reconnaître son père. Son oncle eut juste le temps de la rattraper avant qu'elle ne s'écroule sur le plancher en damier.

En état de choc, Sarah sentit son esprit se transporter dans le logement de Grosse-Île, le jour de l'assassinat de son père. À présent, elle revoyait toute la scène. Agitée, elle saisit à deux mains le collet du veston de Matthew et fondit en larmes.

Joseph écarta Cécile et Molly, figées dans l'encadrement de la porte, et s'empressa de s'accroupir près d'eux. Les pensées se bousculant dans sa tête, Sarah dut faire un énorme effort afin de s'exprimer clairement :

— Il y avait des bruits de bagarre. Alors, je me suis levée et j'ai regardé par l'embrasure de la porte. J'ai vu papa étendu au sol, il ne bougeait plus. Le visage de Rob était si méchant. J'avais trop peur, j'étais incapable de parler. Je suis partie me cacher sous le lit. Oh, mon Dieu ! Je n'ai rien fait pour aider papa.

Effaré par ces révélations, Matthew se mit à la bercer dans ses bras.

— Ce n'était pas ta faute, Sarah, tu n'étais qu'une enfant, la consola-t-il.

Il avait tout compris et un rictus de colère assombrit son visage.

— Sean n'est donc pas mort du typhus ! Corrigan, encore lui ! Ce diable, je vais le tuer, ne peut-il s'empêcher de proférer.

Dévastée, Molly tomba à genoux près d'eux et prit la main de sa cadette. Aucun mot ne pouvait exprimer son amertume.

— La ressemblance avec votre frère a dû la confondre, tenta d'expliquer Joseph, tout aussi ébranlé. On dirait que cela a réveillé sa mémoire !

Un lourd silence chargé de stupeur s'abattit sur la pièce. Sarah était encore très pâle ; toutefois, la terreur commençait à s'atténuer dans ses yeux. Joseph fit signe à Matthew :

— Aidez-moi à la soutenir jusqu'à sa chambre. Elle me semble vidée de toute énergie et elle doit se reposer à présent.

Devant leur air troublé, Sarah réussit à faire un faible sourire à travers ses larmes.

— Malgré mon chagrin et ma fatigue, je vais bien. J'ai l'impression que mon esprit vient d'être délivré d'un épais nuage noir. Merci, mon Dieu ! Je ne ressens plus cet incessant mal de tête !

* * *

Ce matin-là, sur le perron de la villa, Mary avait observé la calèche conduite par Florent amener les maîtres et leur visiteur au couvent des Augustines. Elle était restée là, immobile, jusqu'à ce que la voiture disparaisse sur la Grande Allée, puis elle était rentrée et s'était dirigée vers la cuisine. Elle avait la vaisselle du déjeuner à faire, des légumes à éplucher et le rôti de bœuf à préparer pour le souper.

Mais alors qu'elle s'apprêtait à entreprendre sa besogne, des coups frappés à la porte de la cuisine la firent sursauter. En ouvrant, elle reconnut aussitôt l'adolescent à la casquette, sale et maigrichon. Un orphelin qui faisait la plonge à la taverne du père Grigori en échange d'un peu de bouffe et d'une paillasse derrière le comptoir.

— Billy, que fais-tu ici ? l'interrogea-t-elle, aussi stupéfaite que fâchée. Comment m'as-tu retrouvée ? Entre, voyons, ne reste pas sur la galerie.

Le jeune homme opina de la tête, intimidé.

— Il ne faut pas m'en vouloir, Mary. C'est le patron qui m'envoie. Il se demandait où tu étais passée après ton accouchement.

— Mais ça fait déjà six mois ! J'étais certaine que le vieux m'avait oubliée.

— Le mari de la cuisinière de l'hospice des filles-mères travaille à la corderie du port et est un client régulier. Ça lui a pris du temps, mais il a fini par soutirer ton adresse à sa femme. Ce n'est pas qu'il s'inquiète pour toi, mais tu lui dois encore dix shillings et il tient à les ravoir.

Mary partit à rire, les mains sur les hanches.

— Sinon quoi ? Mes maîtres savent d'où je viens et ce que je faisais dans sa taverne. Dis à Grigori qu'il ne peut pas me menacer !

Billy lui tendit une main et la regarda d'un air suppliant :

— Mary, donne-moi les dix pièces, il faut absolument que je les lui rapporte, sinon, il me battra.

Elle ne put réprimer un soupir de lassitude. Comment se faisait-il que ce passé, qu'elle avait réussi à mettre derrière elle, resurgissait ainsi, par ce si beau matin d'été? Certes, elle avait économisé l'argent, mais dans l'intention de s'acheter une robe pour accompagner Florent aux noces de Molly et d'Arthur.

Elle était furieuse. Le tavernier savait très bien qu'elle s'était attachée au jeune garçon. Sans trop réfléchir, elle retira son tablier, mit le chapeau de paille et le châle que Cécile lui avait donnés et se saisit de son sac à main. Puis, elle prit l'adolescent par la main et l'entraîna dehors.

— Suis-moi! Je vais me faire le plaisir de lui jeter son dû à la figure, à ce pingre!

Mary tenait fermement la main de Billy, qui devait trottiner auprès d'elle tant la colère la faisait marcher à grands pas. La taverne était dans la Basse-Ville et à plus d'un mille de la villa. Ils arrivèrent essoufflés à destination, autant l'un que l'autre. L'adolescent entra dans la taverne, mais Mary prit le temps d'éponger la sueur sur son front avec son mouchoir de coton et d'épousseter le bas de sa robe avant de pénétrer à son tour dans ce lieu de perdition.

À l'intérieur, elle retrouva la même atmosphère enfumée, les mêmes odeurs âcres qu'elle répugnait, et elle eut un haut-le-cœur. Elle releva la tête et s'avança en louvoyant à travers les tables. Les clients et les filles de joie se turent sur son passage, la suivant des yeux. Le père Grigori, les bras croisés sur sa poitrine, semblait l'attendre derrière son comptoir. Elle crut discerner un sourire de victoire se dessiner sur les lèvres charnues du bonhomme.

— Alors, ma jolie, tu as osé me faire faux bond ? Comme tu vois, on ne m'échappe pas aussi facilement, déclara-t-il, s'adressant autant à Mary qu'à ses anciennes compagnes.

— Je suis venue pour te rembourser ma dette, proféra-t-elle en faisant tinter les pièces sur le plateau de service en métal, près de lui. J'ai déjà eu peur de toi, vieil escroc, mais ce n'est plus le cas. J'ai un travail honnête et, maintenant que nous sommes quittes, je te conseille de m'oublier !

Le tavernier partit de son rire gras et lui lança, avant qu'elle ne franchisse le seuil :

— Tu n'as pas à t'en faire pour ça, ma jolie. Et ne t'avise pas de venir me quémander de te reprendre lorsque tu te retrouveras à la rue. Mais crois-moi, Mary McKinsey, je me suis arrangé pour que, toi, tu ne m'oublies jamais !

Mary haussa les épaules de mépris et se saisit de la poignée de la porte, quand surgirent devant elle deux agents de la paix.

— Mademoiselle, vous travaillez bien à la villa des Rousseau ?

— En effet, et en quoi cela est-il une offense ?

Les deux hommes lui saisirent chacun un bras.

— Vous êtes en état d'arrestation pour avoir pénétré dans un établissement de débauche, lui annonça l'un des deux agents sur un ton qui lui fit froid dans le dos. Vos maîtres ne vous ont donc jamais dit qu'il est interdit aux domestiques de fréquenter les tavernes et les brasseries ?

Hébétée, Mary ne put prononcer aucun mot. Pour son malheur, elle était tombée dans le piège du père Grigori ! Il voulait démontrer aux autres filles de son commerce qu'elles avaient intérêt à payer leurs dettes et qu'on ne le quittait pas ainsi, sans subir quelques désagréments !

Devant son mutisme, le policier lui apprit qu'elle pouvait écoper de deux mois de travaux forcés ou d'une amende de dix livres.

Une fois arrivée rue Saint-Stanislas, Mary eut un mouvement de recul en apercevant l'austère prison. Son cœur battait si fort qu'il lui coupait le souffle. Les mains liées dans le dos, elle ne pouvait que suivre la cadence des deux agents et se retint de hurler de désespoir. Néanmoins, lorsqu'ils lui firent traverser la cour et se dirigèrent vers un immeuble destiné aux prisonnières, elle ne put s'empêcher de pleurer à chaudes larmes.

Ce n'est pas possible, c'est un cauchemar ! se répéta-t-elle intérieurement.

— Tu as de la chance ! lui dit cyniquement le moustachu. La prison des hommes est surchargée de malfaiteurs qui doivent s'entasser à six dans leur cellule, mais pas celle des femmes. Tu auras droit à une geôle, juste pour toi !

— Pitié ! Je ne savais pas…, réussit-elle à prononcer en les suppliant du regard. Vous voyez bien que je ne suis pas une ivrogne…

— Allons, calme-toi, la fille ! En plus, tu arrives juste à temps pour la bouillie du midi, renchérit l'autre en se bidonnant.

Après avoir noté son nom sur le registre et mis dans un sac de papier ses effets personnels, la gardienne lui délia les mains. Elle la conduisit jusqu'à un réduit d'à peine six pieds sur quatre pieds et lui ordonna d'y entrer. Sans fenêtre, la pièce était meublée, si l'on peut dire, d'une paillasse et d'un seau d'aisance.

Lorsque la surveillante verrouilla la grille derrière elle, Mary s'effondra sur le matelas de paille, accablée de honte. Instinctivement, elle se recroquevilla dans le coin le plus sombre, souhaitant que ce trou noir l'engloutisse.

15

Québec, le même jour

D'abord inquiet d'avoir trouvé la maison vide à son retour, Florent se mit à paniquer lorsqu'à la fin de l'après-midi, Mary n'était pas encore rentrée.

Il lui est arrivé un malheur, c'est certain! se dit-il. *Jamais elle ne se serait absentée si longtemps, en laissant la vaisselle sale et des légumes sur la table.*

Il devait à tout prix retourner au couvent et avertir M. Rousseau. Comme il se dirigeait vers l'écurie, où il avait installé les chevaux à l'ombre pour les faire boire, il vit un groupe d'hommes en chapeau de paille, suivis de deux femmes, ombrelle déployée. Il s'avança dans l'allée d'arbres pour aller à leur rencontre, et reconnut les Rousseau, accompagnés de l'oncle de France et du policier.

— Allons, Florent, ne sois pas si effaré! s'exclama Joseph, se méprenant sur l'air qu'affichait le domestique. Il fait si beau que Molly et Arthur nous ont convaincus de revenir à pied…

— C'est Mary ! l'interrompit le domestique. Docteur, elle n'était pas à la villa quand je suis revenu ce matin et elle n'est pas encore rentrée ! Je crains qu'elle ait eu un accident où… je ne sais pas…

— Allons ! Calme-toi, mon brave, lui enjoignit Joseph.

— Il n'est que quatre heures de l'après-midi, le rassura Arthur, et le temps est magnifique. Elle a dû décider d'aller se promener, également. Elle ne va sûrement pas tarder.

N'étant rassuré qu'à moitié, Florent se tourna pour s'adresser à Cécile :

— La vaisselle du déjeuner est encore dans l'évier. Vous la connaissez, madame, cela ne lui ressemble pas. Elle ne serait jamais partie sans tout nettoyer.

— Tu as raison, Florent, approuva la maîtresse en se dirigeant vers la cuisine, suivie de tous. Cela commence à me tracasser, moi aussi.

Matthew interpella Molly :

— Se pourrait-il que Rob Corrigan soit revenu et qu'elle soit partie avec lui ?

Devant le regard interrogateur de ses parents, Molly s'expliqua :

— Mary a bien connu notre ancien domestique à son arrivée d'Irlande, lorsqu'elle travaillait dans la Basse-Ville.

Ces derniers en restèrent muets d'étonnement, tandis que Florent hocha vigoureusement la tête.

— Non, non ! Ce n'est pas possible. Elle m'a parlé de ce Rob, et elle ne l'aimait plus. Elle m'a même dit qu'elle le haïssait. À moins qu'il l'ait emmenée de force !

Arthur ne voyait qu'une solution pour calmer tout le monde :

— Ne vous inquiétez pas, je vais me rendre au poste de police. Si l'un de mes collègues a été témoin d'un accident, il aura fait un rapport.

— Je vous accompagne, major, dit Florent, prêt à ressortir et à atteler les chevaux.

— Tout comme moi, s'avança Joseph, sur un ton qui ne souffrait aucune objection. Après tout, Mary est sous ma responsabilité. Mon cher Matthew, auriez-vous l'obligeance de tenir compagnie à ces dames, le temps que nous fassions toute la lumière sur cette histoire ?

— Bien sûr ! Si jamais elle revient pendant votre absence, émit ce dernier, plus optimiste, je me chargerai d'aller vous avertir.

— Quelle journée ! s'exclama Cécile, brisant le silence qui s'était installé dans la cuisine depuis le départ des trois hommes. Notre Sarah qui retrouve la mémoire et qui parle de l'assassinat de votre père, et voilà notre Mary qui disparaît !

Elle laissa tomber sa main sur la table, avant de se relever :

— Que dirais-tu, Molly, de m'aider à préparer du thé glacé ? Il me semble que ça nous changerait les idées de bouger un peu.

Matthew, tout aussi troublé que Molly par les révélations de Sarah, se leva à son tour et annonça :

— Pour ma part, mesdames, si vous n'y voyez pas d'inconvénient, je vais me retirer dans la bibliothèque. J'ai remarqué sur l'un des murs une carte géographique qui représente le Bas-Canada. J'aimerais y jeter un coup d'œil.

Molly devina le village qu'il voulait trouver et lui sourit.

— Bien sûr, oncle Matthew. Nous irons vous y rejoindre un peu plus tard avec les boissons fraîches.

Au déclin du jour, Joseph et Florent descendirent l'allée d'arbres qui menait à la villa. Avant de mener l'attelage à l'écurie, le domestique déposa son maître devant le porche. Ce dernier était impatient d'aller annoncer les dernières nouvelles.

— Alors, daddy, avez-vous des nouvelles de Mary ? s'enquit Molly aussitôt qu'il mit le pied dans le portique.

Elle jeta un regard derrière lui et constata qu'il était seul.

— Arthur n'est pas là ?

— Oui, nous l'avons retrouvée et, non, le major n'est pas revenu avec nous. Mais, ma mésange, laisse-moi au moins m'asseoir et reprendre mon souffle.

Il aperçut Cécile et Matthew, qui l'attendaient dans le salon, et leva les mains.

— Ne vous en faites plus ! Malgré les circonstances, Mary se porte bien. Nous devrions pouvoir la ramener demain.

Deux policiers l'ont appréhendée ce matin dans une taverne, et comme Lockwell l'avait prédit, un rapport de police nous attendait au poste. Ah ! Voilà Florent. Je lui avais demandé de venir nous rejoindre.

Il fit signe au domestique de s'installer dans un fauteuil près du piano, tout en expliquant :

— Alors, nous nous sommes empressés de nous rendre à la prison pour constater qu'il s'agissait bien de Mary.

— Je ne l'avais jamais vue aussi piteuse, poursuivit Florent. J'en ai eu le cœur brisé.

— Mais qu'a-t-elle fait pour se retrouver en prison ? demanda Cécile, qui n'en revenait pas.

— Ne me dites pas qu'elle a été surprise à voler ! s'emporta Molly.

— Mais non, mes oiselles ! les calma Joseph. Imaginez-vous qu'après notre départ pour le couvent…

Et il se mit à narrer les mésaventures de Mary, de l'arrivée de Billy jusqu'à l'incarcération de la domestique quelques heures plus tard.

— Je ne connaissais pas ce règlement, admit Joseph en haussant les épaules.

— En tout cas, je suis soulagée que Mary ne soit pas retombée dans le piège, reprit Molly. Elle doit être dans tous ses états, la pauvre !

— J'imagine que cette loi a dû être votée sur l'insistance des nobles et des bourgeois anglais qui désiraient garder un contrôle sur leurs serviteurs ! tenta d'expliquer Matthew.

— Il y a probablement de cela, mon cher ami, reprit Joseph, mais je serais porté à croire qu'il s'agit également d'une pression de la Ligue de tempérance.

Devant le regard perplexe de l'Irlandais, il crut bon de préciser sa pensée :

— Cette société a été créée aux États-Unis. Ses membres sont surtout des femmes qui s'opposent à la consommation d'alcools de toutes sortes. Et bien sûr, cette idéologie a fait le bonheur des moralistes et de certains religieux de notre pays qui se sont empressés de fonder une ligue du même genre, ici. Leur désir le plus cher serait l'abstinence totale, mais heureusement pour nous, ils ne sont pas encore parvenus à convaincre notre gouvernement.

— En fait, l'interrompit Cécile, ce serait probablement une bonne chose. Il y a tant de femmes battues à cause de ces boissons !

Le docteur agita les mains, comme pour démontrer que ce débat lui semblait hors de propos. Agacée, Cécile lui demanda :

— Joseph, allez-vous finir par nous dire quand Mary sera libérée ?

— Elle doit passer devant le juge demain matin, répondit Florent à la place du docteur. Nous l'accompagnerons au tribunal…

Joseph émit un léger grognement pour rappeler à Florent son rang, puis reprit :

— Si je me porte garant de la conduite de Mary, Arthur pense qu'elle ne sera pas inquiétée davantage. Au pire, nous paierons l'amende.

Il allait faire une pause, mais remarqua le regard pressant de Molly.

— Ah oui ! Ce brave major, il a décidé d'aller faire une petite visite de « courtoisie » au tavernier en question, avant d'entreprendre sa ronde de soir.

— Je connais depuis peu ton fiancé, ma chérie, intervint son oncle, mais j'ai bien l'impression que Mary n'entendra plus parler de ce fourbe.

— Arthur nous rejoindra aussi demain pour témoigner de la bonne foi de Mary. Ce qui ne pourra pas nuire. Il t'envoie le bonsoir, Molly !

— Je n'arrive pas à croire que notre sage Mary va passer une nuit en prison, émit Cécile, découragée. Cet endroit doit être sombre et lugubre… j'en ai la chair de poule !

Molly vint prendre la main de sa mère.

— Mary est une femme courageuse, mommy. Elle a traversé l'océan dans une cale immonde pour fuir l'Irlande, et je crois qu'elle possède la force de tenir bon. Surtout qu'elle sait maintenant que nous ferons tout pour la ramener à la maison.

Molly observa son père et Florent, qui avaient l'air épuisés et affamés.

— Mommy, il serait peut-être temps d'aller nourrir nos braves enquêteurs, ne croyez-vous pas ?

À ces mots, Cécile reprit aussitôt son rôle de maîtresse de maison et se leva d'un bond. Déterminée, elle approuva :

— Tu as raison, ma fille. Après une telle journée remplie d'émotions, vous avez bien mérité un bon repas, ajouta-t-elle, reconnaissante. Et vous, mon cher Matthew, vous devez être fort préoccupé par les terribles révélations de Sarah. Je vais vous préparer une bonne tisane. Allons, tout le monde, à la cuisine !

— Que diriez-vous plutôt d'un petit verre de whisky, mon ami ? lui suggéra le docteur, derrière lui. Nous avons tout intérêt à nous dépêcher de profiter des bienfaits de ce délicieux liquide…

Moqueur, il pointa du menton le dos de sa femme.

— … avant que la reine de ce foyer fasse entrer la prohibition !

***

— Je vous en conjure, McDoughan, répéta Arthur, laissez-moi vous accompagner à Saint-Sylvestre. Je comprends votre désir de retrouver ce Corrigan et, si j'insiste, c'est dans votre intérêt, croyez-moi ! Il serait dommage qu'une fois devant cet assassin, vous commettiez une déplorable folie, ou pire, que vous mettiez votre propre vie en péril.

Les deux hommes en présence de Joseph étaient confortablement installés dans les fauteuils capitonnés du bureau du docteur.

La journée de la veille avait été mouvementée avec le retour de Mary, soulagée et pleine de gratitude, ainsi que l'annonce de Matthew en fin de soirée. Ce dernier avait l'intention de se rendre à Saint-Sylvestre afin d'y régler ses « affaires » avec Corrigan.

L'Irlandais s'était efforcé de demeurer calme ; cependant, le docteur et Molly avaient bien deviné ses intentions meurtrières. Tous les deux, ils avaient insisté pour qu'il considère, à tout le moins, l'avis du policier avant de commettre un tel acte de vengeance.

Dès le lendemain, Joseph avait sans tarder pris l'initiative de la rencontre avec le major. L'impatience que Matthew avait réussi à retenir depuis deux jours se déployait à présent dans toute son attitude. Ses yeux étaient injectés de colère et de peine, ses gestes étaient devenus brusques et son ton de voix démontrait une farouche détermination.

— Je suis d'accord avec Arthur, renchérit Joseph. Pensez à vos nièces, que vous avez enfin retrouvées, et à votre enfant à naître.

À cette évocation, Matthew fut incapable de rester assis. Il se leva d'un bond et se dirigea vers la fenêtre. Il écarta un pan du rideau et un rayon de soleil traversa la vitre et vint éclairer son visage. Il ferma les yeux, espérant que cette chaleur apaiserait en lui l'atroce douleur qui grugeait son âme. Dans sa tête, tant d'émotions s'entrechoquaient, comme des papillons éblouis par ce faisceau lumineux.

Il soupira. Il comprenait le raisonnement des deux hommes, mais dans son for intérieur, il savait que ses tourments le hanteraient tant et aussi longtemps que ce traître serait en vie. Il se retourna et croisa les bras sur sa poitrine pour calmer son impétuosité.

— Messieurs, je vous suis reconnaissant de vouloir me protéger, mais il me revient le devoir de venger les morts injustes de mon père et de mon frère.

Il pointa un doigt vers Lockwell.

— Arthur, vous savez très bien que je ne peux utiliser aucun recours légal !

Le major acquiesça et prit une profonde inspiration avant d'avancer :

— En effet, bien qu'il se soit passé au Bas-Canada, l'assassinat de votre frère a été commis il y a huit ans. De plus, à cette époque, Grosse-Île connaissait l'épidémie la plus funeste du siècle : plus de cinq mille personnes y sont décédées. Il serait presque impossible de trouver un témoin ou une preuve. La parole de Sarah ne suffirait malheureusement pas…

— Je n'accepterai jamais qu'il s'en sorte sans aucun châtiment, explosa Matthew. C'est impensable, pour moi, c'est une question d'honneur ! Arthur, je ne veux surtout pas vous mettre dans l'embarras ou qu'on vous accuse de complicité, si vous venez avec moi…

Le front plissé, Joseph le coupa, étonné lui-même par ce qu'il allait lui conseiller :

— Je vous l'accorde, Matthew, cet homme doit subir des représailles : moralement, on ne peut laisser cet assassin en liberté. Cependant, ce n'est pas pour vous en dissuader que je voulais l'opinion d'Arthur, mais pour trouver un plan qui vous permettrait de l'éliminer tout en évitant de vous faire prendre.

Les trois hommes se turent devant ce sage argument et plongèrent dans une profonde réflexion.

— Dites-moi, Matthew, demanda le major après un certain temps, comment comptez-vous agir lorsque vous retrouverez cette ordure ? Vous y avez sans doute déjà songé.

— Oh, oui ! Et plusieurs fois. Dès mon arrivée au village, je me rendrai à la taverne. Je suis certain que ce bagarreur y est connu, et je demanderai qu'on m'indique sa maison. Je pourrai ainsi le surveiller et, au moment où il s'y attendra le moins, je lui pointerai discrètement mon arme dans les côtes et l'emmènerai dans un endroit isolé. Là, je lui cracherai au visage tous ses meurtres, puis… j'en finirai avec lui !

Il avait presque crié cette dernière phrase. Il fit un immense effort et parvint à se contrôler pour terminer son résumé :

— Par la suite, je n'aurai qu'à enfourcher mon cheval et à regagner Québec. Le bateau pour la France repart le 23 août.

— Hum ! Vous avez oublié toutes les personnes de l'auberge qui vous ont vu et qui pourraient témoigner contre vous. Dites-vous que s'il y a un meurtre, il y aura une enquête.

Les étrangers ne sont pas toujours bienvenus dans ces petits patelins. Les habitants les surveillent, car ils se méfient d'eux. J'ai une meilleure idée qui, bien qu'elle soit risquée, serait au moins légale. Comme l'a émis le docteur, il y a de fortes chances pour que cet individu, que vous décrivez robuste et agressif, réussisse à s'en prendre à vous bien avant que vous puissiez lui faire quoi que ce soit.

— C'est une possibilité, concéda l'Irlandais. Alors, que suggérez-vous ?

Arthur se redressa et vint le rejoindre.

— Eh bien ! Vous pourriez procéder comme vous venez de nous le décrire, à la différence que votre arme ne serait pas chargée. Simulant une faiblesse, vous laisseriez Corrigan vous attaquer. À ce moment précis, je surgirais de ma cachette et j'interviendrais. À nous deux, nous réussirions certes à le maintenir. Il nous resterait à jeter le fusil et à ramener votre assassin, menotté, à Québec.

— Excellent ! déclara Joseph sur un ton satisfait. Et si tout se passe bien, la justice se chargera de faire pendre ce Corrigan pour tentative de meurtre.

— En effet, cela pourrait marcher, admit Matthew, le front plissé de doutes. Mais s'il nous échappe, promettez-moi de me laisser le poursuivre seul et de ne plus intervenir !

Après un long silence, le major acquiesça. Il s'avança vers Matthew et lui serra la main.

— Je t'en fais la promesse, le tutoya-t-il, lui offrant ainsi son amitié.

— Alors, messieurs, c'est entendu ! s'exclama le médecin en espérant que l'unique parent de ses filles parviendrait à s'en sortir, à l'abri de tout soupçon.

— Il ne me reste qu'à convaincre mon commandant de me permettre d'aller enquêter sur cet immigrant, conclut Arthur. Si c'est le cas, je pourrai réquisitionner deux bons chevaux, dans les écuries de la police. D'ici là, dompte ton impatience, mon ami, car elle est mauvaise conseillère.

Ce qui mit un terme à la discussion.

***

New York, 7 juillet 1855

Chers daddy et mommy,

J'ai le plaisir de vous informer que finalement nous pourrons nous rendre à Québec. En effet, je sais que je ne devrais pas m'en réjouir, mais Brogan s'est disloqué la rotule du genou droit en se coinçant le pied entre deux poutres. Il est donc en arrêt de travail. Comme il n'est plus d'aucune utilité sur le chantier, monsieur McGraw l'a renvoyé à la maison pour un mois.

Oncle Matthew doit être arrivé à Québec et avoir fait votre rencontre. Vous connaissant tous les trois, je vous imagine très bien devenir de bons amis. Les chanceuses, Molly et Sarah, ont déjà dû le rencontrer et lui parler. Bientôt, ce sera à mon tour. Ah ! J'ai tellement hâte de tous vous embrasser et aussi de retrouver la villa.

D'après le préposé au guichet de la gare, le train arrivera à Lévis le jeudi 16 août, deux jours avant la noce. Nous repartirons le mercredi suivant. Cela nous donnera le temps de passer de bons moments ensemble. Mes chers parents, je ne sais pas comment vous remercier de nous permettre de venir au mariage de Molly et d'Arthur et de vivre ces belles retrouvailles, car c'est grâce à votre généreuse contribution que nous pourrons faire ce voyage.

Je vous embrasse affectueusement,

Votre Rachel

16

Saint-Sylvestre, 15 août 1855

Après une journée à faucher une partie de la prairie, Rob renvoya ses deux employés et se dirigea, épuisé, vers la maison. Le dur travail à effectuer sur la ferme avait renforcé ses muscles et bruni sa peau. Machinalement, il retira son chapeau de paille, découvrant sa tête presque chauve, et essuya d'une main son front en sueur. Le soleil se couchait à l'horizon et il avait une faim de loup.

En entrant, il vit son fils en pleurs dans les bras de sa femme, qui le consolait. Il remarqua aussitôt que les assiettes n'étaient pas encore disposées sur la table et que la soupe était à peine tiède sur le poêle à bois.

— Randy s'est cogné la tête en courant après le chat, sous la galerie, lui expliqua Kate en voyant la mine contrariée de son mari.

— Il a cinq ans, maintenant ! Il serait à peu près temps que tu arrêtes de le consoler pour un rien, la disputa-t-il.

Ce qui ne fit qu'amplifier les lamentations de Randy.

— Rob Corrigan, baisse le ton. Tu sais bien que tu l'effraies quand tu prends ta grosse voix.

— C'est bien ta faute, avec tous tes mamours, s'il est devenu un peureux !

Impatient, il se mit à taper le rebord du chaudron avec sa fourchette.

— Et comment se fait-il que le repas ne soit pas prêt ? Où est la bonne ?

Kate hésita avant de lui répondre. Ce qu'elle allait lui dire n'allait certes pas calmer sa colère :

— Je lui ai donné congé… Betsy voulait assister à la préparation de la procession dans la cour de l'Église.

Rob avait complètement oublié qu'aujourd'hui, pour les catholiques, c'était la fête de l'Assomption. Chaque année, les paroissiens défilaient, le curé en tête, sur le rang Sainte-Marie, l'artère principale du village, en chantant des cantiques à la Vierge Marie. Et c'est justement sur ce rang qu'il avait acheté sa terre.

— Mais qu'est-ce qu'elle va faire là ? Elle m'avait assuré qu'elle était protestante.

— C'est vrai, elle l'est.

Kate soupira d'impatience :

— Écoute, Rob, ce ne sont pas tous les protestants qui se sentent obligés de mener une guerre contre les catholiques ! C'est insupportable à la fin, plus personne ne nous parle au village. Allons, essaie de comprendre, émit Kate en prenant un ton plus doux. Elle est amoureuse du fils d'Ernest Croteau et…

— Croteau ? En voilà un autre catholique qui ne se gêne pas pour parler dans mon dos. Ne me dis pas qu'elle veut se convertir à cette religion de pénitents ?

— Disons qu'elle y pense, murmura sa femme en s'attendant à une réplique haute en couleur.

Les joues enflammées, Rob laissa tomber la fourchette sur un coin de la table et sortit la bouteille de whisky de l'armoire. Il prit une gorgée à même le goulot.

— Bon sang de bonsoir ! Je vais avoir l'air de qui, moi ?

Il grogna et avala une autre lampée.

— Un imbécile, oui ! Ma propre servante qui veut devenir une grenouille de bénitier !

Kate fut alors tentée de lui verser sur la tête la chaudière d'eau froide qu'elle réservait pour laver la vaisselle. Comme elle se levait, Rob saisit la poignée de la porte et hurla :

— Je ne veux plus la voir, cette niaiseuse ! Dès qu'elle rentrera, dis-lui que je la renvoie !

Avant de claquer la porte derrière lui, il emporta la bouteille d'eau-de-vie et clama ce vieux dicton irlandais, qui lui collait parfaitement à la peau :

— *Ce que beurre et whisky ne peuvent guérir est incurable !*

Il se dirigeait vers la grange en titubant lorsqu'il aperçut la tête du cortège qui s'avançait dans le rang. Derrière le curé O'Grady, quatre hommes soutenaient la statue de la Sainte Vierge qui trônait sous un dais bleu ciel garni d'une frange dorée. Arrivaient à leur suite les autres paroissiens. Ils étaient plusieurs centaines de personnes, femmes et enfants compris, alternant prières et chants à Marie. Ici et là, plusieurs tenaient une chandelle allumée recouverte d'un lampion de papier, dont les lueurs éclairaient leur visage. Éparpillés parmi les marcheurs, d'autres portaient, à bout de bras, des étendards à l'effigie du pape Pie IX.

Ils ont l'air d'un beau troupeau de moutons! se dit Rob, un sourire malveillant se dessinant sur ses lèvres. *Si j'allais leur bloquer le chemin avec les miens.*

Il s'empressa d'aller ouvrir l'enclos où ses bêtes broutaient et cria un ordre à son chien berger pour qu'il les fasse sortir. Ivre, Rob avait mal calculé son temps et, lorsqu'il arriva avec son troupeau au bout de sa montée, la moitié de la procession était déjà passée. Toutefois, parmi ceux qui avançaient, il reconnut ses deux pires ennemis : Paul Gingras et Tom McKray.

— Salut, les gars ! Je fais comme votre curé O'Grady, je promène mes moutons, les provoqua-t-il.

Il reprit une gorgée d'alcool, puis leva la bouteille à leur santé.

Il fallait peu de choses pour mettre le feu aux poudres. Insulté une fois de trop, Gingras tenta de quitter la file pour aller corriger le malotru, mais Tom McKray le retint.

— Sois patient, Paul, lui conseilla-t-il. Corrigan n'attend que ça. Penses-y, tout ce qu'il veut, c'est perturber cette cérémonie religieuse par une bataille.

Puis, il chuchota à l'oreille de son ami :

— Observe-le bien, il est soûl comme une bourrique. Je te garantis que Kate ne le laissera pas entrer dans la maison et qu'il devra, une fois de plus, aller cuver son maudit whisky dans la grange. Après la procession, quand la noirceur sera tombée, nous pourrons venir lui régler son compte pour de bon, ni vu ni connu !

— Que Dieu te pardonne, Corrigan ! lui cria alors Gingras, fier du regard déconfit du protestant.

Il voulait également démontrer aux curieux qui les entouraient, dont sa femme et ses sept enfants, qu'il était capable de garder son calme. Rob, qui s'attendait effectivement à une contre-attaque, haussa les sourcils. Les idées embrouillées, il ne put que répondre :

— Eh bien, il semble que tu aies trempé tes couilles un peu trop souvent dans l'eau bénite. Tu ramollis, mon pauvre vieux !

Puis, dans un rire gras, il retourna vers la grange, suivi de ses bêtes.

***

Tôt, le matin de leur départ, Matthew et le major prirent le traversier le *Dorchester* pour se rendre à Lévis, sur la rive sud. De là, après avoir installé les chevaux dans le wagon à bestiaux, ils prirent place dans le train de la compagnie du Grand Tronc. Ils devaient arriver au coucher du soleil à la gare de Black River, dans le comté de Lotbinière, l'arrêt le plus proche du village de Saint-Sylvestre.

Arthur profita du trajet pour expliquer à son compagnon les embûches qu'ils pourraient rencontrer pendant leur expédition.

— Je dois t'avertir, Matthew, que les gens de la campagne sont bien différents de ceux de la ville. Comme je te l'ai déjà dit, ils ne font pas confiance aux étrangers. De plus, les Irlandais ne sont pas les bienvenus partout. Ils sont réputés pour chercher la bagarre.

Matthew grimaça, puis réfléchit un bref instant avant de répondre :

— Ils ont sûrement raison en ce qui concerne Corrigan et moi, qui veux lui régler son compte, mais tu dois admettre que ce n'est qu'en partie vrai. En général, les Irlandais ne sont pas tous des provocateurs.

— Je te l'accorde, mais il a suffi de quelques-uns pour faire la réputation de tous les autres. Tu devrais reprendre ton nom de Mathieu Dumond, si jamais on te le demande. Ce serait plus sûr. Si cela peut te consoler, ils détestent davantage la visite des représentants de la loi.

— Je comprends maintenant pourquoi tu as caché sous ton veston de civil ton insigne de policier et ton arme.

Matthew se passa la main au menton.

— Pour résumer, il ne faut pas s'attendre à un accueil chaleureux. J'espère juste qu'on pourra le trouver rapidement.

Une fois arrivés à la gare de Blake River, ils décidèrent de passer la nuit à l'auberge. Après avoir mené leurs chevaux à l'écurie, les deux hommes s'engouffrèrent, accompagnés de trois autres voyageurs, dans la salle enfumée de l'établissement.

— Vous allez à Saint-Sylvestre ? s'enquit l'aubergiste en leur apportant le pichet de bière et les assiettes de ragoût qu'ils avaient commandés. Vous n'êtes pas des Irlandais, j'espère ! Ce village est peuplé de ces exilés, et le moins qu'on puisse dire, c'est qu'ils sèment la discorde partout où ils passent.

Matthew le regarda fixement. Avant même que le major ne puisse ouvrir la bouche, il répliqua en s'exprimant dans un français parfait :

— Hum... J'en connais qui sont fort respectables. J'ai justement de bons amis qui habitent dans ce coin-là.

L'hôtelier leur tourna brusquement le dos en haussant les épaules et bougonna :

— Moi, ce que j'en disais, c'était pour votre sécurité !

Cette nuit-là, perturbé par des visions de son frère luttant pour sa vie, Matthew ne put s'endormir. De se savoir à quelques heures de chevauchée de cet assassin et voleur, en qui sa famille avait eu tort de placer toute sa confiance, avait ravivé sa rage et son désespoir.

Enfin, à l'aurore, les deux hommes montèrent en selle et lancèrent leur monture sur le chemin de terre, encore humide d'une récente averse. McDoughan pressa les talons sur le flanc de sa monture, qui partit à toute allure. Afin de rattraper son compagnon, Arthur dut faire claquer ses guides de cuir pour faire passer son étalon du trot au galop.

La route filait tout droit à travers la campagne, vers les collines au loin. Le sang de l'Irlandais pulsait à ses tempes, au même rythme que le martèlement des sabots de son cheval. Derrière lui, Arthur s'alarma :

Je me suis engagé de mon plein gré dans cette affaire, mais je crains qu'elle me dépasse. J'espère que cette dure chevauchée et le vent qui fouette nos visages sauront le calmer avant notre arrivée au village.

À la vue du clocher de Saint-Sylvestre, comme s'il avait deviné les appréhensions du policier, Matthew ralentit son cheval. Déjà, au bas des sentiers espacés qui s'ouvraient sur le rang principal, il apercevait des toits en tôle qui brillaient sous le chaud soleil de midi. McDoughan attendit que l'étalon d'Arthur vienne se placer à côté du sien. Il affichait un visage grave, mais il semblait avoir retrouvé son aplomb.

— Nous y sommes, mon ami, s'exclama Matthew d'une voix inébranlable, comme si c'était davantage une fatalité qu'une évidence. C'est ici que le destin de Rob Corrigan et le mien vont s'affronter !

N'ayant rien à ajouter à cette profonde conviction, Lockwell suggéra :

— Si nous ne voulons pas effrayer les villageois, il serait sans doute plus raisonnable de faire notre entrée à pied, comme deux voyageurs anodins, en tenant nos chevaux par les rênes.

C'était l'heure du dîner et la plupart des villageois avaient délaissé leurs occupations. Le village semblait abandonné. De chaque côté de la rue, de petites maisons basses et sobres s'alignaient jusqu'à l'église, devant un long trottoir de bois. En passant devant la large fenêtre du magasin général, ils sentirent tout de même le marchand et quelques clients les suivre des yeux.

Arthur esquissa un sourire en coin et les salua amicalement d'un coup de chapeau. Il fit signe à son ami de le suivre. Un peu en biais se trouvait l'auberge. Après avoir attaché les chevaux à la clôture, près d'un abreuvoir où d'autres montures attendaient leur maître, ils s'engouffrèrent dans la sombre taverne.

Tous les visages des habitués de la place se tournèrent vers eux. Certains clients émirent un grognement, d'autres se contentèrent de les fixer, soupçonneux, en buvant une gorgée de bière.

— J'ai l'impression que notre présence dérange, murmura ironiquement Matthew à l'oreille de son ami.

Il alla s'asseoir sur un tabouret, puis s'accouda au bar.

Heureux d'avoir de nouveaux clients, mais ne voulant pas offusquer ses fidèles buveurs, le propriétaire commença par lancer un regard entendu vers la salle. Puis, d'un ton tranquille, il s'adressa aux deux visiteurs. Ce qui calma tout le monde.

— Alors, messieurs, que peut-on vous servir ?

Malgré l'heure matinale, Arthur commanda une bière et Matthew, un whisky. Après une lampée, ce dernier ne put attendre plus longtemps et posa la question qui, davantage que le fort alcool, lui brûlait la langue :

— Je cherche un certain Rob Corrigan. Sauriez-vous où je pourrais le trouver ?

Arthur et lui sentirent tout à coup un froid silence s'abattre.

— Et que lui voulez-vous, à ce maudit protestant ? demanda un grand barbu attablé dans le fond.

Interloqués, ils se retournèrent vivement vers ce dernier.

J'ai la nette impression que ce bagarreur de Rob s'est fait quelques ennemis jusque dans ce patelin ! songea Matthew.

— Rien de particulier. Nous voulons juste lui parler, intervint Arthur d'une voix égale.

L'homme s'avança vers eux en secouant la tête.

— Eh bien, il va falloir vous presser, les gars. Sa femme l'a trouvé à moitié mort dans sa grange ce matin. Il semble qu'il se soit fait rudement tabasser. Le médecin est chez eux. Venez, je vais vous montrer où il habite.

Matthew et le major ne se firent pas prier et se précipitèrent hors de la sombre taverne, à la suite de l'homme. Les yeux plissés par les rayons du soleil, ils le suivirent sur le trottoir de bois, devant leurs chevaux. Le barbu pointa un doigt vers l'ouest.

— À la sortie du village, vous n'avez qu'à continuer tout droit sur le rang Sainte-Marie. C'est la deuxième terre avant le chemin Craig. Vous ne pouvez pas vous tromper, la maison a des volets rouges.

Pendant un bref instant, il toisa les deux inconnus, ne pouvant cacher sa curiosité :

— Corrigan, on ne l'aime pas beaucoup par ici, mais il faut dire que c'est un bon travailleur. Vous m'avez l'air de personnes respectables, alors qu'est-ce que vous lui voulez, à Rob ?

D'un clin d'œil complice, Arthur lui fit signe de s'approcher, puis lui glissa à l'oreille :

— Rien d'important, mon ami. Et tu diras à tous les autres intéressés qui veulent le savoir, qu'ils s'occupent de leurs oignons !

Sur ce, Matthew, le regard impénétrable, et Arthur, un sourire satisfait aux lèvres, enfourchèrent leur monture. Ils saluèrent l'indiscret d'un hochement de tête et reprirent la route. Avant d'emprunter le sentier qui menait à la maison aux volets rouges, Arthur sortit son insigne de policier et l'épingla à son veston.

— Si nous voulons qu'on nous mène au chevet de Corrigan, il vaut mieux nous présenter comme deux policiers qui enquêtent sur son agression.

Une fois sur les lieux, le major frappa fort à la porte de la maison, sûr de lui. La brise fit flotter dans l'air une odeur de foin fraîchement coupé qui chatouilla ses narines. Tout semblait silencieux à l'intérieur de la maison.

— On dirait qu'il n'y a personne, dit Arthur, impatient.

Il leva le poing pour frapper à nouveau, mais son ami l'arrêta :

— On vient. J'entends des pas.

En effet, une jeune femme vint leur ouvrir, méfiante.

— Qu'est-ce que vous voulez ?

— Vous êtes sans doute madame Corrigan ?

Kate acquiesça d'un bref signe de tête.

— Je suis l'enquêteur Arthur Lockwell et voici mon assistant, Mathieu Dumond. Nous aimerions dire un mot à votre mari. C'est au sujet de l'attaque dont il a été victime.

Kate se dit que ce devait être le docteur, parti chez lui pour dîner, qui avait pris le temps d'arrêter au village et avait averti les autorités. Elle s'écarta et laissa entrer les deux hommes de loi, puis les dirigea vers la cuisine.

La pièce leur parut confortablement meublée. Kate les invita à s'asseoir autour de la massive table en chêne. Devant une large cheminée de pierres se trouvait le poêle à bois, au carrelage blanc émaillé à motifs de fleurs. Au bout de la pièce, près d'un buffet sculpté, un jeune enfant avait cessé de jouer avec son cheval de bois et les observait, méfiant.

La jeune femme alla le rassurer d'une caresse, puis vint s'asseoir face à eux. Éclairés par un rayon de soleil qui traversait la fenêtre, les cheveux blonds de la femme se teintèrent de lumière. Matthew se dit qu'elle n'avait pas plus de trente ans.

— Rob a perdu beaucoup de sang… le médecin ne croit pas qu'il s'en sortira, les informa-t-elle d'une voix qui leur sembla étrangement détachée. Et puis, il ne pourra pas vous parler, parce que ces brutes lui ont coupé la langue, ajouta-t-elle, de but en blanc.

Les deux hommes, les yeux ronds d'étonnement, en restèrent bouche bée. En baissant les yeux, Matthew blêmit. Il venait de remarquer la bague de sa mère à l'annulaire de la femme. Le cœur, les deux mains et la couronne qu'elles soutenaient avaient été polis, ne laissant aucune trace de l'émeraude et des diamants. Ignorant la réelle provenance du bijou, Kate ne s'aperçut de rien.

— Nous ne voudrions pas trop le fatiguer, expliqua Arthur, soulagé que d'autres se soient occupés du sort de Corrigan. Je vais donc patienter dans la cuisine pendant que mon collègue ira vérifier l'état de votre mari. Nous devons transcrire les détails de ses blessures dans notre rapport.

Sa voix était grave, calme et compatissante. Une attitude que McDoughan lui envia. En parlant, le policier tendit à son compère un carnet et un crayon. Il soutint son regard afin de lui faire comprendre qu'il lui faisait confiance et qu'il ne s'insinuerait pas davantage de cette affaire. Matthew le remercia d'un hochement de tête.

— J'ai toujours su que ça tournerait mal un jour, déclara Kate, plus irritée que peinée. Il n'arrêtait pas d'asticoter les catholiques de la paroisse avec ses blagues de mauvais goût. Et il n'en faisait toujours qu'à sa tête…

Elle laissa volontairement la fin de sa phrase en suspens en haussant les épaules. Matthew la suivit dans l'étroit escalier qui menait à la chambre. La pièce était plongée dans une semi-pénombre, assombrie par les pans des rideaux à peine tirés. On y voyait quand même assez clair.

— Ce monsieur veut te voir, Rob, lui annonça-t-elle en replaçant les oreillers sous sa tête. Il est de la police…

En reconnaissant Matthew, le mourant prit un air de surprise qui se teinta d'horreur. Devant le regard paniqué et les sons rauques émis par son mari, Kate se méprit :

— Allons, calme-toi ! C'est juste un policier ; il ne te fera aucun mal. Il est venu évaluer ce que tes agresseurs t'ont fait.

Avant de laisser les deux hommes en tête-à-tête, elle crut bon de préciser à Matthew :

— Comme il ne sait ni lire ni écrire, personne n'a pu savoir ce qui s'est vraiment passé. Toutefois, il a réussi à répondre à quelques questions en hochant la tête. C'est comme ça que j'ai appris que ce sont deux hommes masqués qui lui ont fait ça… il n'a pas pu les reconnaître.

Après le départ de Kate, le cadet des McDoughan se pencha vers Rob, qui l'observait le visage crispé de frayeur. De ses deux mains, Matthew l'attrapa par le collet de son pyjama.

— C'est bien moi, Corrigan, cracha-t-il. Tu as bien raison de me craindre. Tu vois, je t'ai retrouvé et je suis venu pour te tuer. Tu as de la chance, assassin, que ces hommes t'aient tabassé avant moi, car je t'aurais fait souffrir davantage, crois-moi.

— Grrr ! fit la bouche de Rob.

— Va pourrir en enfer, scélérat ! Après tout le mal que tu as fait à ma famille, c'est le sort que tu mérites.

Les yeux rougis de fureur, Rob émit à nouveau un grognement et un flot de sang sortit de sa bouche. Sa tête retomba en arrière, il eut un dernier spasme et il mourut.

Écœuré, Matthew le lâcha. Aussitôt, il claqua la porte derrière le mort et dévala l'escalier. Il dut faire un effort pour se ressaisir et prendre une mine désolée. Il s'adressa d'abord au médecin, qui venait d'arriver :

— Vous devriez monter, docteur, je crois qu'il…

Il se tut. Son attention fut attirée par la femme, qui s'était levée de sa chaise et qui, maintenant, lui faisait face. Il put voir son visage pâlir. Devant la tournure des événements, l'Irlandais ressentait autre chose que ce à quoi il se serait attendu. Rob était bel et bien mort, mais ce n'était pas lui qui l'avait tué. Il réalisait aussi que c'était la famille de cet assassin qui avait bénéficié de l'héritage des McDoughan. Il était confus quant à son désir de vengeance.

Au moins, il reste la bague ! s'encouragea-t-il.

Le médecin saisit sa trousse et bouscula Matthew pour se précipiter à l'étage.

— Nous allons vous laisser, maintenant, madame, dit Arthur en se levant promptement à son tour.

Tandis que le policier se dirigeait vers la porte, Matthew s'avança vers lui.

— Si tu n'y vois pas d'inconvénient, Arthur, j'aimerais parler seul à seule avec Mme Corrigan. Je te rejoins dehors bientôt.

Le policier hocha la tête, remit son chapeau et sortit sans mot dire.

— Madame, je dois vous avouer que je ne suis pas policier et que je connaissais très bien votre mari. Je suis également irlandais et Rob a été domestique pour ma famille, en Irlande. Il était important pour moi de venir lui parler d'un sujet délicat.

— Mais pourquoi m'avoir menti ? demanda Kate, intriguée et quelque peu offusquée.

Troublé, Matthew devinait que cette femme n'était pas coupable des agissements crapuleux de Corrigan, mais s'il voulait récupérer la bague de sa mère et sortir de cette maison où il étouffait, il devait lui révéler une partie du sombre passé de Rob. Il se contenta de lui confier :

— Votre mari vous a sans doute parlé de la misère dans laquelle vivait notre peuple avant qu'il s'exile au Canada. Malheureusement, à l'époque, il a commis un geste… disons désespéré…

Kate le regarda, inquiète.

— Et qu'a-t-il fait ?

— Il s'est mis à la solde de notre ennemi, le landlord du comté, et a aidé un de ses mercenaires à entrer dans notre château. Ce criminel y a mis le feu…

— Non ! poussa Kate, accablée, portant ses deux mains à sa bouche.

Matthew, le ton grave, pointa la main gauche de la femme.

— La bague en or que vous portez à votre annulaire appartenait à ma défunte mère. En voulant sauver des flammes ce dernier bien précieux qu'il nous restait, mon père a perdu la vie.

Un silence accueillit ses dernières paroles. Kate se laissa tomber sur une chaise et, nerveusement, se mit à faire tourner son alliance autour de son doigt.

— Mais ?… Comment Rob en a-t-il pris possession ?

Elle vit le visage du visiteur se rembrunir et comprit.

— Il vous l'a volée, c'est ça ?

Elle laissa échapper un triste soupir, puis lui confia :

— Je me doutais bien que Rob avait un lourd passé. Ce n'était pas un mauvais bougre, mais il buvait beaucoup, comme s'il voulait oublier, et il se fâchait pour un rien. Maintenant, je comprends : il avait sûrement des remords.

Elle fit glisser la bague de son doigt et la tendit à Matthew.

— Ce bijou vous appartient, monsieur, prenez-le. C'est bien pour le reprendre que vous êtes venu, n'est-ce pas ? De toute façon, celui qui me l'a offert ne signifie plus rien pour moi.

Elle leva les yeux vers le plafond, juste au-dessous de la chambre où la dépouille de Rob Corrigan reposait.

— Je croyais bien le connaître, mais je me suis trompée. Ça faisait longtemps qu'il n'était plus l'homme que j'avais accepté d'épouser.

Lorsqu'il vit son ami dévaler les marches de la galerie, Arthur était déjà monté sur son étalon et tenait l'autre par les rênes. Il fut heureux de constater que celui-ci semblait délesté d'un lourd poids. Il n'en espérait pas plus.

Le vent était tombé d'un seul coup et l'air était devenu lourd. Sans dire un mot, Matthew enfourcha son cheval et, d'une pression des genoux, le fit avancer. Arthur respecta son mutisme et le suivit, silencieux, dans le sentier qui menait à la grande route.

Ce n'est que lorsque le village disparut derrière eux que Matthew, un léger sourire aux lèvres, prononça cette phrase :

— C'est étrange, Arthur, mais je suis soulagé de ne pas avoir eu à le tuer de mes propres mains !

— Et moi donc, mon cher ami, déclara le policier en prenant un air mi-sérieux, mi-moqueur. Pour rien au monde, je n'aurais voulu te ramener à Québec menotté comme un vulgaire criminel !

17

Québec, 17 août 1855

En se réveillant dans sa chambre d'enfant, Rachel sourit au visage serein de Brogan qui dormait encore, allongé dans l'ancien lit de Sarah.

Au moins, pendant son sommeil, sa jambe ne le fait pas souffrir! songea-t-elle en se sentant un peu coupable d'avoir remercié le ciel de cet accident, qui avait rendu ce voyage possible.

En caressant de sa main son ventre légèrement arrondi, elle repensa à leur arrivée sur le quai de Québec, la veille, et aux chaleureuses embrassades qu'elle avait échangées avec ses sœurs et ses parents adoptifs. Toutes les personnes qu'elle chérissait étaient là, sur le quai.

Elle les avait aussitôt reconnues parmi la foule qui se bousculait pour atteindre la passerelle du traversier. Elle avait d'abord vu Sarah, qui détonnait dans sa robe noire, puis Molly et Cécile, qui se fondaient dans la masse avec leur toilette d'été aux couleurs pastel.

Sarah s'était précipitée la première à sa rencontre et lui avait sauté au cou, la surprenant par son exubérance.

Rachel avait pris le visage de sa jumelle entre ses mains et, émue, avait constaté un merveilleux changement dans son regard.

— Ma chérie, c'est le couvent qui te fait cet effet ? Tu es si, si…

— … vivante, l'avait coupée Sarah. C'est grâce à oncle Matthew, je te raconterai.

Molly et Cécile les avaient vite rejointes. Laissant la place à ses oiselles, Joseph avait tendu la main à Brogan, qui, une main appuyée sur une canne, se tenait tout près.

Après ces effusions d'affection, tout ce beau monde s'était pressé dans la carriole d'été que Florent avait garée à l'écart. Assis sur la plateforme avant, le domestique affichait un air radieux. Lui aussi n'était plus le même. Rachel s'était alors souvenue que Molly lui avait écrit qu'il filait le parfait bonheur avec Mary, la nouvelle bonne.

De retour à la villa, elle avait été heureuse de retrouver, après plus d'un an d'absence, le confort de la demeure familiale et avait ressenti cette douce impression de n'être jamais partie. C'est seulement à ce moment-là qu'elle s'était étonnée de ne pas voir l'oncle Matthew. Daddy, dont elle avait remarqué le ton soucieux, lui avait expliqué que son oncle était parti avec le fiancé de Molly pour régler une affaire de famille et qu'il lui en dirait davantage à son retour. Elle n'avait pas trop compris de quelle obligation il s'agissait, mais le plus important était qu'il serait de retour aujourd'hui à la villa. À cette pensée, son cœur s'était mis à battre la chamade.

Ah ! J'ai tellement hâte de le revoir.

Surtout qu'avant de retourner au couvent, Sarah lui avait raconté l'étonnement qu'elle avait éprouvé en apercevant l'oncle Matthew :

— Rachel, j'ai eu un tel choc quand je l'ai vu. Sa ressemblance avec papa m'a surprise et j'ai vraiment cru que c'était lui qui était en face de moi. Il y a eu une telle confusion dans ma tête, tout tournait autour de moi et je me suis écroulée dans ses bras. Et puis, ma mémoire s'est brusquement réveillée et j'ai revécu le drame de la mort de notre père…

À la fin du récit, des larmes avaient roulé sur les joues de Rachel.

— C'est horrible, qu'il se soit fait assassiner ! Et nous qui avons toujours cru que notre cher père était décédé des suites du typhus. Ma pauvre chérie, tu as dû avoir si peur !

— Daddy m'a expliqué que cet événement m'avait suffisamment ébranlée pour créer un blocage dans mon esprit. Cependant, le fait de croire que papa était devant moi, bien vivant, a été l'élément déclencheur qui m'a délivrée d'un mal-être qu'on n'avait jamais vraiment réussi à définir.

Ce matin, encore bouleversée par cette révélation, Rachel percevait à son tour la peine assombrie de colère que son oncle et ses sœurs avaient pu ressentir, avant elle. Elle se leva doucement pour ne pas réveiller son mari et revêtit sa longue robe de chambre. Il était sept heures du matin et un gargouillement provenant de son estomac l'incitait à descendre aux cuisines. Elle y trouva Cécile, seule, assise au bout de la table, un café à la main. Elle eut un tendre sourire en l'observant; sa mère n'avait pas vraiment changé.

— Te voilà déjà, ma chérie, l'accueillit celle-ci. Tu as bien dormi ? Tu es blanche comme une chandelle. Tu n'as pas de nausée, au moins ?

À ces mots, le cœur de Rachel se souleva et elle eut juste le temps de se rendre à l'évier pour vomir dans une bassine qui traînait là.

Aussitôt, elle se sentit mieux. Devant le regard inquiet de sa mère, elle alla se verser un café et prit une chaise.

— Je vais bien ! C'est ainsi le matin, mais une fois que ce petit moment déplaisant est passé, je me sens très bien pour le reste de la journée. Daddy et Molly m'ont dit que c'était tout à fait normal. Mais où est Molly, justement ? Cela m'étonne qu'elle ne soit pas levée. Moi, la veille de mon mariage, je ne tenais plus en place !

— Oh ! Rassure-toi, elle n'est pas différente de nous. Elle était debout à l'aurore. Elle est dans sa chambre avec Mary. La pauvre, elle a à peine eu le temps de prendre un bout de fromage et une gorgée de thé que ta sœur lui a demandé de venir l'aider.

Devant l'interrogation de Rachel, Cécile ajouta :

— Comme tu le sais, Arthur et elle ont accepté de venir s'installer ici après leur voyage de noces à Montréal. Alors, depuis deux jours, elle chamboule tout dans sa chambre, qui deviendra la leur. Tu ne reconnaîtras pas la pièce. Molly a fait ajouter une commode, fait de la place dans sa grande armoire de chêne et placé un fauteuil double devant le foyer. Aujourd'hui, elle veut changer le couvre-lit à fleurs et placer les livres et les objets personnels, dont le diplôme de policier d'Arthur, sur les étagères qu'elle a fait poser par Florent de chaque côté du foyer.

— Je me souviens que vous nous aviez aussi invités à venir vivre ici, Brogan et moi, avant de savoir que nous désirions vivre à New York. Vous êtes toujours si généreux…

— Oh ! Tu sais, nous vous l'offrons aussi pour nous, l'arrêta Cécile. Cette grande demeure nous semblerait vide et si ennuyeuse sans votre présence. Donc, si jamais l'envie vous prenait de revenir vous établir à Québec, avec le bébé, je te répète que cette invitation tient toujours.

Pendant un bref instant, Cécile essaya de détecter dans les yeux de sa fille une trace de découragement par rapport à la vie qu'elle vivait, loin d'eux. Toutefois, elle n'y vit qu'un léger nuage de désillusion traversé d'un grand bonheur. Rassurée, elle lui prit la main.

— Je suis contente que nous nous retrouvions, toutes les deux, en tête-à-tête. Je voudrais te proposer quelque chose. Hier, tu m'as montré la belle robe que ton patron, M. Boyle, t'a prêtée pour la noce. Tu seras vraiment magnifique !

Cécile lui sourit avant de poursuivre. Elle avait été peinée, à l'arrivée de Rachel, d'apercevoir ses chaussures usées, qui allaient certes contraster avec la chic toilette de crêpe bleue. Ne voulant pas la gêner, elle avait trouvé une solution.

— Vu que votre anniversaire, à Sarah et à toi, tombe le même jour que le mariage, Joseph et moi avons pensé le souligner au souper de ce soir. Je me suis cassé la tête pour te trouver un cadeau, ma chérie. Est-ce que cela te ferait plaisir si nous allions t'acheter un beau chapeau qui s'agencerait avec ta robe ? Et pourquoi ne pas en profiter pour te trouver de nouvelles bottines ? glissa-t-elle, mine de rien.

Rachel apprécia la délicatesse de sa mère. Elle lui prit une main entre les siennes, y déposa un baiser, puis la porta à sa joue :

— Mommy, comme toujours, vous allez au-devant de mes désirs !

***

Comme Rachel, Joseph avait nerveusement attendu le retour de Matthew et d'Arthur. Il s'était inquiété pour les deux hommes, qu'ils considéraient à présent comme des membres de sa famille. Donc, dès qu'ils franchirent le portique dans l'après-midi, il fut soulagé de les voir en bonne santé. Dans sa hâte de connaître le fin mot de leur histoire, il dut faire un effort démesuré pour laisser son rossignol s'élancer au-devant de son oncle.

La scène fut, encore une fois, des plus émouvantes. Cécile et Molly accoururent elles aussi pour accueillir les voyageurs. Rachel en pleurs avait également retrouvé, sur le visage de Matthew, les traits de son père. Il la serra tendrement contre lui.

— Eh bien ! La dernière fois que je t'ai vue, ma chérie, lui déclara-t-il, tu n'étais qu'une fillette de dix ans et voilà que tu es devenue une belle jeune femme.

Il aperçut l'homme au teint pâle et à la tignasse rousse qui arrivait en boitant.

— Brogan, je suppose. Ravi de faire ta connaissance, mon ami. J'ai appris pour ton accident, je suis désolé pour toi.

Sa main droite appuyée sur sa canne, Brogan lui tendit maladroitement la gauche.

— Heureux enfin de vous rencontrer, monsieur McDoughan, lui déclara-t-il d'une poigne ferme. Vos nièces m'ont souvent parlé de vous. Je peux vous assurer que vous êtes une personne très importante pour elles.

Une vive douleur lui traversa la jambe et il ne put réprimer une grimace. Il les regarda tous, attristé.

— Me pardonneriez-vous, messieurs et mesdames, si je vous faussais compagnie pour quelques heures ? J'irais m'étendre…

— Bien sûr ! Il faut te reposer, mon garçon, lui conseilla Joseph. C'est même préférable pour ta guérison.

Rachel embrassa à nouveau son oncle, puis rejoignit son mari au bas de l'escalier.

— Je t'accompagne jusqu'à la chambre, dit-elle à Brogan en le soutenant, afin de l'aider à monter les marches. Je redescends tout de suite, mommy.

Au même moment, Joseph se racla la gorge. Cécile et Molly comprirent aussitôt ce que cela signifiait. Bien que son cher désir soit de se retrouver en tête-à-tête avec son futur mari, Molly leur annonça dans un soupir :

— Bon ! Eh bien, nous allons vous laisser à notre tour, messieurs. Nous avons des achats de dernière minute à effectuer et vous devez être impatients de vous rencontrer.

Elle considéra tour à tour son oncle et Arthur.

— Je suis soulagée de vous revoir sains et saufs, tous les deux, et de si belle humeur.

Arthur lui fit un clin d'œil, elle rougit, puis elle s'éclipsa à la suite de sa mère.

D'un geste de la main, le docteur les invita à venir prendre place dans son bureau. Un verre de Jameson à la main, ce délicieux whisky irlandais, Matthew et le major relatèrent leur voyage ainsi que son imprévisible dénouement.

— Eh bien ! On peut dire que cet homme savait se faire des ennemis, conclut Joseph en se passant la main au menton. Je suis content d'entendre que vous êtes enfin délesté d'un pénible fardeau, mon ami, dit-il à l'intention de Matthew.

Puis, il lança un regard à Arthur.

— Vous avez su mener à bien cette difficile entreprise, mon cher gendre.

À ces derniers mots, Arthur faillit avaler de travers sa gorgée de whisky. Il venait de prendre conscience que le mariage était pour le lendemain. Le soleil qui entrait dans la pièce était à peine tiède, mais le futur marié eut l'impression d'avoir trop chaud.

Remarquant la nervosité d'Arthur, le docteur se leva péniblement de son siège et vint donner lui donner une tape amicale sur l'épaule.

— On n'en meurt pas, vous savez. Bon, je vous laisse, après toutes les émotions des derniers jours, je crois que je vais aller, moi aussi, faire une petite sieste.

Il les salua de la main et sortit du bureau en refermant la porte derrière lui.

— Arthur, l'interpella l'Irlandais, j'ai apprécié ta compagnie : ton sang-froid et tes conseils m'ont incontestablement empêché de faire de sérieuses bêtises.

Le policier haussa humblement les épaules.

— C'est tout à fait normal, entre membres de la même famille.

— Hum…, prononça Matthew en s'avançant vers lui. Il me reste un dernier détail à régler, quelque chose d'important dont je voudrais te parler. Si tu acceptes, ce sera en quelque sorte une partie de mon cadeau de noce !

* * *

— Arthur, tu es certain que ça ne te dérange pas de venir habiter ici, avec mes parents ?

Avant de quitter la villa pour retourner à la pension où il logeait, il était allé rejoindre Molly, assise sur une chaise de parterre, dans le jardin.

— Ma foi, je n'ai pas vraiment été surpris lorsqu'ils nous ont fait cette offre, lui dit-il, en prenant un siège à côté d'elle. Ce sont des gens très généreux, et puis, avec mon salaire de policier, je ne pourrais jamais nous offrir une maison aussi spacieuse. Mais pourquoi me reposes-tu cette question ? Je t'ai déjà dit que j'acceptais, il me semble.

— Cette discussion a eu lieu avant ton départ avec oncle Matthew. Je veux savoir si, après réflexion, tu as changé d'idée. Je t'aime, mon chéri, et je veux que tu saches que je te suivrai n'importe où, même dans un petit logis de la Basse-Ville. Dis-moi, vas-tu réellement te plaire à côtoyer daddy et mommy au quotidien ? Ils ne sont plus très jeunes, ils ont leurs petites habitudes et…

Arthur lui prit les mains.

— Molly, cesse de te faire du souci pour moi. Je m'entends très bien avec Joseph et je trouve ta mère charmante. Je suis persuadé que nous serons heureux auprès d'eux, et que, justement, avec l'âge, ils auront de plus en plus besoin de notre soutien. Alors, es-tu rassurée ?

Pour toute réponse, elle s'avança vers lui et l'embrassa amoureusement.

***

Le temps était radieux. Les fenêtres du rez-de-chaussée laissaient entrer un flot de lumière dans le grand salon. Les rayons rendaient Molly éblouissante dans sa robe de satin blanc et Joseph la contemplait avec admiration. Il ne demeurait plus qu'eux deux dans la villa. Le reste de la maisonnée avait pris les devants, car Rachel devait s'y rendre avant la mariée. C'est elle, accompagnée de l'organiste au jubé, qui allait entonner le chant d'entrée lorsque sa sœur et Joseph emprunteraient l'allée centrale pour se rendre à l'autel.

Florent, dans son bel habit du dimanche, les attendait devant le portique aux commandes de la carriole.

— Tu es prête, ma mésange? s'enquit fièrement Joseph. Il ne faudrait pas faire attendre ton futur mari.

— Comme je le connais, il doit être en effet très nerveux. Mais avant, mon cher daddy, lui dit-elle en s'agenouillant devant lui, je vous serais reconnaissante de recevoir votre bénédiction paternelle.

C'était la coutume, bien sûr, et Joseph aimait les traditions. Toutefois, celle-ci l'émouvait davantage, car elle signifiait qu'il approuvait l'envol de ses oiselles. Il avait béni Rachel à son mariage et Sarah avant son entrée au couvent.

D'une voix tremblante, il s'exécuta, puis aida sa fille à se relever. De sa main droite, elle fit glisser la longue traîne de son voile au creux de son bras et saisit son superbe bouquet de roses rouges. Radieuse, elle passa son autre main sous le bras de son père.

La voix gracieuse de Rachel les accueillit dès qu'ils passèrent les portes de l'église. La plupart des personnes présentes étaient des membres de la famille d'Arthur et de Molly, quelques-unes seulement étaient des amis ou des collègues de travail. Tous les policiers portaient, comme le marié, leur uniforme de grande cérémonie.

Molly remarqua d'abord, au dernier banc, Florent et Mary qui se tenaient la main, puis, au premier rang, Matthew qui lui souriait affectueusement. Près de lui, elle aperçut Cécile et Sarah, le nez dans un mouchoir qu'elles trempaient de larmes. Arthur, magnifique dans sa tenue impeccable, l'attendait au pied de l'autel et rayonnait de bonheur.

Joseph vint la conduire aux côtés d'Arthur, adressa à ce dernier un regard confiant et alla rejoindre Cécile. À la fin de la messe, le curé Proulx procéda à l'échange des serments et des alliances. Lorsqu'elle reconnut la bague qu'Arthur lui passait à l'annulaire, elle l'observa, incrédule. Il fit un léger signe du menton vers Matthew. En se retournant, elle vit son oncle acquiescer de la tête : il s'agissait bien de la bague de sa grand-mère Ida.

— Vous pouvez embrasser la mariée ! conclut le curé, faisant sursauter les nouveaux époux.

Arthur releva le voile de sa femme et ils s'embrassèrent sous le regard attendri de l'assemblée, mettant ainsi fin à la cérémonie. Aussitôt que l'organiste entama l'air de la marche nuptiale, les cloches se mirent à tinter à toute volée et les policiers s'empressèrent d'aller former, de chaque côté du parvis, une haie d'honneur. À la sortie des mariés, ils brandirent leur épée, créant ainsi une impressionnante voûte.

C'est encore plus merveilleux que dans mes rêves d'enfant ! pensa Molly en franchissant, au bras de son mari, l'arche improvisée.

***

Vers la fin de ce bel après-midi d'été, les convives se déplacèrent de l'église à la villa, où était tenue la réception. Ils y étaient accueillis par la musique d'un quatuor à cordes irlandais, installé sur le parterre du côté cour du domaine des Rousseau. Au fur et à mesure qu'ils arrivaient, les invités s'installaient autour des longues tables garnies de nappes blanches et de charmants bouquets de fleurs. Elles formaient un immense rectangle, face à la roseraie.

Le repas contenta même les plus gourmands et, une fois le gâteau coupé et dégusté, l'orchestre entama la valse des mariés. Après la danse avec son bien-aimé, Molly fut emportée dans un tourbillon par Joseph, puis ce fut au tour de Matthew de l'accaparer pour une danse.

— Je ne savais pas que vous étiez aussi un magicien, mon oncle, déclara-t-elle.

Tout en dansant, elle admirait la bague au cœur couronné, la main posée au creux de l'épaule de Matthew.

— Comment est-ce possible ?

— Rob a effectivement vendu toutes les pierres, mais pas l'alliance. Il l'a fait polir pour l'offrir à sa femme. Contrairement à son mari, Kate s'est avérée honnête et me l'a rendue. Il ne me reste que quelques jours avant mon départ, alors je souhaiterais l'apporter chez un bijoutier. J'y ferai insérer deux petits diamants entre les pointes du diadème. Ainsi mon cadeau sera complet.

— Je suis si heureuse ! Ce bijou est un fabuleux souvenir de grand-mère, et je vais enfin pouvoir dévoiler son existence aux jumelles qui connaissent assurément sa légende.

Elle réfléchit quelques secondes.

— Je devrai également leur révéler les malencontreux événements qui s'y rattachent…

— Tu as bien le temps, l'interrompit-il en remarquant son visage devenir sérieux. Pour l'heure, l'important c'est de profiter de cette belle noce !

Puis, lui enserrant la taille, il la fit voltiger tout autour de la piste de danse.

À la brunante, les convives commencèrent à quitter la réception. Bien qu'épuisée, Cécile se joignit à Mary et à Florent pour les aider à ramasser les plats sur les tables et à les transporter à la cuisine. Il restait encore quelques traînards, dont des amis d'Arthur qui buvaient un dernier verre de whisky, avec lui et Joseph.

Molly en profita pour attirer ses deux sœurs vers la balançoire qui avait été placée au fond du domaine pour l'occasion et qui offrait une vue sur le fleuve. Dans un bruissement de tissu, elles s'y installèrent, pressées les unes contre les autres.

— C'est vrai, cette bague de Claddagh appartenait à grand-maman Ida ? s'étonna Rachel en admirant l'alliance en or.

Molly acquiesça.

— La rumeur veut que si on dirige la pointe du cœur de la bague vers soi, c'est qu'on a un amoureux. Inversement, si on place l'extrémité vers le bout de ses doigts, c'est que notre cœur est libre.

Son visage devint grave.

— Vous connaissez sa légende, mais, maintenant, je dois vous raconter comment ce précieux bijou est parvenu jusqu'à moi.

Lorsqu'elle commença son récit, les trois sœurs se sentirent, malgré elles, ramenées dans le passé, là où tous leurs malheurs avaient commencé. À la fin de sa narration, d'une voix douce, elle leur dit :

— Vous comprenez maintenant que la valeur de cette bague ne tient pas uniquement au fait qu'elle soit en or, mais bien qu'elle soit douloureusement liée à notre famille. Notre grand-père William l'a sauvée des flammes au risque de sa vie.

Il y eut un court silence durant lequel Sarah et Rachel semblèrent réfléchir. Cette dernière glissa affectueusement sa main sur son ventre légèrement arrondi.

— Je ne l'oublierai pas, Molly, et je m'engage à ce que la légende de ce bijou ainsi que l'histoire des McDoughan se poursuivent, d'une génération à l'autre.

Assise entre ses deux sœurs, Sarah leur prit chacune une main et les porta à son cœur.

Une odeur de pommes provenant du verger tout près se mêlait à l'odeur qui émanait de la roseraie. Elles restèrent ainsi, un bon moment, silencieuses et sereines, humant ces parfums et balayant des yeux l'horizon. L'instant était sublime. Comme une accalmie dans leur vie, elles ne ressentaient plus aucun sentiment douloureux, que celui de l'agréable bien-être d'être ensemble.

Derrière elles, témoin de leur complicité, Matthew les observait avec tendresse. Il ne lui restait plus qu'une semaine pour profiter de leur présence avant son retour à Paris, auprès de sa douce Jane.

La soirée était chaude et l'air semblait immobile. Pour clore la soirée, le quatuor joua une douce musique irlandaise. Il pensa à Rebecca, à Sean et au chemin parcouru par ses nièces depuis qu'elles avaient quitté l'Irlande.

La vie défile comme ces notes de musique qu'on accroche aux gammes sur le papier du temps. Qu'elles soient jouées ou chantées, nos traditions nous émouvront toujours, car elles évoquent nos chers disparus !

Dans l'obscurité d'un ciel sans lune, il savoura ce moment jusqu'à ce que les dernières notes s'envolent au-dessus du jardin, vers le fleuve, vers les étoiles.

Les belles fermières
Marjolaine Bouchard

Saint-Jean-de-la-Miséricorde, 1940. Alors que le Canada s'apprête à s'engager dans la Seconde Guerre mondiale, les huit sœurs Larose se retrouvent seules sur la terre paternelle avec leur aïeule. Leur père étant décédé et leurs frères, partis au front, sans appui solide et disposant de ressources limitées, les filles tentent tant bien que mal de maintenir à flot la modeste ferme familiale.

Le petit bataillon est mené par les trois aînées : Aline, Bergerette et Caroline. Débordantes de passion et d'ambition, les jeunes femmes veillent à la survie du clan tandis qu'elles connaissent leurs premiers émois amoureux et que leurs valeurs divergentes entrent en conflit.

Un pied dans la tradition et l'autre dans une modernité qui tour à tour les enchante et les perturbe, elles se lancent dans leurs nouvelles fonctions avec acharnement. Épaulées par leur grand-mère, elles s'occupent de plus en plus adroitement de tout ce qui relève de la ferme laitière : soin des bêtes, récoltes, moissons…

Après des années de dur labeur, les belles fermières pourront-elles enfin espérer récolter les fruits de leurs efforts ? L'éventuel retour de leurs frères leur sera-t-il bénéfique ou compromettra-t-il plutôt l'équilibre si chèrement acquis ?

Visitez lesediteursreunis.com pour plus de détails.